# 회귀 경찰의 리셋 라이프

*The Reset Life*

회귀 경찰의 리셋 라이프 16

**초판 1쇄 발행 2022년 11월 10일**

지은이 | 한길
발행인 | 신현호
편집장 | 이호준
편집 | 송영규 최종건 정재웅 양동훈 곽원호 조정범 강준석 최성화
편집디자인 | 한방울
영업 | 김민원

펴낸곳 | ㈜ 디앤씨미디어
등록 | 2002년 4월 25일 제20-260호
주소 | 서울시 구로구 디지털로 26길 111 JnK디지털타워 503호
전화 | 02-333-2513(대표)
팩시밀리 | 02-333-2514
E-mail | papy_dnc@dncmedia.co.kr
블로그 | blog.naver.com/gnpdl7

ISBN 979-11-364-3972-7 04810
ISBN 979-11-364-2581-2 (SET)

Papyrus Modern Fantasy
한길 현대 판타지 장편소설
회귀 경찰의 리셋 라이프
16
PAPYRUS
파피루스

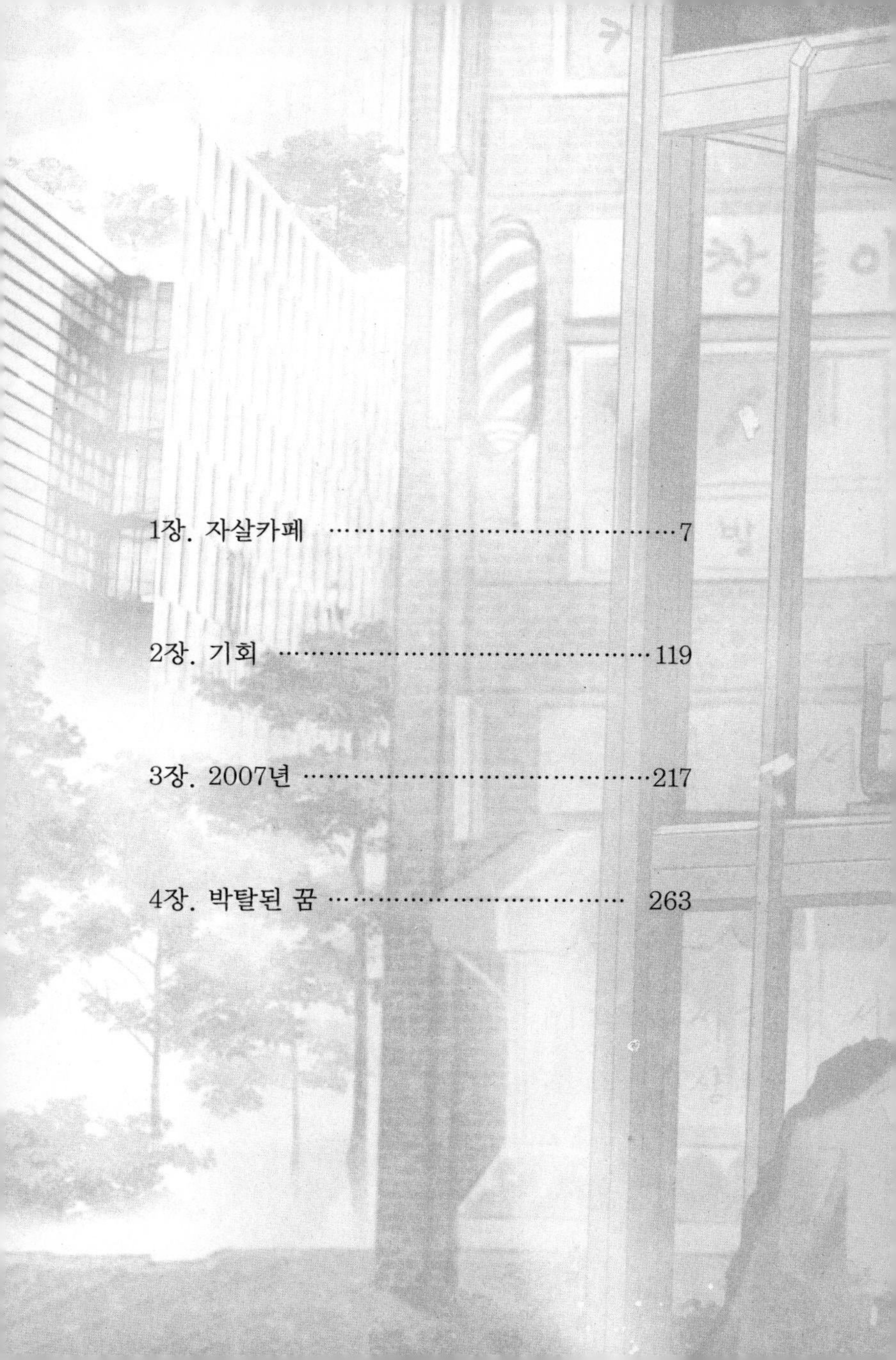

# 1장. 자살카페

# 자살카페

아파트와 빌라들이 모여 있는 한강 주변.

막바지에 접어든 여름의 무더운 바람이 그들의 몸을 휘감는다.

"여기란 말이지……."

김수환이 마지막으로 통화한 상대의 수신자 위치.

정선경찰서 형사는 네 명이 죽는 그 순간까지 누군가와 통화를 한 것 같다고 말했지만 그건 아직 모르는 거다.

다만 현재 종혁이 서 있는 곳을 중심으로 반경 30미터 내에 김수환과 마지막으로 통화한 상대가 있다.

"현석이 넌 상대가 어떤 인물인 것 같냐? 지금 생각나는 것만 대충 말해 봐."

"어……."

현석의 낯빛이 흐려지자, 종혁은 그가 생각할 수 있도

록 한참을 기다려 주다가 옅게 웃으며 한강을 가리켰다.

"저기가 어디야?"

"한강입니더."

"그럼 저 아파트에서 보이는 게 뭐야?"

"당연히 한강이…… 아! 재력이 있단 말입니꺼?!"

"빙고."

현석은 오택수에게 따라붙지 않은 초임 경찰을 향해 한강 뷰에 대해 설명을 해 줬고, 그제야 두 사람의 대화를 이해한 그는 주위를 둘러보며 눈을 빛냈다.

현석도 마찬가지다.

종혁은 핸드폰을 들었다.

"어, 재수야. 주소지 신원 좀 따 줘. 대략 2천 가구 정도 될 거야."

—……!

통화를 종료한 종혁은 수첩에 뭔가를 적고 있는 현석을 봤다.

"가자."

"어, 어데로 갑니꺼?!"

"당연히……."

종혁의 눈빛이 차갑게 가라앉았다.

"정선서 형사님에게 최은영 씨에 대해 말해 줬던 사람을 만나야지."

피해자 최은영으로 하여금 자살이라는 선택을 하게 만든 사건.

그것부터 조사를 해야 된다.

이번 수사는 거기서부터 시작이었다.

"예, 오 경감님. 뭐 좀 나왔어요?"

-어. 그런데 이거 느낌이 좀 쎄한데? 피해자 김수환 씨 주변을 탐문해 보니 김수환 씨에게 여자가 있었던 것 같아.

결혼을 전제로 만나던 여자.

그런데 이 여자의 행방이 묘연하다.

여기에 김수환이 거액의 빚을 졌을 때와 이 여자를 만났을 때의 시기가 일치한다.

"꽃뱀?"

-아무래도 그런 것 같다. 이름 황승연. 나이 27세. 서강대 영문학과 출신으로 직업은…… 꽃카페 사장?

"뭐예요, 그게? 꽃집이야, 카페야?"

-몰라. 꽃집이랑 카페를 섞어 놓은 곳이라는데…….

꽃과 커피가 한 장소에 있는 모습이 잘 연상이 되지 않는다.

"일단 그 카페부터 찾아야겠네요."

-그래야겠지. 그런데 만약 내 생각이 맞다면…….

오택수의 목소리가 차갑게 가라앉았다.

-이 사람 찾는 데 얼마까지 쓸 수 있겠냐?

"무제한."

-오케이.

통화를 종료한 종혁은 차를 몰아 충남의 한 중학교로

향했다. 피해자 최은영이 다니다 자퇴한 중학교였다.

드륵! 쾅!

갑작스럽고 거칠게 열리는 문에 깜짝 놀라 쳐다보는 교사들.

종혁은 그런 그들을 향해 미소를 지었다.

"2002년, 자퇴한 최은영 씨에 대해 조사 나왔습니다. 당시 최은영 씨 담임 선생님이 누굽니까?"

종혁은 어리둥절해하며 쳐다보는 교사들 사이 낯빛이 굳는 이를 보며 입술을 비틀었다.

* * *

"드시죠."

교무실 안쪽에 놓인 소파.

녹차가 담긴 찻잔을 내려놓는 사십대 중년인이 푸근히 웃는다.

"은영이 때문에 오셨다고요?"

"4년 전 학생인데 기억을 하시나 보군요."

"기억을 할 수밖에요. 제가 맡은 아이들 중 유일하게 자퇴를 한 아이인데요."

그렇게 말하는 중년 교사의 눈빛에 흔들림이 없다.

종혁은 눈을 가늘게 떴다.

"그렇습니까? 학창 시절 최은영 씨는 좀 어땠습니까?"

"……휴우. 교사가 이런 말을 해선 안 되지만, 행실이 좀 바르지 못한 아이였습니다."

움찔!

종혁은 성급하게 반응하려는 현석의 무릎을 눌렀다.

"어떤 식으로 말입니까?"

현석에게서 시선을 뗀 중년 교사가 잠시 먼 산을 바라봤다.

"수업 준비도 미비했고, 결석도 자주 했죠. 반 친구들과도 많이 다퉜고요. 그리고……."

중년 교사는 어색하게 웃었다.

"그 있잖습니까. 불건전 교제."

"남자친구를 자주 바꿨다고요?"

"커흠. 순화하면 그렇죠. 거기다 끝내 자퇴까지 했고요."

꾸극!

테이블 아래로 내린 주먹을 꽉 쥔 종혁은 애써 웃었다.

"당시 최은영 씨의 생활기록부를 볼 수 있겠습니까?"

"그럼요. 아, 그런데 무슨 일로 경찰에서 은영이를……."

"자살입니다."

"……예?"

벌떡!

종혁은 기겁하며 몸을 일으키는 그를 향해 입술을 비틀었다.

처음 이 중학교에 올 때까지만 해도 종혁은 애써 좋게

생각하려고 했다.

몰랐던 거라고, 눈치채지 못했던 것일 거라고.

하지만 아니었다.

이놈은 무언가를 감춘 채 속이려 들고 있었다.

그렇다면 이제 취급이 달라질 수밖에 없었다.

"최은영 씨가 자살을 하셨다고. 그러니……."

종혁은 녹음기를 꺼내어 테이블 위에 올려놨다.

타악!

"지금 이 순간부터 잘 생각하고 아가리 터세요. 지금부터 나누는 모든 대화는 법적 효력을 가지게 될 테니까요. 강현석 생도."

"예, 팀장님!"

"선생님 따라가서 생활기록부 확보해. 만약 찾을 수 없다고 씨불이면 네가 찾아."

"충성!"

중년 교사의 낯빛이 하얗게 질렸다.

* * *

품행이 방정맞고 행실이 불건전함.

생활기록부가 아닌 소설이다.

"와!"

꾸깃!

실소를 터트리며 생활기록부를 구긴 종혁은 중년 교사를 응시했다.

"정말 이랬습니까?"

"그, 그렇……."

"한 번 더 말하지만 잘 생각하고 말하세요. 내가 조사해 봐서 이것과 일치하지 않는 게 있으면 경찰이 좆같이 굴 때 인생이 얼마나 좆같아지는지 뼈저리게 느끼게 해 줄 테니까."

"이, 이보세요! 지금 이게 뭐하는 겁니까! 경찰이 무고한 시민을 협박을 하는 겁니까!"

"협박은 씨발. 교감 어디 있어?"

움찔!

"교, 교감 선생님은 무슨 이유로……?"

"아실 텐데?"

"무, 무슨 말을 하시는지 모르겠군요."

시선을 피하는 선생의 모습에 피식 웃은 종혁은 테이블을 부숴 버릴 듯 내리찍었다.

콰앙!

"허억! 이, 이보세요!"

"닥치고 내 말부터 들어."

순간 사나워지는 종혁의 눈빛.

난생처음 거친 살의를 느낀 선생은 그대로 얼어붙어 마른침을 삼켰다.

종혁은 그런 그를 보며 목청을 높였다.

"네 반에서 험한 일을 당하고 자퇴해 서울로 올라간 학생이 자살을 했어. 너 새끼가, 학생을 보호해야 될 의무가 있는 교사인 네가 외면하고 함께 나락으로 끌어내렸음에도 기특하게도 치대에 입학해 이제 잘살 일만 남은 학생이 자살을 했다고. 그런데 무슨 말인지 몰라?"

어떻게 그럴 수 있을까.

어떻게 시퍼렇게 뜬 두 눈에 미안함이, 죄책감이 단 한 점이라도 박혀 있지 않을까.

웅성웅성.

놀라 수군거리는 교사들을 본 중년 교사는 이를 악물었다.

"이익! 그, 그게 나와 무슨 상관입니까! 썩 나가세요!"

종혁은 테이블을 걷어찼다.

쾅!

"커헉?!"

"꺼지고 안 꺼지고는 경찰인 내가 판단할 일이야."

"이, 이 사람이! 지금 경찰이라고 오냐오냐해 주니……."

"오냐오냐 안 하면 어쩔 건데?"

몸을 일으킨 종혁은 그의 체구에 다시 얼어붙는 중년 교사의 가슴을 쿡 찔렀다.

"당신이 뭘 할 수가 있는데? 방조죄라는 범죄를 저지른 새끼가 뭘 할 수 있냐고."

"무, 무슨! 내가 왜……!"

"아니야? 최은영 씨가 다수에게 험한 일을 당한 걸 알면서도 묵인했잖아?"

"그, 그걸 어떻…… 합!"

종혁의 눈빛이 살벌해졌다.

이놈도 마찬가지다. 이놈도 최은영 씨의 자살에 관여한 거다.

화가 머리끝까지 솟은 종혁은 그의 머리채를 잡아챘다.

"악!"

"야, 잘 들어. 최은영 씨는 네가 죽인 거야. 그리고……."

종혁은 교사들을 둘러봤다.

"너희 교사들이 죽인 거야."

발끈!

"허허. 이거……."

"낄 데 끼어라. 이 세상에 털어서 먼지 안 나는 사람 없어요."

"이, 이 사람이……! 야! 너 몇 살이야! 어린놈의 새끼가!"

종혁은 대답 대신 핸드폰을 들었다.

"어, 재수야. 난데, 도현중학교……."

종혁은 다가온 오십대 후반의 장년인, 교감의 명패를 힐끔 봤다.

"김두옥 교감 금융거래내역 좀 털어 봐."

"헉!"

"어. 잠깐만? 왜? 계속 계시려고?"

"아, 아닙니다! 허허. 그, 그럼 이야기 계속하세요."

"어. 아니야. 일단 대기. 그래, 이따 통화하자."

통화를 종료한 종혁은 바들바들 떠는 중년 교사를 응시했다.

"왜 날고 기는 전과자 새끼들이 형사 앞에선 순한 양이 되는지 알아? 그건 형사가 한 번 좆같이 굴겠다 마음먹는 순간 인생이 좆같아지기 때문이야. 내가 씨발 네 인생 좆되게 해 줄게."

선생 자격이 없는 놈을 어찌 선생으로 둘까.

"내가 너 협박했다고 신고하려면 해. 내가 이 녹음 파일도 줄게."

대신 앞으로의 인생을 걸어야 할 것이다.

"강현석 생도, 녹음기 챙겨. 알 거 다 알았으니까 이제 그 씨발 새끼들 만나러 간다."

"충성!"

"서, 선생님!"

종혁은 코웃음을 치며 몸을 돌렸다.

"다! 다 말하겠습니다! 그, 그러니 부디-!"

멈칫!

씩 웃은 종혁은 표정을 수습하며 다시 소파에 엉덩이를 붙였다.

"읊어. 여기서."

처음부터 끝까지.

하나도 남김없이.

투욱!

끝났다. 경멸로 가득한 동료 교사들의 시선에 교사로서의 삶이 망가졌다는 걸 깨달은 중년 교사는 고개를 떨궜다.

코웃음을 치며 일어난 종혁은 '나중에 참고인 조사로 소환하면 지체 없이 오라'는 말을 남기며 일어섰다.

그렇게 주차장으로 향하는 길, 침묵하던 현석이 입을 열었다.

"행님, 왜 그냥 돌아가시는 겁니꺼?"

범죄 사실을 알았음에도 묵인했다는 사실을 자수한 중년 교사.

방조죄로 충분히 엮을 수 있음에도 그냥 돌아 나온 이유를 알 수가 없었던 강현석은 의문을 표했다.

"연락하라고."

"예?"

"올해 퇴직을 했다는 그 교감 새끼나 가해자 부모들에게 연락을 하라고."

그래야 견적을 낼 수 있을 거다.

"어, 어떤 견적 말입니꺼?"

"어디까지 죽여 버릴지에 대한 견적."

지금 이 순간부터 덤비는 놈은 무조건 죽여 마땅한 놈이다.

종혁은 핸드폰을 들었다.

"예, 사장님. 납니다. 제가 수풀을 좀 흔들었으니까 그 새끼들 절대 놓치지 마세요. 예, 부탁드리겠습니다."

통화를 종료한 종혁은 다시 어딘가로 전화를 걸었다.

“예, 간편신고관리과 특별수사1팀 최종혁 경정입니다. 의뢰한 디지털포렌식 결과는 어떻게 됐습니까? 인터넷 검색 결과랑 사이트 가입, 모든 문자 내역…… 예? 일반적인 방법으로는 접근할 수 없는 사이트가 하나 나왔다고요?”

눈이 동그래진 종혁은 차를 향해 다급히 몸을 날렸다.

“사이트 주소가 어떻게 됩니까! 아니, 문자로 보내 주세요!”

한편 동료 교사들의 날카로운 시선을 감당하지 못하고 학교 뒤 흡연장으로 온 중년 교사는 얼른 핸드폰을 들었다.

“예, 예! 교, 교감 선생님! 저 홍이준입니다! 방금 전…….”

중년 교사는 방금 전 있었던 일을 모두 설명했다.

“어쩔 수가 없었…… 죄송합니다. 예, 그럼…….”

허리를 굽실거리면서 하던 통화를 종료한 중년 교사는 이내 사납게 이를 드러내며 담배를 물었다.

“카악, 퉤! 씨발 어린놈의 새끼가…….”

마음 같아선 손수 갈기갈기 찢어 버리고 싶지만 애석하게도 그럴 힘이 없었다.

그러나 지금 통화한 사람에겐 젊다 못해 어린 형사 따윈 충분히 묻어 버릴 힘이 있었다. 이제 종혁은 사건을 포기하거나 어디 시골 경찰서로 좌천을 당하게 될 터.

종혁이 바란 게 이것임을 모른 채 키득키득 웃던 중년 교사는 다시 침을 뱉으며 돌아섰다.

“쯧. 전근을 준비해야겠네.”

더 이상 이 학교에서 근무를 할 수 없을 테니 모든 걸 내려놓고 다른 학교로 가야 했다.

다만 빈 몸이 아니라 연락해 줘서 고맙다는 교감 선생의 두둑한 수고비와 함께 갈 것이다.

그의 입가에 미소가 피어났다.

* * *

연관점이 없는 네 사람이 한날한시 한자리에 모여 자살을 했다.

현재 확보된 CCTV에 의하면 사망 일주일 전 오전 10시에 오션월드 근처 모텔에 모여 사망하는 그 시각까지 함께했다.

‘도대체 어떻게 알게 된 사이인가 했더니…….’

최은영, 김수환, 김미자, 박오현.

네 명의 인터넷 검색 기록에 공통적으로 이 사이트에 접속한 기록이 있었다.

PASSWORD:

비밀번호를 입력하라는 글귀만 달랑 있는 이상한 사이트.

촉이 섰다.

‘여기서 자살 모의를 한 것일 수 있어.’

2000년대 초에 경찰의 골머리를 썩게 했던 유행 아닌 유행, 자살카페.

아직 확실하게 드러난 건 없지만, 종혁은 이 사이트가 그 자살카페가 아닐까 예상했다.

어쩌면 김수환이 마지막으로 통화한 그 대포폰의 주인도 이 이상한 사이트와 연관되어 있을 수 있다.

아니, 촉이 그렇게 말하고 있었다.

"이거 접속은 못하죠?"

"비밀번호를 모르면 힘들죠. 서버가 해외에 있는 사이트라 들여다볼 수도 없고요. 방법이 있다면……."

디지털포렌식과 대원은 말을 줄였지만, 종혁은 알아들었다.

해킹. 접속을 하려면 해킹뿐이다.

그러나 테러 등 국가안보 위협이 아닌 이상 경찰로선 할 수 없는 방법이기에 혀를 찬 종혁은 생각에 잠겼다.

"……흠. 그럼 역추적 가능합니까?"

"역추적이요?"

"최은영 씨가 이 사이트의 존재를 알게 된 경로 말입니다."

"아, 웹서핑!"

사는 세상이 다른 네 명이었기에 그 경로는 인터넷일 확률이 매우 높았다.

손가락을 튕긴 대원은 잠시 고민하다가 이내 고개를 힘차게 끄덕였다.

"예, 알겠습니다. 원래 저희 업무가 아니지만, 최 팀장님 부탁이니까 한번 찾아보겠습니다."

한국 과학수사 기술을 몇 단계 진보시킨 최종혁.

거기다 본디 사이버수사과의 업무 중 하나였던 디지털포렌식, 당시엔 개념조차 없던 디지털포렌식을 한국에 가져온 게 종혁이다.

알 만한 사람들은 다 아는 이야기.

그 덕분에 수많은 사건들을 손쉽게 해결했던 걸 떠올리면 이 정도 도와주는 건 어렵지 않은 일이었다.

"고마워요. 내가 찐하게 한잔 살게요."

"흐흐. 뭘요. 이 사이트에 접속하기 이전의 인터넷 검색 기록만 뒤져 보면 되는걸요. 아, 여긴 최은영 씨 포렌식 결과입니다. 컴퓨터에는 별게 없고 핸드폰에만 참 많은 게 있더라고요."

두툼한 종이 뭉치를 받아 든 종혁은 첫 장의 첫 문장을 보곤 그대로 굳어 버렸다.

—혹시 최은영 씨 핸드폰 번호가 맞나요?

—맞는데요? 누구세요?

—아, 최걸X 씨 핸드폰 맞아요?

순간 숨이 턱 하고 막힌다.

다급히 메시지를 삭제한 기록이 있어서 더.

"아, 그건 최은영 씨 월셋방에서 수거한 핸드폰에서 나온 기록입니다. 보시다시피 첫 문자를 받은 이후 바로 다음 날 최은영 씨는 기기 변경 및 번호 변경을 하며 이 발신자 번호를 차단했는데, 이 개새끼들이 다른 번호로 연락을 해 왔더라고요."

그게 최은영 씨가 사망 당시 지니고 있던 핸드폰에 저장되어 있던 문자, 정선경찰서 형사가 말해 준 문자 내역이다.

놈들이 다시 보낸 문자를 받은 뒤 대학에 가지 않은 그녀.

그리고 사망 2주 전에 이 이상한 사이트에 접속한 기록이 있다.

만약 이 이상한 사이트가 정말로 자살을 모의하는 자살카페라면, 피해자 최은영은 이때부터 자살을 결심하게 된 걸 거다.

"아무튼 감사합니다. 이걸로 놈들을 잡을 수 있겠네요."

이 정도 물증이라면 놈들을 구속시킬 증거로는 충분했다.

이런 사건의 가해자들은 대부분 피해자의 사진이나 영상을 간직하고 있다.

구속시킬 수만 있다면, 놈들이 가지고 있는 확실한 증거를 확보할 수 있을 터.

'목 씻고 기다려라, 이 개새끼들아. 내가 진짜 어떡해서든 최대 형량을…….'

띠리링! 띠리링!

"예. 최종혁입니…… 뭐?"

순간 종혁의 몸이 굳는다.

뒷목이 뻣뻣해지고 열이 정수리까지 솟는다.

종혁은 정말 애써 참으며, 환청을 들었다고 자위하며 떠듬떠듬 입을 열었다.

"다, 다시 말해 봐."

―벼, 변호사가 왔어요. 박철, 유연상, 강도빈이 곧 자수할 거라고요, 팀장님!

박철, 유연상, 강도빈.

최은영을 괴롭히고 그녀로 하여금 자살이라는 하지 말아야 할 선택을 하게 만든 일진, 아니 악마 새끼들이다.

뚝!

"푸흐……."

바람 빠지는 듯한 웃음소리와 함께 순간 들썩이기 시작한 종혁의 어깨.

"와, 와 그랍니꺼, 행님…… 헉!"

현석을 순간 뻣뻣이 굳어 버렸다.

감정이 사라져 버린 종혁의 얼굴.

"해, 행님?"

"현석아."

"예, 행님."

"여기서 잠시만 기다려 줄래? 내가 아무래도 좀 못난 모습을 보일 것 같거든."

"예?"

현석에겐 강인한 모습만, 그리고 경찰의 훌륭한 모습만 보여 주고 싶은데 그러지 못할 것 같다.

현석의 어깨를 눌러 앉힌 종혁은 지하의 특별수사팀 사

무실로 향했다.
그러자…….
"아, 당신이 최종혁 팀장입니까? 난……."
느긋이 일어서며 손을 내미는 중년 여성, 아니 변호사.
성큼성큼 걸어간 종혁은 그녀의 멱살을 잡았다.
"최 팀장!"
"팀장님!"
기겁하며 일어나는 다른 팀의 형사들.
그러나 그들이 눈에 들어오지 않을 만큼 화가 난 종혁은 변호사를 잡아먹을 듯 노려봤다.
"진짜 너희 변호사들은 왜 이렇게 대가리를 잘 굴리지?"
"……재밌네요."
안경을 밀어 올린 변호사가 나른하게 웃는다.
"최 팀장님에 대해 좋은 이야기를 많이 들었는데, 이러면 좀 실망할 것 같은데요?"
"아, 그러세요? 어떻게 더 실망하게 해 드릴까?"
"이제 좀 놔주시겠어요? 내가 여기서 더 숨이 막히면 담당 형사가 내게 폭력을 휘둘렀다고 말할 수밖에 없어서요."
빠득……!
손에 힘을 푼 종혁은 자리에 거칠게 앉았다.
"얼마나 아름다운 개소리인지 읊어나 보쇼."
"일단 제 소개부터 하죠. 법무법인 새벽의 차애라예요."
한국에서 다섯 손가락 안에 드는 대형 법무법인 새벽.

'거지 같네. 진짜.'

범상치 않다 싶더니 그럴만한 이유가 있었다.

"……간편신고관리과 특별수사1팀장 최종혁 경정입니다. 씨발."

싱긋 웃은 그녀는 핸드백에서 녹음기를 꺼냈다.

"제 의뢰인인 박철, 유연상, 강도빈 씨는 최은영 씨의 일에 대해 깊이 통감을 하는 바 마음을 정리하는 대로 자수를 하시겠다고 전하셨습니다. 이건 자수를 하시겠다는 육성이 담긴 녹음기고요."

"진짜 개소리를 하시네."

죄책감을 느끼고 자수 의사를 밝힘으로써 놈들의 형량은 절반 이하로 떨어지게 됐다.

아니, 새벽 정도의 법무법인이 붙었으니 2심에선 절반의 절반으로 떨어지게 될 거고, 대법원까지 가면 집행유예로 풀려날 거다.

안 봐도 뻔히 보이는 비디오.

정말 좆같은 개소리였다.

차애라는 싱긋 웃었다.

"그럼 제 의뢰인들의 뜻은 모두 전했으니 전 이만."

또각또각!

꽈앙!

책상을 걷어찬 종혁은 흡연실로 향했다.

새진리 아브라함의 지주 사건 때 일부러 변호사에게 당해 준 것과 달리 이번엔 제대로 엿을 먹었다.

* * *

천장에 샹들리에가 걸린 거실.

"애미 없는 년 하나 때문에 이게 뭔 난리인지……."

과거의 일이 갑자기 발목을 잡을 줄은 그도 생각 못했다.

소파에 앉은 노인이 담배를 펴며 옆에 앉은 청년을 노려본다. 그러자 청년은 다급히 고개를 숙였다.

"왜 우리 애 기를 죽이고 그래요, 오빠!"

발톱을 세운 고양이처럼 예민하게 반응하며 청년을 감싸는 오십대 여성.

"지금 그러지 않게 생겼어?! 그년을 찾아가긴 왜 또 찾아가서 이 사달을 만들어!"

찾아만 갔으면 이런 말도 안 한다. 또 십대 때처럼 괴롭히다가 결국 자살을 하게 만들었다.

"가지고 놀 거였으면 적당히 했어야지!"

살아만 있었다면 그때처럼 돈을 먹여 입을 다물게 했을 거다. 억지로 준 거라 그 돈을 썼는지 안 썼는지는 모르지만 말이다.

그래도 일단 겉으론 합의가 된 모양새가 만들어졌으니 그걸로 끝이었던 일.

그런데 이번엔 죽어 버려서 그럴 수조차 없었다.

"……죄송합니다, 삼촌."

"어휴. 내가 앓느니 죽지. 죽어!"

"오빠! 올케언니, 말 좀 해 봐요!"

노인의 옆에 앉아 있던 여성이 혀를 차며 몸을 일으켰다.

교장을 노리던 남편이 왜 교감을 끝으로 물러났던가. 모두 저 하나뿐인 조카가 저지른 일을 무마해 준 걸 당시 교장에게 들켜서다.

"우리에게 자식만 있었어도…… 쯧."

"저, 저! 오빠, 언니 말하는 것 좀 봐요!"

"틀린 말도 아닌데 뭘 봐!"

하나뿐인 여동생에, 하나 있는 조카.

그래서 참 많이 예뻐했다. 자신들 부부 사이에 자식이 없어서 친자식처럼 여겼다. 그런데 그러질 말았어야 했다.

"오빠!"

"닥쳐, 좀! 넌 그 나이 먹고도 아직까지 왜 눈치가 없어!"

퍼억!

소파 팔걸이를 치고 나서야 입을 다무는 여동생.

"어휴."

한숨을 푹푹 쉰 노인은 오십대 장년인을, 지금은 퇴직한 경찰과 그 옆에 앉은 경찰의 아들을 응시했다. 비록 뇌물로 목이 잘리긴 했지만, 아직 경찰에 끈이 남아 있는 조카의 친구 아버지.

"어떤 놈이랍니까?"

"알아보니, 최종혁 그놈 아주 골치 아픈 놈입니다."

뭔 놈의 경찰이 그렇게 부자인지, 돈을 먹여 사건을 무마하는 등의 일반적인 방법은 통하지 않을 것 같다.

더욱이 그놈에게 물려 목이 날아간 국회의원이 몇 명이던가. 미친개가 따로 없다.

그래선지 경찰 요직에 앉은 친구들도 난색을 표했다.

'겁쟁이 같은 놈들.'

"새벽을 이용한 게 신의 한수였습니다."

덕분에 막대한 수임료를 물게 됐지만, 법무법인 새벽의 능력이면 자식을 교도소에 보내진 않을 테니 그걸 위안으로 삼아야 할 듯싶었다.

"후우. 제가 현직에 있었으면 이렇게 돈 쓸 필요도 없이 정리했을 테지만……."

그 생각은 노인도 마찬가지다.

'만약 내가 아직도 교직에 있었다면 시의원놈들도 이번처럼 난색을 표하진 않았을 텐데.'

왠지 종혁의 이름을 듣자마자 말을 바꾸는 것 같았지만, 이는 그 자신의 착각일 것이다.

노인은 이번 일의 마지막 가해자인 병원 원장 부자를 봤다.

동네에서 제법 잘나가는 척추전문병원의 원장. 그 역시 소득이 없었다면서 고개를 저었다.

"어휴."

띵동!

"아, 왔나 보군요. 뭐해, 이놈아! 얼른 가서 문 열어 드려!"

"네, 네! 삼촌!"

다급히 조카가 달려가 문을 열자 종혁을 물 먹인 차애라가 들어온다. 그녀는 어떻게 됐냐는 듯 눈으로 물어 오는 그들을 향해 입을 열었다.

“일단 저희의 의사를 표명했으니 늦어도 2주일 안에는 찾아가야 할 거예요.”

“아, 아니…….”

하얗게 질리는 조카와 조카 친구들을 향해 닥치라는 듯 째려본 노인은 앓는 소리를 냈다.

“끙. 새벽으로서도 무리였나 보군요.”

법무법인 새벽도 다를 게 없다는 도발 아닌 도발.

슬그머니 수임료를 깎으려는 수작에 차애라는 속으로 헛웃음을 터트렸다.

‘이 사람들은 지금 누굴 건드렸는지 알기나 하는 걸까?’

전 경찰청장과 현 경찰청장의 킹메이커이자, 경찰 개혁의 참모이며 방송국까지 무릎 꿇린 사냥꾼이다.

여기에 차기 서울중앙지검의 검사장으로 유력한 특수부 강철선 부장검사와도 밀접한 관계를 맺고 있다.

종혁은 천재라는 단어로 가늠할 수 없는 괴물이었다.

‘우리 새벽쯤 되니까 비벼 볼 수 있는 거야!’

아니었다면 지금 이들은 머리채가 잡혀 끌려갔을 거다.

“죄송합니다. 여기 이분들께서 남기신 증거들이 너무 많아서 저로서도 어쩔 수가 없었어요.”

움찔!

차애라는 박철 등을 한심하다는 듯 쳐다봤다.

문자를 왜 남기긴 왜 남겼을까.

메일을 보내긴 왜 보냈을까.

정말 멍청하기 그지없는 놈들이었다.

"그래도 경찰 출두 때 제가 함께할 테니 너무 걱정 마세요, 선생님."

노인이 학창 시절 은사만 아니었어도 맡지 않았을 이번 의뢰.

비록 지금은 이렇게 추악한 악마가 되었다지만, 당시 노인은 춥고 배고픈 아이들에게 옷을 벗어 줄 줄 아는 사람이었다.

"허허. 그래요. 내 차 변호사님만 믿겠습니다."

"대신 그때까지 그 어떤 사고도 치면 안 될 거예요."

상대가 종혁인 이상 절대 꼬투리를 잡히면 안 된다. 술도 밖이 아니라 집에서 마시는 게 좋다.

알겠냐는 듯 응시하는 차애라의 시선에 박철들은 고개를 돌렸다.

"아, 그리고 혹시라도 숨겨 둔 사진이나 영상 같은 게 있으면 모두 버리시고요."

"허허. 걱정 마십시오. 그건 그때 다 지우기로……."

흠칫!

몸이 흔들리는 박철들에 노인의 얼굴이 딱딱하게 굳었다.

"설마 아직도 안 지웠냐?!"

"아, 아뇨! 다 지웠어요! 그치?!"

"네에! 그때 다 지웠어요!"

"정말 지웠나요?"

차애라가 굳은 표정으로 입을 연다.

"이 부분은 확실히 말해 주셔야 해요. 만약 후에 그런 걸 소유하고 있다는 게 들통나면 자수도 의미가 없어져요."

"정말이라니까요?! 다 지웠다고요!"

정말 억울하다는 듯 외치는 그들의 모습에 차애라는 눈을 가늘게 떴다.

"……알겠습니다. 믿겠습니다. 그래도 혹시라도 남아 있을 수 있으니까 다시 확인해 보고 있다면 파기해 주세요."

의뢰인이 이렇게 온몸으로 아니라고 외치는데 어찌 의심할 수 있을까.

"그리고 선생님도 마찬가지예요. 혹여나 저 몰래 피해자의 부모에게 찾아가거나 하지 마세요."

사건을 맡은 이상 모든 진행은 자신이 컨트롤해야 한다.

"예, 예. 그럼요. 아무렴요."

"그럼 경찰에 출석할 때 뵙겠습니다. 전 가 볼게요, 선생님."

"허허. 수고하셨습니다. 앞으로도 잘 부탁드리겠습니다, 차 변호사님."

허리를 숙이는 노인의 뒤통수를 빤히 응시하던 차애라는 몸을 돌렸다. 밖으로 나와 차에 오른 그녀는 다 식어 버린 커피를 홀짝였다.

'최종혁…… 최종혁이라…….'

그동안 수많은 변호사를 물 먹인 종혁을 이길 수만 있

다면 꽤 훌륭한 커리어가 될 수 있을 터.

'그러려면 저놈들을 단속해야겠지.'

"응, 나야."

그녀는 차를 출발시키며 누군가에게 전화를 걸었다.

"뭐? 술?!"

노인의 집을 나서던 노인의 여동생은 미간을 좁히며 자신의 아들을 바라봤다.

"변호사가 사고 치지 말라고 한 거 못 들었어?!"

"누가 사고 친데?! 그냥 답답해서 마시려는 거야! 곧 경찰에 가야 하니까……."

또 철없는 말을 하는 아들의 모습에 그녀는 화가 나면서도 아들의 처진 어깨를 보자 울컥 화가 솟는다.

'그깟 애미 없는 년 죽은 게 뭐 대단한 거라고!'

오빠나 변호사나 왜 이리 난리인지 모르겠다.

'내 아들이 어떤 아들인데! 내가 얘를 어떻게 키웠는데!'

"쯧. 알았어. 적당히 마시고 들어와."

"네…… 고마워요, 엄마."

그렇게 그녀가 허락을 하자, 다른 이들의 부모도 혀를 차며 허락을 한다.

"죄송해요, 아버지."

"됐어. 남자가 그럴 수도 있지."

"진짜 사고 치지 마라. 이번엔 이 아빠도 보호해 줄 수 없는 거 알지?"

"네……."

"술 마실 돈은 있고?"

그렇게 부모들이 떠나고 약간의 시간이 흐른 후.

"갔냐?"

"갔어."

"아, 씨발."

어깨를 편 박철들이 담배를 문다.

"개 같은 년. 왜 뒤져 버려 가지고……. 뒤질 거면 문자는 다 지우고 뒤지든가."

"내 말이. 씨발. 그년 때문에 엄마한테 맞았잖아!"

"크크. 븅신. 나이가 몇 살인데 아직도 엄마한테 맞고 다니냐?"

"몰라. 씨발."

키득키득 웃던 그들은 순간 입을 다물었다.

"그년 사진 지운 사람?"

"……."

"씨발 새끼들아! 지우자고 했잖아!"

"그래서 넌 지우셨고요?"

"아니?"

"……미친 새끼."

"너님은 아니세요?"

"흐흐. 그냥 얼빠진 애들 꼬드겨서 하는 거랑은 다른 맛이 있다니까?"

"크크크. 됐고. 씨발, 자수를 하는데 짭새 새끼들이 우리 옛날 폰을 뒤지기야 하겠어?"

그 말에 그들의 입가에 비릿한 미소가 그려진다.

"그렇지. 야, 여기서 더 삐대지 말고 술이나 빨러 가자."

"야. 너 또 술 마시다가 도중에 하우스 가면 죽여 버린다."

"맞아. 차라리 안마방을 가서 떡을 쳐. 맨날 잃는데 거긴 왜 가냐?"

"니들이 취해서 하는 섯다의 묘미를 알아? 뭐 그것도 요새 용돈 떨어져서 가지도 못하지만……."

"어후, 도박 중독자 폐인 새끼."

"응. 니 좆."

세 악마들은 그렇게 킬킬거리며 큰길로 향했다.

* * *

다음 날, 출근을 하던 오택수가 특별수사팀 입구에서 멈춰 서서 눈을 껌뻑인다.

숨이 막힐 만큼 가라앉은 사무실, 아니 팀의 분위기.

먼저 출근한 강현석과 타국의 초임 경찰들도 눈치만 보고 있다.

오택수는 슬그머니 최재수에게 다가갔다.

"뭐야? 분위기 왜 이래?"

"하아. 그게요……."

최재수는 어제 있었던 일을 설명해 줬고, 오택수는 얼굴을 찌푸렸다.

"씨발?"

"오셨어요?"

뒤에서 수건으로 젖은 머리를 털며 다가오는 종혁.

"어제 물먹었다며?"

그 말에 최재수와 현석들이 기겁을 하고 종혁은 얼굴을 구겼다.

"……아오, 씨! 겨우 잊었는데!"

피해자 최은영으로 하여금 자살이라는 선택을 하게 만든 문자 내역을 확보한 이상 놈들을 보낼 수 있을 거라 여겼는데, 대형 로펌의 변호사가 붙으며 어그러졌다.

'피해 사실을 입증할, 정확히는 놈들이 남겼을 피해 사진이나 영상을 확보했다면 이렇게 화가 나지도 않았을 텐데…….'

그런 부류의 놈들은 대부분 마치 트로피를 장식하는 것처럼 꼭 그런 영상이나 사진을 찍는데, 이젠 그마저도 기대를 할 수 없게 됐다.

새벽 정도 로펌의 변호사가 그런 증거물들을 가만 놔둘까.

"거의 첫 패배 아니냐?"

"아, 진짜!"

맞다. 말 그대로 거의 첫 패배다.

그래서 이 치솟는 분노를 주체할 수가 없다.

하지만 폭발하면 솜방망이 처벌이라도 내릴 수가 없어서 겨우 누르고 있는데, 오택수가 성질을 건드리고 있다.

"크크크크."

배꼽을 잡고 웃던 오택수는 돌연 장난은 여기까지라는 듯 엄한 표정을 지으며 서류를 내밀었다.

“지랄 똥은 그만 싸고 이거나 봐.”

“뭔데요?”

“황승연. 아니, 강복자 서류.”

“엥? 강복자?”

“일단 봐. 어제 밤을 샜더니 피곤해 죽겠다.”

정말인지 눈 밑에 다크서클이 그득한 오택수.

종혁은 재빨리 서류를 살폈다.

이름 강복자, 나이 34세.

사기 전과 7범.

“씨발? 34살이요? 이십대라면서요?”

오택수는 대답 대신 강복자와 김수환이 함께 찍은 사진을 보여 줬다.

눈에 확 띄는 미인은 아니지만, 정말 엄청난 동안.

‘음?’

뭔가 거슬리는 걸 발견한 종혁은 고개를 모로 기울였지만, 그걸 못 본 오택수는 입을 열었다.

“알아보니까 이년 아주 유명한 꽃뱀이더라고.”

“……그 꽃카페는요?”

“김수환 씨를 설계하려고 진짜 꽃카페 사장에게 잠깐씩 빌린 거더라고.”

마음에 드는 남자가 있는데, 가끔 그 남자를 데려올 때만 자신이 사장인 척을 해 줄 수 없냐고 부탁한 강복자.

자주 찾아오던 손님이 돈까지 주며 부탁하니 꽃카페 사장은 마지못해 승낙을 했다고 한다.

"그런데 새로 들어온 알바가 그 이야기를 제대로 전달받지 못해서 김수환 씨에게 다 들킨 거지. 아주 난리가 났단다."

그게 한 달 전이다.

꽃카페 사장의 증언을 들은 오택수는 곧바로 아는 형사들에게 사진을 돌렸고, 꽤나 유명한 년이었는지 저녁에 연락이 온 것이다.

수고했다고 고개를 끄덕이던 종혁은 돌연 의아해했다.

"근데 날은 왜 샌 거예요?"

"아, 김미자 씨 때문에."

시간이 남아 조사를 해 보니 김미자도 기가 막히고 코가 막히는 사연이 나왔다.

4년 전 남편과 사별한 김미자. 그리고 얼마 전 도박알선죄로 현재 복역 중, 아니 병원 치료 중인 김미자의 친구.

"병원 치료?"

"일단 들어 봐."

오택수는 김미자의 사연에 대해 설명했고, 종혁은 결국 담배에 불을 붙였다. 담배를 피우지 않고는 참을 수가 없는 사연이었다.

"후우…… 그럼 그 친구란 년은 왜 가서 그딴 말을 했답니까? 갑자기 삶이 시시해져서 그랬대요? 김미자 씨보고 아예 죽어 버리라고 그랬답니까?! 그럼 원하는 대로 됐네, 씨발!"

쾅!

남편을 잃고 4년이란 시간이 흘렀다.

어쩌면 슬픔을 털어 내고 다시 살려는 의지를 가지게 됐을지도 모른다. 4년이란 시간을 버텼다면 충분히 그럴 가능성이 있었다.

그런데 친구란 년은 그런 김미자를, 절벽 끝에 서 있다가 이제야 안쪽으로 걸어 나오려는 그녀를 절벽 밖으로 밀어 버린 거다.

오택수는 종혁의 담배를 낚아채 물었다.

"췌장암 말기란다. 그래서 고백했대. 모두 자기가 김미자 씨 인생을 망치려고 한 짓이라고."

자신의 죄책감을 덜어내기 위한 무책임한 속죄.

그뿐이었던 것이다.

순간 종혁을 비롯한 주위 사람들이 말을 잃는다.

"……하하. 지랄이네, 진짜."

마른세수를 한 종혁은 핸드폰을 들었다.

"예, 납니다. 사장님, 전국에 수배 좀 때립시다. 이름 강복자. 꽃뱀. 확실치는 않지만 마약도 하는 것 같아요."

김수환 씨와 찍은 사진 속 강복자의 얼굴에서 마약 중독자 특유의 흔적이 희미하게 보였다. 화장으로도 가릴 수 없는 흔적.

종혁은 깜짝 놀라는 오택수를 외면하며 말을 이었다.

"사진은 곧 보내 줄 테니까 이년 좀 최대한 빨리 찾아

줘요. 현상금은 3일 안에 찾으면 1억."

"헉!"

"미친!"

"예, 사장님. 나도 너무 과한 거 압니다."

사람 한 명 찾는 데 정말 많이 들어 봐야 겨우 5백만 원 정도다. 이마저도 물가 상승으로 이쪽 바닥도 의뢰비가 올라서다.

"그런데 내가 씨발 이년이라도 씹어 먹지 않으면 눈깔이 뒤집힐 것 같거든."

빠드득!

어젯밤은 너무 화가 나서 잠을 잘 수조차 없었다.

"내일 안까지 찾으면 5천 추가입니다."

탁!

거칠게 전화를 끊은 종혁은 새 수건을 챙겨 몸을 돌렸다.

"나 운동하러 갑니다."

"또?"

"청장님이 불러도 찾지 마요. 현석아, 따라와! 운동하러 가자!"

운동이라도 하지 않으면 정말 미쳐 버릴 것 같았다.

* * *

1억 5천만 원.

전국의 모든 흥신소가 눈을 뒤집고 달려들기에 충분한

액수였고, 강복자의 현재 위치가 파악되는 데 걸린 시간은 고작 하루 반나절에 불과했다.

한 주택가 골목, 주차한 차에 기댄 종혁은 저 멀리 보이는 한 건물을 보며 헛웃음을 터트렸다.

"가지가지 한다, 진짜."

담배 연기를 뿜은 종혁은 옆을 봤다.

"저기에 있다고요?"

"예, 형사님! 강복자 이년이 원래 이쪽 바닥에선 유명한 호구거든요. 남자 공사 쳐서 번 돈을 모두 도박으로 꼬라박는, 아니 도박을 하기 위해 공사를 치는 또라이년입니다."

오늘 새벽 기어 들어가는 걸 확인했고, 지금까지 감시했다.

다시 들어도 어이가 없는 말.

"그럼 저기서 약도 팔겠네요?"

"뭐…… 그렇다고 봐야겠죠. 도박하는 새끼들이 약에 손대는 게 하루이틀 일도 아니고."

요샌 경제가 어려워지니 하우스에서도 마약으로 손님을 끌어모으기도 한다. 체력적으로 지칠 때 먹는 각성제 한 알이 다시 도박을 할 활력을 불어넣기 때문이다.

"그러다 중독돼서 사고 치면 뭐…… 병신 만들어서 경찰서에 던져 버리고요."

그리고 하우스를 옮겨 버린다.

요샌 그런 경향이 좀 심하다. 전국 투견 도박판이 싹

쓸려 버렸기 때문에 뭔가 좀 이상하다 싶으면 굳이 약 문제가 아니라도 바로 옮겨 버린다.

"후. 수고했어요. 현상금은 강복자 그년 확보하면 보내드릴게요."

"감사합니다! 그럼 또 이용해 주십시오!"

허리를 꾸벅 숙인 흥신소 직원이 멀어지자 종혁은 건물을 보며 입을 열었다.

"오 경감님이랑 재수는 퇴로 차단하고, 현석이랑 둘은 나 따라와. 오 경감님."

"왜?"

"좆같이 굴면 그냥 죽여 버려요."

"오케이."

"예!"

금속 배트로 어깨를 두드리며 사납게 웃는 둘.

종혁은 담배꽁초를 버리며 발을 내디뎠다.

"갑시다."

"쿨룩쿨룩!"

담배에 찌든 폐인의 기침이 여기저기서 울리는 공간.

"으랏챠!"

"씨발!"

누군가는 승리의 기쁨에 함성을 지르고, 누군가는 떡진 머리를 움켜쥐며 둥근 테이블에 머리를 박는다.

그렇게 시끄럽지만 누구도 그걸 신경 쓰지 않는다.

그건 강복자도 마찬가지였다.

"호호. 이거 미안해서 어째?"

코앞에서 쓸려 가는 돈뭉치에 눈에 핏발이 선 그녀.

앳된 얼굴이 중년의 여성처럼 주름져 있다.

"씨발. 끗발 좆같이 안 붙네."

"호호. 복자 씨, 끗발 안 붙으면 붙이고 와. 저기 삼촌들 많잖아."

끗발이 붙지 않을 땐 섹스를 해라. 도박판에 유명한 미신이다.

몇 시간 만에 천만 원을 꼬라박아 순간 혹했던 강복자는 이내 코웃음을 쳤다.

"너나 열심히 하세요, 아줌마."

"호호. 꽃뱀이 별걸 다 따지네?"

"난 와꾸랑 몸매가 돼서 아줌마처럼 돈으로 사지 않아도 바지들이 침을 질질 흘리거든."

"뭐야?!"

중지를 치켜든 그녀는 담배를 물며 테이블 사이사이를 돌아다니는 심부름꾼을 불렀다.

"예, 누님! 부르셨습니까!"

"가서 박카스랑 도리도리 가져와."

"옙!"

돈을 받은 심부름꾼은 후다닥 달려갔다가 이내 곧 엑스터시와 박카스를 가져왔다.

꿀꺽꿀꺽!

"크!"

정신이 번쩍 드는 박카스의 시원함.

그렇게 얼마나 시간이 흘렀을까.

뜨겁고 침침해지던 눈이 번쩍 떠지자 그녀의 입가에 미소가 걸렸다. 곤두선 온몸의 솜털이 모두 느껴질 만큼 예민해진 감각.

"오케이. 나 준비 완료."

그녀는 5만 원을 테이블 중앙에 던지며 판에 참가를 했다.

그와 동시에 그녀에게 던져지는 화투패 한 장.

패를 확인한 그녀의 눈썹이 꿈틀거렸다.

울긋불긋 단풍나무 아래 서 있는 사슴 한 마리. 10이었다.

"10."

"받고 10 더."

"받고 20 더."

빠르게 돌아가며 테이블 위에 수북하게 쌓이는 돈들.

이어 던져진 화투패를 잡은 그녀는 살짝 놀랐다.

찌릿!

확인을 하지 않았는데도 손끝에서 흐르는 전류.

'이건 떴다.'

오랜 도박에서 오는 직감. 그런 직감이 들었다.

마치 바늘귀에 실을 끼워 넣는 것처럼 패를 확인한 그녀는 비명이 튀어나오려는 목구멍을 겨우 눌렀다.

'됐다. 됐어!'

드디어 떴다. 장땡이었다.

그녀는 황급히 다른 사람들 모르게 숨고르기에 들어갔다.

그리고 시작된 레이스.

강복자는 계속 레이스를 했고, 그래서인지 십만 원 단위의 돈이 어느덧 백만 원을 넘겼다. 어느새 테이블 위에 쌓인 돈만 무려 2천만 원.

“어우 좋은 패 들어왔다고 너무들 지르시네. 난 죽습니다.”

“나도요.”

이제 판에 남은 건 둘.

아까 전 강복자에게 아줌마라고 놀림 받던 중년 여성이 끝까지 따라온 강복자를 보며 의미심장하게 웃는다.

“좋은 패가 들어왔나 봐?”

“누가 내 패 좋아서 덤비나 상대가 개패일 것 같으니까 덤비지?”

“……호호. 이번에 제대로 하나 작업 쳤다며? 얼마 벌었어?”

“아줌마가 몸뚱이 굴려서 버는 것보다 몇 백 배 많이.”

코웃음을 치며 담배를 물었지만, 그녀의 속은 천불이 타오르고 있었다.

‘씨발. 그 개 같은 년만 아니었어도 더 땡길 수 있었는데!’

그 나이 먹도록 여자 한 번 못 만나 본 호구 중 호구 김수환.

아버지 병원비 때문에, 엄마 병원비 때문에, 프렌차이즈 사업을 하려면 종잣돈이 필요해서 등 어떤 이유를 가져다 붙여도 돈을 주던 끝내주는 ATM이었다.

사채까지 쓰게 했다면 최소 3억은 더 땡길 수 있었는데, 알바년의 실수로 정체가 들통나 버렸다.

"와아. 몇 천억이나 벌었어? 능력 있다, 우리 복자 씨."

"어머나. 자기 가치를 너무 높게 잡는다. 밤에 아저씨는 만족시켜 줘? 호빠 애들도 언니는 거절할 것 같은데. 물렁물렁 물풍선이라서."

"퓹!"

"……쌍년. 받고 천!"

"오케이, 콜!"

걸려들었다. 이제 이 돈은 모두 자신의 것이었다.

그때였다.

"우와아아아!"

갑자기 시끄러워지는 입구쪽.

"죽여! 씨발, 죽이라고!"

슬그머니 몸을 일으킨 도박쟁이들이 입구 쪽을 보는 순간이었다.

꽈앙!

"꺄악!"

"으악!"

문을 부수며 날아와 테이블을 헤집는 삼촌, 아니 이 하우스의 관리자.

질질질!

"아윽! 아아아!"

사람들은 이 하우스를 관리하고 지키는 기도의 머리채

를 잡은 채 끌고 들어오는 덩치 큰 종혁을 보고 마른침을 삼켰다.

얼굴과 슈트가 피범벅인 종혁.

그는 주위를 주욱 둘러보며 담배를 물었다.

찰칵! 치이익!

"눈깔 파 버리기 전에 다들 대가리 박아라."

스르륵. 드륵!

조폭이다. 항쟁이다.

의자에 앉은 그들은 테이블에 머리를 박으며 이 시간이 지나가기를 바랐다. 제아무리 도박에 미쳐 부모 아내 다 팔아먹는 그들이라도 목숨이 소중한 건 알았다.

그건 강복자도 마찬가지였다.

그렇게 하우스가 조용해지자 종혁은 들어오는 순간 눈이 마주쳤던 강복자에게 걸어가다가 테이블에 쌓인 돈을 보고 헛웃음을 터트렸다.

"씨발. 돈을 아주 물 쓰듯 쓰네."

이 돈은 김수환 씨의 목숨이자 믿음.

그게 이렇게 허무하게 낭비되는 걸 목격하자 눈앞이 아찔해질 만큼 열이 오른다.

종혁은 그녀가 앉은 의자를 툭툭 쳤다.

"야. 야, 황승연."

"뭣?!"

왜 여기에 오냐, 얼른 다른 데로 꺼져라 속으로 간절히 빌던 강복자는 들려선 안 될 이름이 들리자 다급히 고개를 들었다.

"어, 어…… 그, 그…… 누, 누구세요?"

"나?"

종혁은 머릿속이 복잡해지는 그녀를 향해 이를 드러냈다.

"짭새."

"……씨발!"

그제야 상황을 파악한 강복자는 다급히 몸을 날렸다.

하지만…….

콱!

머리가 잡혀 붕 떴다가 바닥에 처박히는 그녀.

쿠웅!

"커헉?!"

"어디 가, 이 개 같은 년아."

종혁은 손바닥을 높이 쳐들었다.

쩌억!

* * *

'씨발. 씨발!'

특별수사팀 사무실에 앉혀진 강복자.

얼굴 한쪽이 퉁퉁 붓다 못해 시퍼렇게 죽어 가는 그녀는 이를 악물었다. 잡힌 것도 잡힌 거지만, 애써 작업해 번 돈을 다 쓰지 못했기 때문이다.

어떡해야 할까. 어떡하면…….

퍼억! 쿠당탕!

"악!"

바닥을 뒹군 강복자는 반사적으로 종혁을 노려봤다가 그대로 굳어 버렸다.

섬뜩!

'무, 무슨!'

그저 가만히 내려다볼 뿐인 무심한 시선.

하지만 죽는다. 정말 죽는다.

심장이 철렁 내려앉은 그녀는 고개를 돌리며 조용히 의자를 일으켰고, 종혁은 덜덜 떨기 시작한 그녀를 보며 혀를 찼다.

"어차피 법정 최고형 받게 만들거니까 잔대가리 굴리지 맙시다."

"네에?!"

온몸을 잠식하는 공포도 잠시 잊게 만드는 말.

"왜요? 억울해?"

강복자는 태연히 반박하는 종혁의 모습에 말을 잊었다.

억울했다. 물론 범죄를 저질렀다는 건 안다.

하지만 그게 형사가, 그것도 무려 본청에서 이렇게 젊은 나이에 팀장까지 달 만큼 능력 있는 형사가 이를 악물고 달려들 만큼 큰 죄는 아니었다.

"아, 아니…… 하, 알았어요. 내가 나쁜 년인 거 맞으니까, 등쳐 먹은 거 맞으니까 수환 씨를 만나게 해 줘요."

"하!"

고개를 든 종혁은 애써 치솟는 화를 눌렀다.

잔머리 굴리지 말라니까 굴리고 있다.

'정말 죽일까?'

"후우. 그래, 참자. 참아."

애써 마음을 다독인 종혁은 고개를 저었다.

"안 됩니다."

"왜요! 나도 합의를 할……."

"너 때문에 자살했거든. 김수환 씨가."

"……아?

강복자는 눈을 껌뻑였다.

지금 이 형사가 뭐라고 지껄이는 걸까.

"누, 누가…… 아, 아니, 난…… 그, 그럴 생각이…… 왜?"

"너 같은 년한테는 5억이 그냥 돈처럼 보였겠지만, 그 사람에겐 아니었거든."

강복자를 잡아 돈을 돌려받고, 노력하고 노력하다 보면 어떻게든 변제했을 금액 5억.

그러나 그 5억은 김수환 씨가 그녀에게 주었던 걱정이고 사랑이며, 함께 꾸려 갈 미래였다.

그렇기에 자살이라는 선택을 한 게 분명했다.

"이제 이해해? 내가 왜 그런 말을 했는지?"

아니다. 이해 못한다.

왜 그깟 5억에 죽어 버린 건지, 여자한테 속은 게 뭐 잘나서 죽어 버린 건지 전혀 이해를 할 수가 없다.

여태껏 여러 남자를 등쳐 왔지만, 그 때문에 누군가 죽었다는 소리는 듣지 못한 그녀로서는 지금 이 모든 상황이 몰래카메라 같았다.

'그래, 이 형사 새끼가 어떻게든 실적 올리려고 나한테 구라 치는 걸 거야. 그 사람이 죽긴 왜 죽어!'

호구지만 누구보다 성실했던 김수환.

절대 죽을 리가 없었다.

'그러니 난 구치소에서 기다리다가 그 사람이랑 합의하면 돼. 남은 돈이 아깝지만 그거라도 주고 형량 낮춰야지.'

그녀는 애써 진실을 외면하며 어깨에 힘을 풀었다.

그 순간이었다.

"어? 쟤는?"

옆에 세워진 화이트보드에서, 화이트보드에 붙여진 사진을 보고 고개를 모로 기울이는 그녀.

"아씨. 저건 또 누가 돌려놓은 거야."

박철 등의 사건을 정리해 놓은 화이트보드. 보면 화만 날 것 같아서 돌려놨는데, 누가 원상복귀를 시킨 것 같았다.

종혁은 그냥 아예 치워 버리기 위해 몸을 일으켰다.

"쟤 하우스에 놀러 오는 앤데?"

"뭣?"

순간 강복자에게 몰리는 시선들.

"왜, 왜?"

"야, 다시 말해 봐. 너 저 새끼 알아?"

종혁의 눈이 흉흉하게 빛나기 시작했다.

* * *

쿠당탕! 쿠당!

파란 옷을 입은 전문청소업체 사람들이 난장판이 된 복도를 청소를 한다.

“끙. 이럴 줄 알았으면 좀 덜 부술 걸 그랬나?”

그러나 당시엔 눈에 뵈는 게 없었다.

“그러게 적당히 하지 그랬냐. 이건 거의 뭐 불도저가 밀어 버린 수준이네.”

복도에 폭탄이 터지면 이럴까.

박살 나고, 피가 뿌려져 있고, 누가 보면 여기서 전쟁이 터졌다고 오해할 정도다.

오택수의 타박에 입맛을 다신 종혁은 옆에 서 있는 하우스 실장의 뒤통수를 후려쳤다.

빠악!

“죄송합니다, 형사님!”

“형사님이 아니고 사장님.”

“예, 사장님!”

한 달에 꼭 두 세 번씩은 이곳에 들른다는 박철.

이제부터 박철이 올 때까지 자신은 이곳 하우스를 접수한 새로운 사장이다. 오직 박철만을 위한 하우스의 사장.

“자수?”

웃기지도 않는 말이다.

놈이 이곳에 들어와 패를 잡는 순간 자수는 아무런 의미가 없어진다. 종혁은 청소가 끝난 도박하는 공간의 테이블에 앉아 웅성거리는 연기자들을 보며 눈을 가늘게 떴다.

“실장아, 정말 거기서 마약 받는 거 맞지? 구라면 넌 뒤진다. 너희 사장보다 형량을 더 많이 받을 수 있어요.”

“정말입니다, 사장님! 장부도 보여 드렸잖습니까, 사장님!”

종혁은 고개를 끄덕였다.

의도치 않게 큰 건이 걸려 들었다.

마약을 취급하는 하우스들에 마약을 납품하는 마약 조직. 이놈들까지 건드리기엔 시간이 없어서 나중에 큰 건으로 트레이드하기로 하며 본청 마약대에 넘겼다.

“그래, 잘하자. 깜빵에서 사식 먹고 싶으면.”

실장이 보유한 자산 모두 불법 도박장을 운영하며 번 돈이라며 싹 다 환수시키겠다고 한 종혁. 이에 실장이 할 수 있는 대답은 하나였다.

“……예, 사장님.”

“자, 그럼 다시 리허설하겠습니다!”

“옙!”

“레디, 액션!”

최재수의 외침이 터지자 순간 시끄러워지는 공간.

“행님, 저 어떻습니꺼? 쫌 하우스 삼촌 같습니꺼?”

종혁이 홀로 하우스를 해체시켜 버리는 걸 현장에서 목

격한 이후 눈빛이 더 초롱초롱해진 현석.

"픕. 어울리네. 시다 애들이 어떻게 하는지는 다 배웠어?"

"걱정 마이소! 내가 누굽니꺼!"

믿는다는 듯 현석의 머리를 쓰다듬은 종혁은 몸을 돌렸다. 이제 남은 건 놈이 오기만을 기다리는 것뿐이었다.

* * *

우글우글. 와글와글.

젊은 남녀들로 가득한 술집 안.

벌써 가을이 오려는지 긴 옷들을 입은 이들이 있다. 그러나 아직은 대부분 옷이 짧은 사람들.

쾅!

"하, 씨발."

"왜 또?"

"왜긴 왜야!"

박철은 담배를 물며 한 테이블을 노려봤고, 박철을 따라 시선을 돌린 유연상과 강도빈도 얼굴을 구겼다.

정장을 입은 채 술이 아닌 음료수를 마시는 남자들.

차애라가 붙인 감시자들이다.

뭘 하려고 할 때 막아서거나 하지 말라는 건 아니지만, 마치 창살 없는 감옥에 갇힌 것처럼 답답하기 그지없다.

'저 새끼들 때문에…….'

술을 마셔도 마신 것 같지가 않다. 기분 좋게 마시라고 있는 게 술인데 취하긴커녕 짜증만 난다.

물론 조심을 해야 된다는 건 알고 있다.

아니 솔직히 모르겠다.

"씨발. 어차피 집행 유예로 풀려날 건데 왜 이 지랄을 해야 하는지 모르겠네."

"맞아. 막말로 우리가 사고 쳐도 수습하라고 그 비싼 돈을 쓰는 거 아냐?"

"야, 변호사가 그런 것도 해 주냐?"

"몰라, 씨발."

감시를 당한 지도 벌써 일주일째. 그들의 인내심도 이제 한계에 다다랐다.

박철은 목소리를 낮췄다.

"그냥 째까?"

유연상과 강도빈의 눈빛이 돌변한다.

"어떻게?"

"모여 봐."

머리를 모은 그들은 속닥속닥 중얼거렸고, 이내 박철을 보며 혀를 내둘렀다.

"캬, 이 잔머리 대왕 같으니라고."

"할 거지?"

"어, 하자. 씨발 이대로는 아무리 마셔도 취할 수 없겠다."

의기투합한 그들. 박철은 슬그머니 핸드폰을 꺼냈다.

"예, 거기 콜택시죠? 여기가……."

그렇게 박철이 통화를 하자 유연상이 종업원을 부른다.

"네. 필요한 게 있으신가요, 손님?"

"저 사람들 우리랑 함께 온 거 알죠? 저 사람들이 우리 아빠 회사 직원들이거든요? 우리 곧 나갈 건데, 돈은 저 사람들에게 받으시라고요. 여기 핸드폰 충전 맡길게요."

"네? 아……."

핸드폰을 내미는 손에 걸린 롤렉스시계.

'현실에도 이런 사람들이 있구나.'

드라마에서나 봤던 부잣집 도련님들.

유연상이 가리키는 사람들이 음료수만 마시며 계속 이쪽을 주시하니 아르바이트생은 그대로 믿을 수밖에 없었다.

거기다 이들이 마신 술값보다 비싼 핸드폰을 맡기지 않는가. 알바생은 미심쩍어하면서도 핸드폰을 들고 물러섰다.

그렇게 얼마나 시간이 흘렀을까.

지이잉! 지이잉!

"예, 여보세요?"

-네, 사장님. 콜택시인데요?

"네, 네. 바로 나갈 테니 그대로 계세요."

박철은 고개를 끄덕였고, 그들은 몸을 일으켰다.

"어으. 이제 2차 갈까?"

"그래. 가자, 가! 씨발, 우리만 있는 공간에서 마셔 보자! 그래야 취할 것 같으니까!"

들으라는 듯, 보라는 듯 과장된 몸짓으로 문 쪽으로 다가가는 그들.

당연히 감시자들도 그들의 뒤를 따라붙었고, 알바생과

사장은 그런 그들을 예의 주시했다.

"그럼 수고하세요."

"네, 안녕히 가세요."

미리 이야기가 되어 있는지라 그대로 문을 열고 나가는 박철들.

살짝 놀랐던 감시자들이 미리 계산을 했나 보다 하고 아무런 의심 없이 그들의 뒤를 따르는 순간이었다.

"저기 손님들! 계산하셔야 하는데요!"

다급히 감시자들을 잡아 세우는 사장과 알바생.

"응? 우린 미리 계산을……."

"튀어!"

'어?'

순간 멍해진 그들은 이내 곧 상황을 파악하곤 얼굴을 구겼다.

"씨발! 쫓아!"

"예!"

다급히 쫓아 나온 그들.

하지만 그들이 본 건 멀어지는 택시뿐이었다.

"씨발! 넌 얼른 차 가져오고! 예, 변호사님! 이 새끼들 놓쳤습니다! 예, 예!"

"푸하하하하!"

달리는 택시 안에서 웃음을 터트리며 하이파이브를 하는 박철과 유연상, 신도빈.

"크으. 죽였다."
"와, 우리 팀워크 뭐야?"
심장이 벌렁거릴 만큼 흥분한 그들.
드디어 속박에서 벗어났다는 해방감에 방금 전까지지는 느끼지 못했던 취기가 확 올라온다.
지이잉! 지이잉!
"좆까, 시발."
"오우. 단호한데?"
핸드폰 배터리를 빼 버리는 박철의 행동에 유연상과 신도빈은 엄지를 치켜들었다. 그리고 신도빈도 핸드폰 배터리를 빼 버렸다.
"야, 이제 우리 어디 갈까?"
"뭔 소리야! 당연히 룸에 가야지!"
그동안 감시자들 때문에 혹시라도 부모님 귀에 들어갈까 도우미 있는 술집에 가지 못한 그들. 벌써부터 여성들의 살결이 눈앞에 아른거리기 시작했다.
그러나 박철은 좀 달랐다.
뽀얀 살결이 아니라 화투패가 눈앞을 아른거리기 시작했다.
한 달에 겨우 두세 번 가는 취미 정도였지만, 강제적으로 하우스에 가질 못했던지라 그것부터 생각이 났다.
박철은 슬그머니 입술을 털었다.
"그런데 그런 곳들은 다 선불이잖아. 카드 쓰면 변호사가 추적해 오지 않을까?"

“……아, 씨발. 나 현금 서비스 다 썼는데. 다들 얼마 있어? 모아 봐.”

지갑을 펼친 그들은 낙담을 했다.

“……좆같네.”

겨우 도망쳤는데 제대로 놀 수가 없다. 그들은 솟구치는 짜증에 머리를 벅벅 긁었고, 박철은 눈을 빛냈다.

“야, 그냥 내가 가는 하우스에 놀러 갈래?”

“미친 새낀가, 진짜?”

“아주 도박에 미치셨지?”

“아니, 너희 진짜 너무한 거 아니냐? 막말로 거기랑 마카오랑 뭔 차이인데? 너희도 마카오 놀러 가서 신나게 놀아 놓고 이러는 거는 좀 아니지 않아? 내가 거기서 1억을 써, 10억을 써? 그냥 만 원, 2만 원, 작은 판에서 두세 시간 놀다가 나오는 거라고!”

얼굴이 새빨개져 설움을 토하는 박철의 모습에 그들은 그제야 자신들이 지나쳤나 미안함이 들었다. 박철은 그런 친구들의 반응에 속으로 웃으며 말을 이었다.

“그리고…… 내가 너희들한테 주는 떨이랑 도리도리 있지?”

“아, 씨발?”

마카오에서 접한 이후 가끔씩 찾게 되는 대마와 엑스터시. 정말 가끔씩 찾는 거지만 취기가 올라오니 간절해진다.

“거기에 여자랑 술도 있다?”

“……!”

"어쩔래? 갈래, 말래? 오늘 가면 내가 쏜다."

"뭐해! 기사님께 주소 말 안 하고!"

'푸흐흐.'

박철은 얼른 기사에게 주소를 말했고, 그들은 곧 하우스 근처에 도착하게 됐다.

"예, 실장님. 나 곧 도착해요."

"……와, 씨. 느낌 있는데?"

도박장을 가기 위해 어두운 골목을 걷는다.

마치 영화의 한 장면 같았다.

"큭큭. 이것도 도박의 묘미이긴 하지."

아주 잠깐의 시간이지만 오늘은 얼마나 딸까 희망에 젖는 시간.

솔직히 도박을 끊지 못하는 이유에는 이런 소소한 즐거움도 있었다. 그렇게 하우스에 도착한 박철은 입구를 지키는 기도들을 보며 고개를 모로 기울였다.

"어? 못 보던 면상들이다?"

"새로 왔습니다, 사장님! 앞으로 잘 부탁드립니다!"

"어, 뭐 그래. 문 열어."

"옙!"

허리를 꾸벅 숙인 기도들이 열어 주는 문 안으로 들어간 박철은 묘하게 이질적인 복도를 보며 고개를 모로 기울였다.

"왔어, 철이 씨?"

"아, 실장님……."

박철은 눈을 껌뻑였다.

"면상이 왜 그래요?"

시퍼렇게 멍이 든 눈탱이. 판다가 따로 없다.

"하하, 어제 여기 사장님이 바뀌면서 말다툼이 좀 있었거든. 크게 신경 쓸 건 아니야."

"갑자기? 왜?"

"그것까진 알 거 없고, 그냥 좋은 분이라는 것만 알아둬. 아, 룰도 좀 바뀌었다. 이제 우리 하우스도 칩으로 게임하거든?"

"……아씨. 난 현금 다발 올리는 게 좋은데."

"이해해 줘. 새 사장님 지시야."

박철은 혀를 차면서도 어쩔 수 없다는 듯 고개를 끄덕였다.

"아, 나 돈 없는데 좀 빌릴 수 있죠?"

"우리 단골 손님인데 당연하지. 따고 갚아. 그런데 그 친구들은?"

"제 친구들이요. 얘들은 대충 놀다가 아가씨들이랑 어?"

손바닥으로 주먹을 탁탁 치는 박철의 행동에 실장은 고개를 끄덕였다.

"하하. 알았어. 따라와!"

그렇게 안쪽 사무실로 향한 그들은 차용증을 쓰기 시작했고, 박철은 갑자기 옆구리를 쿡 찌른 친구들이 보내는 시선에 의아해하다가 테이블 한구석에서 굴러다니는 알약들이 든 봉지를 발견하곤 이내 피식 웃으며 주머니를 뒤졌다. 그리곤 얼굴을 구겼다.

"아씨. 아직 집에 남았는데……. 에이, 그냥 떨이랑 도리도리도 한 달 치 함께 계산해 줘요."

'이 기회에 보충하지 뭐.'

박철은 친구들이 치켜세워 주는 엄지에 어깨를 으쓱였고, 실장은 순간 눈을 빛냈다.

"오케이! 자, 여기다 사인해! 우리 1부 떼는 거 알지?"

"안 다니까요!"

도박할 생각에 몸이 달은 박철은 냉큼 사인을 했고, 곧 실장이 넘겨주는 칩 박스를 챙겨 들고 일어섰다.

"부대 시설은 이제 칩으로 할 거니까 잃어버리지 마! 많이 따!"

쾅!

문이 닫히자 실장은 다급히 일어나 사무실 안쪽의 다른 문을 열고 들어갔다.

"돈 가져갔습니다, 사장님! 마약을 숨겨 놓고 있다는 증언도 받았습니다, 사장님!"

피식!

"이 새끼들이 한꺼번에 올 줄은 몰랐는데 말이야."

하늘이 종혁 본인을 돕는 것 같다.

"어그그!"

참 오래 기다렸다.

기지개를 펴며 일어난 종혁은 긴장을 하고 있는 현석을 봤다.

"긴장 풀어, 인마. 누가 잡아먹냐?"

"……마, 내 몸이 내 몸 같지 않심더. 심장이 벌렁벌렁 해 가."

"이런 걸 거치면서 형사가 되는 거지."

피식 웃은 종혁은 현석의 머리를 쓰다듬으며 오택수와 최재수를 봤다.

"가자."

이제 끝을 볼 시간이었다.

한편 뒤에서 실장이 지껄이건 말건 냉큼 도박장으로 달려간 박철은 유일하게 자리가 비어 있는 테이블로 향했다.

"실례 좀 하겠습니다. 혹시 일행들 있으십니까?"

"오! 안 그래도 둘이서 하기 심심했는데! 어서 앉으쇼!"

"하하. 그럼 실례 좀 하겠습니다."

의자에 앉은 박철은 친구들에게도 앉으라고 손짓했고, 유연상과 신도빈은 얼떨떨해하며 박철의 곁에 앉았다.

"우리 사장님 친구들은 뜨내기인가 보구만?"

"그냥 구경하러 온 겁니다. 여기 주 종목이 뭡니까?"

"섯다는 할 줄 아시나?"

"제 주 종목이죠. 말 길게 할 필요 있겠습니까? 시작하시죠."

"젊은 사장님이 화끈하시네. 그럽시다. 참가비는 2만 원부터요."

"판돈도 적당하네요."

박철은 1이라 적힌 칩 두 개를 테이블 중앙에 던졌고, 곧 패가 나눠졌다.

그때였다.

"박철 사장님? 주문하신 도리도리랑 떨 나왔습니다."

"어, 그 옆에 두고 가."

손을 저은 박철은 얼른 패를 잡아 들었다.

하지만…….

"사장님? 주문하신 게 도리도리랑 떨 맞으시죠?"

"아씨. 자, 여기."

숫자 5가 적힌 팁을 던지는 박철.

종혁은 발치 옆으로 굴러가는 칩을 힐끔 보고 흐뭇이 웃었다.

"사장님 거 엑시터시랑 대마초 맞으시죠?"

"아씨, 맞다니까! 내가 엑스터시랑 대마 다 시켰다고!"

"그래."

이 말을 참 기다렸다.

콰악!

종혁은 박철의 뒤통수를 움켜쥐었다.

박철뿐만이 아니다. 어느새 유연상과 신도빈의 뒤를 점한 최재수와 오택수가 그들의 뒤통수를 움켜쥐었다.

"어?"

멍청한 소리를 내뱉는 그들.

종혁은 더 이상 기다리지 않고 그 머리를 테이블에 찍어 버렸다.

꽈아앙!

굉음이 울리며 조용해지는 하우스.

종혁은 그의 팔을 뒤로 꺾으며 입을 열었다.

“박철 씨, 당신을 마약류 관리에 대한 법률 위반, 불법 도박, 상습 도박 혐의로 현장 체포합니다. 당신은…….”

“커어어…… 너…… 누, 누구…….”

“누구겠냐? 씹새야.”

종혁의 이가 사납게 드러났다.

* * *

끼이익! 탁!

급하게 멈춰 서는 차에 서 내린 차애라는 본청 지하를 향해 전력으로 달렸다.

‘미친! 미친!’

된소리가 절로 나오는 그녀.

타다닥! 쾅!

특별수사팀 사무실의 문을 박차고 들어간 차애라는 해맑게 웃으며 손을 드는 종혁과 그 옆에 앉아 고개를 숙이고 있는 박철에 이를 악물었다.

“어이구, 왔어요?”

……또각또각!

“우리 잠시 이야기 좀 하죠.”

“글쎄요. 제가 좀 바빠서요. 재수야, 준비됐냐?”

"예, 팀장님!"

까득!

"부탁드릴게요. 잠시면 돼요."

"……뭐, 그럽시다."

종혁은 차애라의 뒤를 따라온 사내들을 힐끔 보고 몸을 일으켰고, 그들은 본청 건물을 나섰다.

찰칵! 치이익!

차애라는 담배에 불을 붙이는 종혁을 향해 눈을 치켜떴다.

"이봐요, 최 팀장님. 이거 함정 수사인 건 알아요?"

종혁은 그녀의 되지도 않는 협박에 피식 웃었다.

"함정은 내가 박철을 자빠트리려고 지랄 염병을 해야 함정이고요. 난 그냥 이놈이 오나, 안 오나 시간 죽인 거밖에 한 거 없습니다."

오라고 연락을 한 적도 없는데 박철이 알아서 기어 들어와 도박에 쓸 돈을 빌리다 못해 도박판에 앉고, 마약을 구매했다.

심지어 친구들에게 성매매를 시켜 주려고도 했다.

"아, 다시 생각해도 웃기네. 요샌 마음 정리를 이딴 식으로 하나 봅니다? 어우, 씨발. 앞으로 이런 일 있으면 해외여행이나 갈까?"

차애라는 입술을 깨물었다.

"……협상하죠."

"협상? 무슨 협상이요?"

"재심 요청하지 않을 테니 지금 드러난 수준으로 마무

리 짓죠."

이미 실형을 피하긴 어려운 상황. 하지만 지금 드러난 것까지만이라면 어떻게든 감형은 노려 볼 수 있었다.

그런데 만약 수사가 더 진행되어 다른 문제들까지 드러나게 된다면, 그때는 더 이상 문제를 감당할 수 없었다.

종혁의 눈이 가늘게 떠졌다.

"그건 또 뭔 개소리일까? 내가 왜 그런 협상을 해야 하죠?"

"제가 다니는 로펌의 이름을 벌써 잊은 건가요?"

"아, 새벽……."

차애라는 미소를 지었다.

행정부와 사법부에, 특히 검찰에 인맥이 두루 넓고 깊은 대형 로펌 새벽. 그녀는 종혁이 고위 간부를 목표로 하고 있다면 새벽을 적대시할 리가 없으리라 생각했다.

그러나 종혁은 의기양양해하는 그녀를 보며 고개를 모로 기울였다.

"그래서요?"

"네?"

띠리링! 띠리링!

"어, 재수야. 그래? 영장 나왔어? 그럼 준비해서 빨리 나와. 가자."

"자, 잠깐만요! 잠깐만!"

"지금부터 제 몸에 손끝이라도 댔다가는 공무집행 방해입니다."

다급히 손을 잡아당긴 차애라는 이를 악물었다.

"정말 이럴 거예요?"
"네, 이럴 겁니다."
"팀장님!"
헐레벌떡 뛰어나오는 최재수와 오택수, 현석과 타국의 초임 경찰 둘.
싱긋 웃은 종혁은 잘 있으라고 손을 흔들어 주며 차로 향했고, 발을 동동 구르던 차애라는 눈을 질끈 감으며 종혁이 탄 차의 보조석에 올라탔다.
"나도 같이 가요. 당신들이 이상한 증거를 끼워넣을 수 있으니까!"
"예, 뭐 그러세요. 최재수, 출발해."
"옙!"
그리고 잠시후.
웅성웅성.
갑자기 들이닥친 경찰에 반항을 하다가 공무집행 방해로 박철의 부모가 끌려가면서 조용해진 박철의 집.
"티, 팀장님-!"
종혁은 다급히 달려 나오는 최재수의 손에 들린 사진을 보고 헛웃음을 터트렸다.
그러곤 차애라를 노려봤다.
"차애라 변호사님, 이걸 보고도 그 새끼들을 감싸 주고 싶은 마음이 듭니까?"
구석에 몰려 찢겨진 옷으로 알몸을 가리는 소녀, 최은영.

종혁의 두 눈에 살의가 들어차기 시작했고, 차애라는 고개를 푹 숙였다.

'씨발.'

모두 끝나 버렸다.

* * *

"아, 내가 안 그랬다니까!"

"증거! 증거 가져와!"

"이 사람들이 지금!"

언제나 시끄럽기 그지없는 특별수사팀.

오늘은 한층 더 시끄럽다.

"내 아들이 뭔 잘못을 했는데-! 풀어 줘-!"

떼를 쓰는 박철의 어머니.

압수 수색을 할 때 격렬하게 막아서서 공무집행방해로 체포했는데, 유치장이 꽉 차서 밖에 놔뒀더니 아주 지랄 염병이다.

"그딴 에미 없는 년 때문에……."

"아줌마-!"

터엉!

결국 참다못한 최재수가 책상을 치며 일어난다.

"당신 아들 때문에 지금 사람이 죽었어! 당신 아들들 때문에 그 험한 꼴을 겪고도 치대에 입학한, 이제 스무 살 된 아가씨가 죽었다고-!"

'오!'

폭발한 최재수의 모습에 종혁과 오택수는 놀란 얼굴이 된다.

이제야 좀 형사 티가 나는 듯한 모습.

"사람이 양심이 있으면 미안한 줄 알아야지!"

"뭐, 뭐? 야! 너 몇 살이야! 몇 살이냐고-!"

"당신이 내 나이 알아서 뭐하게!"

"여기 팀장님이 가져다주시라는 겁니다."

"아, 한 대원."

종혁은 간편신고관리과의 요원이 가져다준 사건 파일에 한숨을 푹 내쉬었다.

"사건이 또 쌓이는구나."

기존 사건도 아직 다 해결하지 못했는데 또 쌓이는 걸 보니 가슴이 답답하다.

"아, 맞아. 한 대원, 태권도 배웠다고 했지?"

"예? 네, 그렇습니다."

"그럼 저 아줌마 아가리에 돌려차기 한 방만 꽂아 줄래?"

"예?"

순간 조용해지는 사무실.

"뭐, 뭐?"

종혁은 당황해 얼어붙은 박철의 어머니를 보며 몸을 일으켰다.

"아주머니, 공무집행방해죄가 뭔지 몰라요?"

"이, 이 어린놈이! 그래! 때려라, 때려! 동네 사람들! 여기 경찰이 사람을 친다!"

종혁은 드러누운 박철의 어머니에 피식 웃었다.

"진짜 뭘 믿고 이렇게 까부는 거지? 이봐요, 아줌마. 당신도 털 게 참 많아요. 우리가 당신 집 압수 수색을 하면서 뭘 찾았는지 모르죠?"

장부. 몇 개의 화장품 가게를 운영하는 박철 어머니와 택시 회사를 운영하는 박철 아버지의 매출 장부다.

대충 훑어봐도 이중 장부.

이 차액 중 일부가 박철의 외삼촌, 즉 전직 교감에게 흘러 들어간 정황도 포착됐으니 그도 곧 소환할 예정이다.

움찔!

"뭔지 알 것 같으면 당신 남편처럼 아가리 다물고 저기 앉아 계세요. 여기 당신 아들 새끼 다음엔 당신들이니까."

종혁의 부리부리한 시선에 유치장에 있던 전직 경찰이었다는 아버지도, 척추병원원장이라는 아버지도 고개를 푹 숙인다.

"이, 이!"

"우리 엄마 괴롭히지 마! 으아악!"

'이건 또 뭐지?'

쩌억!

종혁은 눈을 뒤집고 달려드는, 드러난 여죄에 방금까지 조사를 받고 있던 박철에 어이없어하며 뺨을 후려쳤고, 박철은 2미터 정도 날아가 땅바닥을 굴렀다.

"꺄악! 철아-! 그래, 나도 쳐라! 나도 쳐!"

손톱을 세우며 달려드는 그녀.

"아오……."

쳤다간 크게 다칠 것 같아 어떻게 팰 수도 없어 한숨만 나오는 순간이었다.

후다닥!

'응?'

사무실 안으로 달려들어오는 일단의 사람들.

종혁은 그들을 향해 흐뭇하게 웃으며 박철의 어머니와 박철, 유연상, 신도빈, 그리고 오택수에게 조사를 받고 있는 강복자를 가리켰다.

그리고 유족들의 눈이 뒤집어졌다.

"이, 이 개 같은 새끼들아-!"

우당탕!

"꺄아아악!"

"내 딸 살려 내! 우리 은영이 살려 내-!"

"너야! 네가 우리 수환이 죽인 거냐-!"

"놔! 놔아!"

"아이고, 여기서 이러시면 안 됩니다. 진정하세요. 거기 때려서는 안 아픕니다."

종혁은 정말 진심으로 말리는 척을 했다.

오택수와 최재수도 슬그머니 끼어들었다.

한바탕 소란이 가라앉은 후.

본청 건물을 나선 유족들이 배웅을 나온 종혁들을 향해

허리를 숙인다.

“감사합니다. 정말…… 감사합니다.”

이젠 내 아이도 만족하고 떠날 수 있을까.

저승으로 떠나는 길, 그 외로운 길에서 웃을 아이들을 생각하니 다시 눈물이 떨어진다.

뚝, 뚝, 뚝.

안도라는 이름의 눈물이 바닥을 적신다.

‘후우.’

“아닙니다. 해야 할 일을 했을 뿐입니다.”

한발 늦어 피해자로 하여금 하지 말아야 할 선택을 하게 만든 경찰이 이 이상 무슨 말을 할 수 있을까.

먼 곳으로 떠나는 피해자들이 웃을 수 있고, 유족들의 한이 조금이라도 풀렸으면 다행일 뿐이다.

“정말로, 정말로 저 나쁜 새끼들이 처벌을 받을 수 있는 거 맞습니까? 맞지요?”

금방이라도 무너질 듯 몰골이 말이 아닌 최은영의 아버지.

종혁은 간절히 쳐다보는 그 시선에 고개를 끄덕였다.

“마약까지 얽힌 사건입니다. 법정 최고형을 받을 수 있도록 노력하겠습니다.”

“크흑! 은영아…… 은영아-!”

“아아.”

“아으아.”

딸을 가슴에 묻은, 부모의 자격을 잃었던 아비는, 그리고 자식의 아픔을 몰랐던 부모는 오늘도 터지는 슬픔을 하염없이 쏟아 낸다.

"죄송합니다. 그땐 정말……."

종혁의 뺨을 때린 피해자 최은영의 고모.

미안해 어쩔 줄 몰라 하는 그녀의 모습에 괜찮다는 듯 웃어 준 종혁은 먹먹한 가슴을 움켜쥐며 허리를 숙였다.

"이렇게 오시느라 수고하셨고, 오늘은 집에 가서 푹 쉬세요. 자녀분들께서도 그걸 바라실 겁니다."

"감사합니다……. 감사합니다!"

허리를 연신 굽히며 떠나는 유족들.

"하아…… 후우우."

'하늘 참 맑네.'

가을이 한 발 앞으로 다가왔다고 보다 높고 맑아진 하늘.

'끝났네.'

종혁은 어깨를 늘어트리며 담배를 물었다.

"훌쩍!"

결국 울음을 터트리는 현석과 재수의 머리를 쓰다듬은 종혁은 몸을 돌렸다.

그 순간이었다.

지이잉! 지이잉!

'그래, 아직 끝난 게 아니구나.'

최은영, 김미자, 김수환, 박오현 네 명의 카드 거래 목록 그 어디서도 찾을 수 없던 수면제 구입 내역.

현금을 찾은 기록까지 싹 다 뒤져 봐도 다량의 수면제

를 구입한 정황이 나오지 않았다.
이번 사건, 어쩌면 또 다른 가해자가 있을지도 몰랐다.
네 명 모두를 벼랑 끝에서 밀어 버린 가해자가.
"예, 최종혁 경정입니다. 예. 지금 올라가겠습니다."
종혁은 재빨리 본청 안으로 달려가며 외쳤다.
"자살카페에 접속하는 방법을 알아냈답니다!"
"……씨발! 우리도 달려!"
그들은 디지털포렌식과를 향해 내달렸다.

* * *

자신감이 없으십니까?
살집이 많으십니까? 그럼 여기
카페에서 드리는 원두를 씹어 보세요!
페! 페페! 더럽게 맛없네!

최재수와 현석, 그리고 타국의 초임 경찰들이 모니터를 보며 눈을 껌뻑인다.
어느 사이트에 달린 댓글 하나.
그러며 이걸로 뭘 어쩌라는 듯 눈으로 묻는다.
빠악!
"악!"
"아 놔. 이 새끼가 진짜 형사 맞나."
"또 왜! 왜 때리는데!"

"왜 때리는데는 반말이고, 새꺄!"

아옹다옹하는 그들의 모습에 디지털포렌식과의 대원이 멍하니 쳐다보고, 부끄러워진 종혁은 저들은 일행이 아닌 척 현석의 어깨에 팔을 두르며 입을 열었다.

"앞 글자만 세로로 읽어 봐."

"자…… 살…… 카페? 자살카페!"

"빙고."

종혁은 이제 설명해 달라는 듯 대원을 봤고, 대원은 사이트의 메인 화면을 보여 주었다.

그에 종혁은 자신도 모르게 주먹을 불끈 쥐었다.

"성폭행 피해자들의 모임……."

"네. 여기가 카페 형식으로 운영되는 곳인데, 최은영 씨가 이곳에 글을 남겼더라고요. 그리고 이게 최은영 씨가 이 카페에 쓴 게시글이고요."

대원은 이번엔 최은영이 쓴 끔찍한 과거를 보여 주었다.

"그리고 이 글에 달린 게 바로 이 광고 댓글입니다. 댓글이 달린 날짜 보이시죠?"

"……최은영 씨가 그 사이트에 처음으로 접속한 날짜군요."

인터넷 검색 기록에 따르면 이날 최은영은 그 사이트를 찾았다.

대원은 고개를 끄덕였다.

"솔직히 이때까지만 해도 그냥 광고글인 줄 알았어요. 왜냐하면……."

대원은 다음에 할 말을 마우스를 클릭해 하나의 블로그를 띄우는 걸로 대신했다.

종혁은 눈을 깜빡였다.

“요리 블로그?”

“네. 이상하죠?”

당연히 이상하다. 방금 전까지 성폭행 피해자들이 서로를 위로하는 곳에 있었는데, 곧바로 요리하는 방법을 보여 주는 블로그에 들른다는 건 누가 봐도 이상하다 느낄 일이었다.

그래서 대원도 여기서 막혀 꽤 헤매야 했다.

“그래서 이 블로거의 게시글들을 다 훑어봤는데, 이런 광고글이 나오더라고요.”

비오는 날
밀면 한 그릇 어떠십니까?
번개가 치는 날 먹으면
호랑이 기운이 불끈!

종혁과 사람들의 몸이 딱딱하게 굳었다.

“비밀번호.”

“네. 그리고…….”

대원은 옆자리로 옮겨 김수환의 검색 기록을 보여 줬다.

사기를 당한 피해자들의 모임에도 있었다. 광고 문구는 다르지만 자살카페, 비밀번호라고 적힌 광고 댓글이 말이다.

"이 광고글을 클릭하면?"

달칵! 달칵!

"여기 중고차 튜닝 카페가 나옵니다."

메인 화면에 전화번호가 커다랗게 적힌 카페.

그리고 이곳에 있는 게시글에 달린 이상한 광고글을 타고 들어가면, 바로 PASSWORD를 입력하라는 사이트가 나온다.

그리고 패스워드를 입력하니…….

"하."

"씨발……."

함께 자살하실 분 찾습니다.

사기를 당했습니다. 죽고 싶습니다.

죽고 싶어요.

지옥이다.

이 사이트는 지옥이었다.

구제받지 못한, 경찰이 구제하지 못한 피해자들로만 가득한 지옥. 사람들은 눈을 질끈 감았고, 종혁은 입을 열었다.

"이 광고글 주인은 신원 조회가 됐습니까?"

대원은 고개를 저었다.

"신원 조회는 됐는데, 교도소에 자주 들락거리는 노숙자더라고요."

춥거나 더위를 견딜 수 없을 때, 노숙자는 경범죄를 저지르고 교도소에 들어간다. 그곳에서 한 계절을 나기 위해서다.

“주민번호를 샀단 소리군요.”

“뭐, 요샌 돈이면 다 살 수 있으니까요. 그리고 댓글의 아이피도 조회를 해 봤는데 우회 프로그램을 써서 찾기가 힘들고, 전에 말했다시피 이 사이트의 서버 자체가…….”

해외에 있는지라 내용물을 확인할 수가 없다.

이 사이트의 게시글을 읽기 위해선 다른 인터넷 카페처럼 가입을 하고 사이트 내에서 일정 이상의 활동을 해야 됐다.

자신의 사연을 올린다든지, 자살 장소를 추천한다든지, 읽지도 못하는 게시글에 댓글을 남긴다든지 등의 활동을 말이다.

‘치밀한 새끼.’

왜인지 의심이 점점 확신이 되어 가는 것 같은 거지 같은 기분.

혀를 찬 종혁은 순간 번쩍 드는 생각에 다급히 입을 열었다.

“혹시 그 성폭력 피해자들의 모임의 게시글 중 최은영 씨 말고 다른 사람에게도 이런 댓글이 달린 적 있습니까?”

“글쎄요…….”

있을 수 있지만 최소한 그가 확인해 봤을 땐 없었다.

"끄응. 아, 감사합니다. 수고하셨습니다."

그러며 종혁은 리조트 숙박권을 그의 품에 찔러 넣었다.

"기한이 1년짜리니까 여자친구 없으면 여자친구를 만들어서라도 다녀오세요."

"……앞으로 필요한 일 있으시면 언제든 말만 하세요. 북한이 쳐들어와도 최우선으로 처리해 드리겠습니다."

굳센 의지를 드러내는 그의 모습에 피식 웃은 종혁은 몸을 돌렸다.

"최 팀장님!"

"예?"

"이 사람들 좀 구해 주세요. 우리…… 경찰이잖아요."

방금 전 모습은 어디로 간 건지 금방이라도 울음을 터트릴 듯한 그의 모습에 종혁은 이를 악물며 고개를 끄덕였다.

"당연히 그렇게 될 겁니다."

그렇게 디지털포렌식과를 나온 종혁은 최재수와 오택수를 봤다.

"브리핑 준비해요."

"브리핑?"

종혁은 의아해하는 그들을 일견하며 핸드폰을 들었다.

"예, 과장님. 최 팀장입니다. 아무래도 청장님을 비롯해 고위 간부님들과 면담을 가져야 할 일이 생긴 것 같습니다."

자살을 원하는 사람이 한두 명이 아니다.

방금 전 대원의 말처럼 피해자들을 구제해야 되는 게 바로 경찰의 업무.

종혁은 청장과 고위 간부란 말에 기겁하는 사람들을 뒤로하며 걸음을 옮겼다. 그의 눈빛은 무척이나 차가웠다.

* * *

본청의 대회의실.

이택문 경찰청장과 고위 간부들이 모여 있다.

"우리 자주 보는군."

누군가 농담 삼아 말을 꺼냈지만, 아무도 웃지 않는다.

사안이 사안이기 때문이다.

2000년대 초에 인기를 끌면서 경찰로 하여금 골머리를 썩게 만들다가 경찰이 예의 주시하자 음지로 숨어든 자살카페.

그 악몽이 다시 나타났기 때문이다.

고작 카페 하나일 뿐이지만, 경찰이 구제하지 못한 피해자의 숫자가 수백 명. 결코 좌시할 수 없는 일이었다.

이택문 경찰청장은 다 마신 녹차를 내려놓으며 입을 열었다.

"시작하지."

"예. 충성. 간편신고관리과 특별수사팀 최종혁 경정입니다. 일단 본론에 앞서 이 사이트를 알게 되었던 사건부터 말하겠습니다."

최은영, 김수환, 김미자, 박오현.

정선의 모텔에서 자살을 한 이 네 명의 일을 시작으로 도달하게 된 자살카페.

종혁의 말을 듣던 고위 간부들의 미간이 좁혀진다.

"잠깐, 수면제 구입 내역이 없다는 게 진짜야? 현금 거래 내역까지 다 대조해 봤어?"

"예. 직접 찾아가서 확인해 본 결과, 이들이 오션월드에 모인 후 현금을 찾아 쓴 내역 대부분이 그들이 구매한 것과 맞아떨어졌습니다."

"서로 모이기 전에 개별적으로 구매했을 가능성은? 수면제를 구입하는 건 쉽잖아?"

"진료 기록 등 모든 부분을 확인해 봤지만 가능성은 현저히 적다고 판단됩니다."

"으흠?"

고위 간부들의 미간이 더 좁혀진다. 종혁답지 않게 너무 성급히 판단하는 것처럼 느껴졌기 때문이다.

종혁은 그런 그들의 모습에 도우미로 이번 브리핑에 함께 참가한 현석을 봤고, 현석은 다급히 노트북 키보드를 눌렀다.

"그 이유는 바로 이것 때문입니다."

공지사항

1. 사이트에 대해 홍보하지 말 것.
2. 사이트에 대해 알리지 말 것.

3. 자살 실행 시 모든 진행은 운영자에게 맡길 것.

4. 원하는 자살 방법 지원해 드립니다.

가시는 길 불편함이 없도록 편히 모시겠습니다. 몸만 오시면 됩니다.

사이트에 가입만 해도 볼 수 있는 게시글, 공지사항.

고위 간부들의 표정이 딱딱하게 굳는다.

다시 보는 종혁 본인조차도 헛웃음이 나오는데 처음 보는 이들의 심정은 오죽할까.

"모든 진행, 지원."

고위 간부들이 종혁을 본다.

"전 이 지원에 수면제 구입 대행도 있지 않을까 생각합니다. 그 정황 증거로……."

강현석이 얼른 다시 키보드를 눌렀다.

그러자 스크린에 비춰지는 한 장의 송장.

"김수환 씨가 오션월드로 떠나기 하루 전 배달된 택배의 송장입니다. 발신 주소와 발신자를 확인해 보니 발신 주소는 남양주의 야산, 발신자 역시도 거짓으로 판명되었습니다. 현재 택배가 접수된 곳의 CCTV와 증언을 확보, 확인 중입니다."

"거기에 다량의 수면제가 들어 있었을 수 있단 소리군."

"현재로선 그렇게 판단됩니다."

빠득!

"허허."

"거참."

고위 간부들이 끓어오르기 시작한 화에 주먹을 쥐었다 폈다 한다.

자살 관여.

이 자살카페의 운영자는 불쌍한 피해자들을 죽음으로 몰아넣고 있었다. 이게 살인과 뭐가 다를까.

화가 나지 않는다면 경찰이라고 할 수가 없었다.

이택문은 보다 차가워진 눈으로 종혁을 봤다.

"그래서 하고 싶은 말은?"

"현재 이 사이트에 가입한 이들의 수만 하더라도 적지 않은 것으로 추정되며, 또한 유사한 다른 사이트에서도 이와 같은 만행이 벌어지고 있을 수 있기에……."

잠시 말을 줄인 종혁은 한발 앞으로 나서며 마이크를 부셔져라 잡았다.

"특별수사본부 설치를 건의합니다. 부탁드리겠습니다."

쿵!

이택문과 고위 간부들은 허리를 깊이 숙인 종혁을 가만히 응시했다.

* * *

어둠이 내려앉은 넓은 방.

모니터 앞에 앉은 사내가 귀에 이어폰을 낀 채 통화상대에게 따뜻한 말을 건넨다.

"부디 그곳에선 행복하시고, 다음 생엔 좋은 부모 밑에서 부자로 태어나시길…… 잘 자요."

–카페장님도 안녕히 주무십시오!

–씨발! 거지 같은 세상아! 다음 생에선 제발 나 좀 예뻐해 주라–!

그 외침들을 끝으로 말이 없어진 통화 상대들.

그렇게 얼마의 시간이 흘렀을까.

–컥! 커억!

핸드폰 너머로 괴로움에 몸부림치는 소리가 들려온다.

그제야 통화를 종료한 사내는 컴퓨터를 조작해 방금 전 통화를 녹음한 파일을 추출하며 본체에 CD를 넣었다.

기이이이잉!

요란한 소리를 내며 열을 뿜는 컴퓨터.

한참을 기다리다 완료됐다는 표시가 뜨자 사내는 이번엔 헤드셋을 쓰며 CD를 재생시켰다.

–난 5수예요.

"……키득!"

입밖으로 튀어나오는 웃음을 애써 참은 사내는 눈을 감은 채 귓속을 파고드는 저마다의 사연을 조용히 경청했다.

그러다 다시 괴로움에 몸부림치는 소리가 들리고, 그 소리마저 사라지자 눈을 뜬 사내는 CD를 꺼내 케이스에 담은 후 매직으로 어떤 글자를 썼다.

끼긱! 끽!

[멍청이들의 최후]

입술을 비틀며 일어선 그는 컴퓨터 책상 옆에 세워진 책장 앞에 섰다. 그런 그의 눈에 들어오는 십여 개의 CD 케이스들.

“푸훗.”

조롱이기도 하고 만족스럽기도 한 미소가 그의 얼굴에 번진다.

오늘 구운 CD를 추가시킨 그는 몸을 돌려 화장실로 향했다.

찰랑! 쏴아아!

온몸을 노곤하게 만드는 욕조의 뜨거운 물.

물에 젖은 머리를 뒤로 넘긴 사내가 생각에 잠긴다.

“흠…… 간격이 좀 빨라진 것 같은데…….”

욕망을 주체하지 못하게 되는 간격.

최은영 등 4명의 등을 떠민 지 고작 보름도 채 안 되었는데, 결국 참지 못하고 또 다른 이들의 등을 떠밀었다.

확실히 간격이 빨라졌다.

이건 결코 좋지 않았다.

“쯧. 이러다간 경찰이 냄새를 맡을 수 있겠네.”

아무래도 당분간은 어떻게든 참아야 할 것 같았다.

그에 기분이 나빠진 사내는 눈을 감으며 혀를 찼다.

그때였다.

띠리링! 띠리링!

휴식을 깨트리는 벨소리에 미간을 좁힌 그는 전화를 받았다.

"예, 아버지."

—식사하게 성북동으로 넘어와.

"……예."

그 말을 끝으로 끊긴 전화지만 사내는 익숙하다는 듯 그저 혀만 차며 몸을 일으켰다.

* * *

"후우."

담배 연기가 뿌옇게 뿜어지는 어느 호텔 연회장의 대기실.

커다란 거울이 달린 화장대에 놓인 라디오에서 뉴스가 흘러나온다.

—설악산의 한 모텔에서 발견 된 3명의 집단 자살자들 가운데 한 명의 신원이 밝혀지면서…….

지이익!

—공무원 시험에서 4번이나 미끄러진 김 모 씨는…….

"후우우."

답답한 가슴만큼 뿌연 담배 연기.

종혁의 낯빛도 어둡다.

쿵쿵쿵!

두드려진 문이 열리며 현석이 들어온다.

"행님! 다 모였습니더!"

고개를 끄덕이며 일어나 대기실을 빠져나온 종혁은 연회장의 입구 앞에 서서 옷매무새를 다시 점검한다.

"어때?"

최재수와 강현석은 엄지를 치켜세웠고, 고개를 끄덕인 종혁은 심호흡을 했다.

"후우우."

연회장의 문을 활짝 열며 안으로 들어갔다.

그러자 연회장 안에 앉아 웅성거리던 백여 명의 형사들이 벌떡 일어난다.

드륵! 드르륵!

서울 경기, 충청, 경상, 전라, 강원 전국 각지에서 모인 형사들.

그랬다. 경찰 상부에선 종혁의 요청을 받아 전국 경찰들을 불러 모은 것이었다.

너무 젊어 보이는 종혁의 외모에 놀라는 그들. 만두 파동 때 호흡을 맞춘 몇몇 형사들은 흐뭇이 웃으며 손을 흔들기도 한다.

그러나 그것도 잠시.

우웅!

산전수전 다 겪은 자신들을 짓누르는 기백에 그들의 얼굴에 놀람이 번지고, 종혁은 그들의 면면을 눈에 담으며 단상으로 향했다.

뚜벅뚜벅!

흔들림 없이 걸어 단상에 선 종혁은 마이크를 잡았다.

“도처에 산재한 사건을 해결하느라 불철주야 바쁘신 와중임에도 이렇게 시간을 할애해 주셔서 감사합니다. 이번 특별수사본부의 본부장을 맡게 된 최종혁 경정입니다.”

본부장. 몇 년 전 형사로서의 첫 사건인 만두 파동 때는 김종두 과장에게 떠밀리다시피 제1부본부장을 맡았는데, 이젠 정식으로 본부장이다.

회귀 전 계급이었던 경정으로 진급하며 느꼈던 감동과는 또 다른 느낌.

‘이제 정말 관리자구나.’

이젠 정말로 많은 수의 경찰을 진두지휘할 수 있는 위치, 관리 계급이 됐다는 것을 완전히 실감하게 되자 종혁은 방금 전 들은 뉴스 때문이라도 한층 더 책임감을 느끼며 고개를 숙였다.

“잘 부탁드립니다.”

“제1부본부장을 맡게 된 오택수 경감입니다.”

“제2본부장 최재수 경장입니다!”

“전체-! 차렷! 경례!”

“충성!”

연회장을 쩌렁쩌렁하게 울리는 외침.

“충성.”

종혁은 오택수에게 마이크를 넘기며 옆으로 비켜섰고, 마이크를 잡은 오택수는 내려오는 스크린을 보며 입을 열었다.

“그럼 브리핑을 시작하겠습니다.”

그리고 그 말과 함께 특별수사본부, 특수본의 불이 꺼지며 영상이 투과됐다.

오택수의 브리핑을 듣는 경찰들의 표정이 불편해진다.
"하, 씨부럴."
"이 개새끼들……."
벼랑 끝에 몰려 갈등을 하던 네 명의 피해자.
그리고 그런 그들을 벼랑 밑으로 밀어 버린 것으로 추정되는 자살카페의 운영자.
경찰로서 당연히 화가 날 수밖에 없다.
"이상입니다."
어느덧 침묵에 휩싸인 특수본.
서울 경기, 충청, 경상, 전라, 강원 전국 각지에서 모인 형사들은 그제야 왜 본청에서 이렇게 많은 형사들을 모으게 됐는지 깨닫게 되었다.
상황이 예상보다 심각했다.
브리핑을 마친 오택수는 물러났고, 다시 종혁이 마이크를 잡았다.
"모두 엊그제 설악산 인근 모텔에서 발견된 3명의 자살자들에 관한 소식을 들으셨을 겁니다."
형사들의 고개가 끄덕여진다.
이번 특별수사본부 설치에 큰 몫을 한 사건.
정선에서의 사건으로부터 한 달도 채 안 되어 다시 터진 집단 자살에, 결국 상부는 특별수사본부 설치를 승인

할 수밖에 없었다.

설악산에서의 사건이 자살카페와 연관이 있는지는 아직 파악되지 않았지만, 사인이 정선 사건과 마찬가지로 수면제 과다 복용과 일산화탄소 중독이다.

이번에도 수면제를 먹고 번개탄을 피운 거다.

종혁의 주먹이 부르르 떨렸다.

"현재 얼마나 많은 피해자들이 이 운영자들에 의해 목숨을 잃었는지 파악조차 되지 않는 상황입니다. 아마 지금도 대한민국 어디에선 또 다른 피해자가 이들에 의해 죽어 가고 있을지도 모릅니다."

결국 선택은 자신이 한 것이라지만, 그들이 그런 선택을 하게끔 등을 떠미는 건 명백한 범죄 행위고 살인이다.

지금 이 자살카페의 운영자, 혹은 운영자들의 행각은 연쇄살인과 다를 게 없었다.

또 이 자살카페뿐만 아니라 경찰의 눈의 피해 인터넷 세상 깊은 곳에 숨은 다른 자살카페의 운영자들도 이런 범죄를 저지르고 있을 것이다.

"현 시간부터 사건이 끝날 때까지 이 호텔 전체를 수사본부로 삼을 테니 모두 성실히 수사에 임해 주시길 부탁드립니다."

"헉!"

생각지도 못한 말에 경악하는 형사들.

"……전체 차렷! 경례!"

"충성!"

고개를 끄덕인 종혁은 눈빛을 차갑게 굳혔다.

“그럼 지금부터 전국의 집단 자살 사건에 대해 전면 재조사에 들어갑니다. 움직이세요.”

쿠웅!

“움직여!”

“어, 난데! 우리 청에 접수된 집단자살 사건들 싹 다 정리해서 내 메일로 보내! 아, 보내라면 보내 좀!”

분주해지는 형사들을 바라보던 오택수는 슬그머니 종혁에게 다가섰다.

“야, 그런데 이거 감당 되냐?”

“뭐가요?”

“아니, 호텔 전체를 빌리는 거. 네가 아무리 돈이 많다지만 이건…….”

잠시 알아보니 파티나 제품 설명회 등 연회 전용 호텔인 이곳 호텔.

종혁은 그런 이곳의 연회장뿐만 아니라 객실 전체까지 임대를 했다. 사건이 언제 종료될지 모르기에 수십억, 아니 수백억이 깨질 수도 있었다.

어느새 다가온 최재수와 현석도 짙은 걱정을 보내고 있었다.

그런 그들이 모습에 눈을 껌뻑이던 종혁은 이내 피식 웃었다.

“이거 내 건데요?”

“……어? 뭐?”

경찰대학 시절 강철선 검사와 해결했던 삼성클럽 사건.

그리고 그 연예인 성상납 비리 사건 때 놈들의 연회용으로 쓰였던 이 호텔을 아예 매입해 버리면서 이곳의 내부 설계도를 얻었던 종혁.

"예에에?!"

종혁은 뒤로 넘어가는 그들을 뒤로하며 연회장의 한구석에서 고뇌에 찬 표정으로 키보드를 두드리는 네 명에게 다가갔다.

"글은 좀 어떻습니까. 잘 써집니까?"

"아, 걱정 마십시오. 참고할 자료도 이렇게 많으니 술술 써지고 있습니다."

종혁은 옆에 쌓인 책이나 종이 뭉치를 두드리며 자신만만해하는 그들의 모습에 고개를 끄덕였다.

비밀리에 소집한 드라마 작가들. 일명 새끼 작가들이다.

"부탁드리겠습니다. 여러분들이 지어내는 사연에 수백명의 목숨이 달려 있습니다."

자신의 사연을 올린다든지, 자살 장소를 추천한다든지, 읽지도 못하는 게시글에 댓글을 남긴다든지 등의 활동을 함으로써 등업을 해야 다른 피해자들의 글을 볼 수가 있는 자살카페.

이들이 지어내는 사연은 이번 수사에 정말 필요한 존재였다.

"그러니 절대 작가 티는 내지 말아 주세요."

"옙!"

"아이고, 걱정 마세요. 그런 건 저희가 전문입니다!"

믿겠다며 고개를 끄덕인 종혁은 몸을 돌렸다.

'부디 더 이상 희생자가 발생하지 않기를…….'

뿌득!

종혁은 이를 악물었고, 아직 충격에서 벗어나지 못한 오택수들은 그런 종혁을 망연히 응시했다.

* * *

"허!"

"하!"

연회장에 모인 형사들이 각 청에서 보내온 사건 서류들에 헛웃음을 터트린다.

예상을 훨씬 벗어난 집단 자살 사건의 숫자. 작년 한 해에만 무려 3백 건이 넘는 집단 자살 사건이 발생했다.

그런데 이 중 60퍼센트 이상이 피해자들 간에 서로 연관점이 없는 사건이었다.

남은 40퍼센트 중 절반은 사기 피해자들이고, 나머지 절반은 경제적인 사정 등의 이유로 인해 일가족이 함께 자살한 사건이다.

"아따, 갈수록 세상 살기가 팍팍해지는 것 같구마잉."

"그러게유. 얼마나 견디기 힘들었으면 이런 선택을 했겠어유. ……그래도 애들은 뭔 잘못이래."

"우리가 공감 못하는 그런 사정이 있겠죠."

"자, 적당히 하고 사인에 직접적인 이유가 된 물품들을 구입한 내역이 불분명한 사건들을 추려 보자고."

일단은 가장 찾기 쉬운 부분부터.

종혁은 시끌시끌한 연회장을 둘러보다 핸드폰을 들었다.

"어, 재수야. 지금 어디쯤이야?"

부우웅!

국도를 달리는 차 안.

운전대를 잡은 최재수가 종혁과 통화를 하고 있다.

"예. 지금 설악산 사건 현장에 거의 도착했습니다. 일단 현장을 살펴보고 담당 경찰서에 들르도록 하겠습니다."

그리고 이번 특수본에서 다루는 사건, 현재 주 타깃으로 삼은 자살카페에 의해 일어난 범행이 아니라도 다른 누군가의 도움이나 위력에 의한 자살이면 사건을 끌어온다.

재수는 현재 그런 지시를 받고 강원도로 향하는 중이었다.

최재수의 대답에 수화기 너머로 종혁의 웃음소리가 들린다.

무조건 현장부터 살펴라. 상황 파악은 그 이후에 해도 늦지 않다.

형사의 격언을 지키는 최재수의 모습에 기특하다는 뜻이 담긴 웃음이었다.

-그래, 무슨 일이 발생하면 상황 봐서 네가 알아서 처리해.

선 조치, 후 보고.

현장 상황에 대한 판단을 자신에게 맡긴다는 뜻이다.

이는 종혁의 시험이자, 인정이었다.

부르르!

최재수는 터지려는 기쁨과 지독한 압박에 이를 악물었다.

"옙!"

통화가 종료되며 먹먹해진 이어폰을 거칠게 빼낸 최재수는 액셀을 더 강하게 밟았고, 이내 곧 자살 사건이 벌어진 모텔에 도착할 수 있었다.

"어이구, 숙박하러 오셨드래요?"

"경찰입……."

순간 아차 하며 입을 다문 최재수는 다시 몸을 돌렸다.

"잠시만요! 현석아, 따라와!"

"예? 예!"

"……?"

의아해한 모텔 주인은 이내 곧 음료수 박스를 들고 안으로 들어오는 최재수의 모습에 더 의아해했다.

"하하. 안녕하세요, 사장님. 경찰입니다. 사건 현장 좀 확인하러 왔습니다."

경찰이란 말에 얼굴이 찌푸려지던 모텔 주인은 최재수가 내미는 음료수 박스에 환하게 웃으며 카운터를 뛰쳐나왔다.

"어이구. 그냥 살펴보면 되는 거 가지고 뭘 이런 걸다…… 502호래요."

"하하. 감사합니다. 아, 그런데 당시 이상한 일은 없었나요? 떠올리기 괴로우시겠지만 부탁드리겠습니다."

직접 보고 들은 것 외에는 아무것도 믿지 마라.

경찰이 된 이후 처음으로 하는 단독 행동이라 재수는 종혁에게 배운 그대로 하기로 했다.

"뭘요. 처음부터 이상했지."

"그렇습니까?"

"그럼요. 산에 온 사람들답지 않은 옷차림 하며, 남자 둘에 여자 하나가 방을 하나만 잡는데 왜 이상하지 않겠어요."

심지어 여자는 십대처럼 보였다.

"딱 봐도 영 아닌 것 같아서 바로 경찰에 연락을 했지."

그렇게 경찰이 찾아와 신원 조회를 했는데, 여성은 스물네 살이었고 경찰은 그냥 지인들끼리 설악산 구경을 왔다는 그들의 말에 별 의심 없이 돌아갔다.

"스물네 살인데 십대처럼 보였단 말인가요? 그렇게 생각하신 이유가 있을까요?"

"이유는 뭔 이유. 그냥 딱 봐도 아니었는데!"

단호한 모텔 주인의 말에 재수는 눈을 빛냈다.

"왜요?"

"그 여자가 꺼낸 리, 립클 뭐? 뭐 그것 때문이었죠. 내 딸이 지금 고등학교 2학년인데, 그거랑 똑같은 걸 쓰거든요?"

립스틱도 아닌 웬 이상한 것이 더럽게도 비싸 물어보니 요새 십대들 사이에서 유행을 하는 제품이라고 했다.

"화장한 것도 딱 우리 딸 같았어요. 그러니 내가 그렇게 생각할 수밖에."

재수는 잠시 생각에 잠겼다.

"흠. 그 외 이상한 점은 없던가요?"

"뭘요. 많았지."

분명 지인이라고 했는데 서로 어색해 보이던 모습이라든지, 모텔을 낯설어하던 모습 등 다 이야기하자면 하루가 모자랐다.

"아니, 그 나이들 먹고 모텔에 한 번도 안 와 봤다는 게 말이 돼요? 거기다 사투리들은 왜 다 다른데요?"

한 명은 전라도, 다른 사람은 경상도, 여성은 강원도 사투리였다.

그렇게 모텔 주인의 말을 모두 받아 적은 재수는 502호로 향했다.

모든 게 깔끔하게 치워진 현장. 방 중앙에 검게 탄 동그란 흔적만이 이곳이 자살 현장이었다는 걸 알려 준다.

"당시에 저 창문들이랑 여기 문에 테이프가 붙어 있었죠. 그리고 저기 중앙 검게 탄 자국에 모여 누워 죽어 있었더랬죠."

뒤따라온 모텔 주인의 말에 재수는 고개를 모로 기울였다.

'어? 그런 말은 없었던 것 같은데?'

"문에 테이프가 붙어 있었다는 소리를 듣긴 했는데……."

"아, 내가 뜯어 버렸어요. 냄새가 고약해서 창문을 열어야 했거든요.”

이번 집단 자살 사건의 첫 목격자인 모텔 주인.

“예?”

“그런데 이게 테이프가 창틀에 오래 붙으면 잘 떨어지지 않는다는 말이죠? 그래서 다 떼어 버렸죠.”

그리고 그 쓰레기를 버린 후 문에 붙은 테이프를 떼려고 할 때 경찰이 도착했다.

‘씨발?’

최재수의 입이 떡 벌어졌다.

현장이 오염되다 못해 정보가 누락됐다. 이건 아주 심각한 문제였다.

“호, 혹시 그 세 명의 가운데에 핸드폰 같은 건 없었나요?”

“……아, 있었어요! 내가 놀라서 여보세요, 살아 계세요 할 때 밟아서 부서지기에 치워 버렸죠. 나중에 청소하려고 보니까 없어서 경찰이 가져갔구나 싶었죠.”

“아니…….”

“왜, 왜요? 무슨 문제 있어요?”

“아, 아닙니다. 감사합니다!”

재수는 다급히 사건 현장을 뛰어나가며 핸드폰을 들었다.

“예, 팀장님. 여기 현장이 정선 사건 현장과 너무 흡사해서 연락드렸습니다!”

자살카페로 인한 또 다른 피해자가 생긴 것 같았다.

* * *

"……."

수사본부에 모인 형사들의 입이 다물어진다.

명문 의대를 노렸지만 번번이 낙방한 5수생, 행정직 공무원시험에 낙방한 4수생, 성적을 비관해 자살한 것으로 추정되는 17세 어린 소녀.

"17세?"

모두가 놀란 눈이 되자 최재수는 얼굴을 일그러트렸다.

"이름 이도연, 나이 17세."

전국 실종자 명단에서 겨우 찾아낸 소녀.

부모가 가출 신고를 했는데, 자살 당시 모텔을 찾은 경찰에게 내밀었던 신분증은 위조된 것으로 판명이 났다.

최재수는 스크린에 이도연의 중학교 생활기록부를 투영시켰다.

1등, 1등, 1등.

항상 반에서 1등이고, 전교에서 5등 이상을 벗어나지 않은 이도연. 누가 봐도 자살할 이유가 없는 전도유망한 여학생이다.

"그런데 주변 탐문 결과, 부모들이 유난스러웠다고 합니다."

아니, 이걸 단순히 유난스럽다는 말로 끝낼 수 있을까.

이도연의 중학교 담임 선생님이 증언한 바에 따르면,

그녀는 새벽 5시에 일어나 새벽 1시가 되어야 잠을 잘 수 있는 끔찍한 생활을 줄곧 해 왔다고 한다. 다니던 학원의 개수만 무려 8개.

"그리고 시험에서 하나라도 틀리면 절망하다시피 울었고, 이웃들의 증언에 따르면 시험을 본 날이면 이도연 양의 집에서 고성이 울렸다고 합니다."

그렇게 고성이 울리기 전에는 항상 집 앞에서 안절부절못하며 서성이다가 마지못해 집에 들어가는 이도연을 보았다는 이들도 많았다.

부모가 애를 잡은 거다.

"아니, 1등을 혼낸다고? 왜?"

"아따, 내 딸이 저러믄 아주 업고 다니겄구만!"

그러다…….

"이도연 양의 고등학교 1학년 1학기의 성적을 봐 주십시오."

"아."

"저런."

중간고사 반에서 4등, 전교 15등.

기말고사 반에서 9등, 전교에서 48등.

흔히 있는 일이다.

중학교 때는 성적이 좋았지만, 고등학교에 올라가면 성적이 떨어지는 케이스. 갑자기 머리가 나빠지는 게 아니라 중학교 때보다 더 뛰어난 아이들이 경쟁자가 되기 때문이다.

최재수는 함께 수사를 한 형사를 응시했다.

"그리고…… 이도연 양이 실종되기 직전에, 그녀가 머리를 산발을 한 채 울면서 집에서 뛰어나오는 걸 목격했다는 증언이 있었습니다."

누가 봐도 머리채를 잡아 뜯긴 모양새.

"그 후로 행방이 묘연, 얼마 전 설악산 모텔에서 시신으로 발견되었습니다.

"아이고."

"미쳐 버리겠네."

저것이 분명했다.

이도연이 삶의 의지를 잃어버리게 된 트리거가.

이후 그녀는 거리를 떠돌며 찜질방과 PC방을 전전하다가 결국 자살카페에 접속한 걸로 추정됐다.

최재수의 설명에 한 형사가 손을 들었다.

"그럼 생활 자금은 어떻게 충당한 겁니까?"

"그건……."

유복한 가정에서 자란 이도연은 꽤 알뜰한 타입이었다. 용돈을 쓰지 않고 거의 대부분 모아 두었고, 가출 당일 전액 인출을 한 정황이 발견됐다.

형사들은 한숨을 푹푹 쉬었다.

돈이 모두 떨어지자 자살을 결심한 게 분명한 상황.

낯빛이 딱딱하게 굳은 종혁은 마이크를 잡았다.

"수고하셨습니다. 이도연 양에 대한 건 증거를 더 보강해서 부모를 고소하는 방향으로 가도록 합시다."

부모의 협박과 체벌이라는 폭력에 의해 아이가 자살을 결심한 걸로 추정된다.

훈육이라는 이름으로 자기 자식을 학대하는 부모들에게 마땅한 처벌이 내려져야, 앞으로 이런 사건들이 조금이라도 줄어들 터였다.

"수면제에 관한 건 조사됐습니까?"

"예."

대답을 한 최재수가 스크린에 택배 송장과 택배 박스를 찍은 사진을 투영시킨다. 그에 모두가 깜짝 놀랐다.

"4수생 박대현 씨가 이도연 씨들과 만나기 전 받은 택배 송장입니다. 현재 택배가 접수된 곳의 CCTV와 증언을 확보, 확인 중에 있습니다. 택배에 찍힌 지문도 감식 중입니다. 그런데……."

최재수는 다른 사진을 보여 주었다.

박대현의 고시원 휴지통에서 발견한 쪽지.

그에 형사들은, 베테랑이라 불리는 그들은 이를 악물었다.

후회가 없으십니까? 먼 길을 떠날 준비가 되셨나요?

그럼 약속 장소로가 동료와 합류하세요. 당신이 생애 마지막 여행의 리더입니다.

"씨발?!"

종혁도 이를 갈았다.

첫 번째 문장과 두 번째 문장까지 봤을 땐 마치 자살을 결심한 박대현을 걱정하는 듯하다. 그런데 문제는 그다음 문장이다.

동료와 합류, 리더.

교묘하게 박대현을 도망치지 못하도록 하고 있었다.

'이 개새끼가……!'

"이후 박대현은 양양터미널로 향했고, 이후 행적은 정선 사건 때처럼 관광을……."

최재수가 뒷말을 이어 갔지만 들리지 않는다.

빠드드드득!

살인이다. 이건 명백한 살인이다.

"이, 이상입니다."

"……수고했습니다. 제2부본부장, 일단 이도연 양과 오세용 씨도 이런 쪽지를 받았는지를 집중적으로 조사해 주세요. 그리고 정선 사건 때 피해자들, 아니 현재 파악된 피해자들 모두 다시 조사해 주세요."

교묘한 말장난으로 사람을 도망치지 못하게 만든 놈들이다. 이도연과 오세용, 그리고 최은영에게도 이런 짓을 했을 확률이 높았다.

애써 거칠어지는 숨을 다독인 종혁은 형사들을 봤다.

본부장이 흔들려선 안 된다. 종혁은 오직 그 생각만으로 이성을 유지했다.

"그리고 전라도팀?"

"예. 현재 전라도에서 발생한 집단 자살 사건들 중……."

집단 자살을 했지만 자살자들 사이에 연관성이 없고, 자살에 직접적인 사인이 된 물품에 대한 구입 내역이 불분명한 사건들.

지이잉! 지이잉!

'씨발, 누가…….'

신경질적으로 발신자를 확인한 종혁은 다급히 전화를 받았다.

"예, 본부장입니다. 예. 예, 알겠습니다! 수고하셨습니다!"

전화를 끊은 종혁은 다급히 마이크를 잡았다.

"우리 작가님들께서 회원 등업에 성공했다고 합니다."

형사들의 눈이 부릅떠졌다.

그리고 잠시 후.

직장 상사에게 강간을 당했어요.

제목부터 처참한 사건.

뿌드득! 빠드득!

이 갈리는 소리가 울리는 연회장을 둘러본 종혁은 마이크를 잡았다.

"2002년 2월 이 사이트가 개설된 이후 처음으로 게시된 글입니다. 현재 이 글의 작성자는 같은 해 5월 집단 자살을 하였고, 이 강간 사건의 가해자는 무죄를 받았다는군요."

회식 날 가해자가 만취한 피해자를 부축해 떠났고, 모

텔에 함께 들어갔지만 피해자가 반항을 하지 않았다는 것을 이유로 무죄 판결이 내려진 사건.

현재 가해자는 그 직장에서 계속 근무 중이었다.

쾅!

"이런 씨부럴!"

"아니, 씨발 만취했으면 당연히 반항을 못하지! 어떤 개호로 잡놈의 경찰 새끼가 조사를 저따위로 한 거야!"

이뿐만이 아니다.

2002년부터 현재까지 총 4천 7백여 개의 게시글 중 중복된 글을 제외한 9백여 개의 글 중 이십여 개의, 아니 이십여 명의 작성자가 자살을 한 걸로 판명이 된다.

이마저도 게시글 내용을 통해 피해자의 신원을 유추해 사망 여부가 조사된 거지, 아직 신원이 밝혀지지 않은 다른 글들의 작성자가 어떻게 됐는지는 모른다.

사이트를 뒤져 볼 수가 없으니 신원조차 알 수 없는 피해자들.

종혁의 눈빛이 차갑게 굳었다.

"일단……."

형사들의 시선이 모인다.

"게시글 작성자 신원을 밝히는 데 주력해 주시고, 그 후 여기에 나와 있는 사건들에 대한 전면 재조사에 들어갑니다. 다만 현재 저희가 조사를 하고 있다는 게 발각되면 이 사이트의 운영진이 잠수를 탈지 모르니 언론에 노출되지 않도록 각별히 유의해 주십시오."

그렇기에 본청이 아닌 이 호텔에 수사본부를 설치한 거다. 언론에 노출이 되지 않도록.

“그럼 생존해 있는 피해자들은 어떻게 합니까?”

살아 있다고 해도 언제 자살을 할지 모르는 피해자들.

현재 수사본부의 인력으로는 이들까지 마킹할 수가 없다.

“그분들에 대한 마킹은 제가 담당할 테니, 여러분들께선 일단 피해자 신원을 파악하는 데 주력해 주십시오.”

“예!”

“움직여 주세요.”

이들이 한발이라도 더 빨리 움직일수록 한 명이라도 더 많은 피해자를 구할 수 있다. 그런 의지가 서려 있는 종혁의 말에 형사들은 모두 자리에서 일어났다.

“충성!”

“움직여!”

“일단 각 도별로 사건을 나눠 봐!”

바빠지는 형사들을 일견한 종혁은 게시글들을 살폈다.

뒷목이 뜨거워질 정도로 처참한 사연들.

종혁은 이를 뿌득뿌득 갈았다.

‘이 개새끼들.’

세상엔 왜 이렇게 범죄자가 많은 걸까.

이 범죄자들뿐만이 아니다. 자살사이트의 운영진에 의해 자살한 피해자가 무려 28명이다.

도저히 용서할 수가 없는 놈들이었다.

“진짜 면상 한번 보고 싶네.”

그리고 묻고 싶다.

대체 무슨 이유로 그런 거냐고.

"후우."

종혁은 핸드폰을 들었다.

"예, 사장님. 납니다. 인력이 꽤 필요한 일이 생겨서 그런데 몇 명이나 동원할 수 있습니까?"

이유가 뭐든 이놈들이 더 이상 활개치도록 놔두지 않는다.

종혁은 주먹을 꽉 쥐었다.

* * *

노랗게 물든 거리의 은행잎이 우수수 떨어진 초겨울.

성북동의 한 저택에 사람들이 모여든다.

그중엔 자살카페의 카페장도 있다.

그런데 그의 표정이 썩 좋지 못하다.

"뭘까……."

요 한 달 사이에 그가 만든 자살카페에 이상한 게시글들이 올라오고 있다. 경찰이 범인을 잡거나 수사에 들어갔다며 다시 삶의 희망을 얻었다고 카페를 탈퇴한다는 글들이.

그런 글들을 올라올 때마다 바로바로 삭제하고 블록을 걸고 있지만, 개중엔 그가 노리던 이들도 있었기에 기분이 좋지 못했다.

"오셨습니까, 도련님."

아버지의 비서실장인 사십대 중년 남성의 마중에 카페장이 심드렁한 표정을 짓는다.

"누나들이랑 형은요?"

"큰도련님께선 도착하셨고, 큰아가씨께선 일이 있어 참석을 못하신다 하셨고, 작은아가씨께선 아직 도착하지 않으셨습니다."

사내는 어이없다는 듯 비서실장을 쳐다봤다.

"이번 모임의 주역이 아직 도착 안 했다고요?"

특별한 이유가 없는 이상 이렇게 모이지 않는 그들 가족.

"30분 전 자택에서 출발하셨다는 연락을 받았으니 곧 도착하실 겁니다."

과연 그럴까. 작은누나의 시간관념을 알고 있는 그로서는 영 회의적이었다.

"알았어요. 그보다 알아봐 달라고 부탁한 건 어떻게 됐죠?"

"아, 이번 경찰의 날 행사 때 경찰청장이 성폭력과 사기 등의 사건에 대해 신경 쓰라는 말을 했다고 합니다. 자살률이 급증했다고 말입니다."

그래서 아직 종결이 안 된 자살 사건도 신중히 재검토하고 있다는 비서실장의 말에 사내는 주먹을 쥐었다 폈다.

'쓸데없이!'

안 그래도 경찰이 냄새를 맡을까 치미는 욕구를 참고 있는데, 아무래도 더 많이 참아야 할 것 같다.

"알았어요. 수고했어요."

"그런데 이건 왜……."

"단지에 형사가 좀 보여서요. 뭔 자살 사건을 묻고 다니더라고요."

"아."

고개를 끄덕인 비서실장은 이내 흐뭇이 웃었다.

"뭐죠?"

"아닙니다. 잘하고 계십니다. 파이팅입니다, 도련님."

"음?"

사내는 고개를 모로 기울였지만, 이내 현관문에서 비켜서는 비서실장의 모습에 어깨를 으쓱이며 집 안으로 들어갔다.

"왔냐?"

어머니의 허벅지에 머리를 댄 채 소파에 누워 손을 흔드는 형을 무시한 사내는 집 안임에도 제법 화려하게 입은 어머니와 형의 발치에 앉아 있는 형수를 향해 고개를 숙였다.

"저 왔어요. 오셨어요, 형수님?"

"왔니? 아버지께 인사드려라."

"오셨어요, 도련님?"

아들이 왔음에도 힐끗 보고 마는 어머니와 형의 다리를 주무르기 바쁜 형수.

"엄마, 나 사과."

"어휴. 너는 아직도 엄마를 부려 먹고 싶니?"

"응! 난 아직도 애기니까!"

"한 여자의 남편이라는 애가 아직도……. 내가 늙는다,

늙어."
그 모습을 지그시 응시하던 사내는 이내 안쪽 서재를 향해 걸음을 옮기다 2층에서 내려오는 막내를 보고 잠시 멈춰 섰다.
"왜? 말을 해."
"……."
저벅저벅.
"아오, 저 얼음땡이!"
등 뒤에서 들리는 소리를 무시한 그는 서재의 문을 두드리곤 안으로 들어갔다.
"러시아에 특별히 신경을 써. 요새 밀 수요량이 늘어난 거 알지? 한국이 러시아와 관계가 좋을 때……."
서재의 소파에 앉아 임직원들에게 지시를 내리는 아버지.
사내는 이쪽을 쳐다보지 않는 아버지를 향해 고개를 숙이곤 문을 닫고 나왔다.
그러곤 원래 자신의 방으로 올라가 담배를 물었다.
"……똑같네."
변화된 모습이 단 하나도 없는 집.
그는 지금 뿜어내는 담배 연기가 유독 짙다고 생각했다.
그렇게 시간이 얼마나 흘렀을까.
똑똑똑!
"들어와요."
"아가씨께서 도착하셨습니다."

오기 싫은 이 집에 오게 만든 주범이 도착했다는 사용인의 말에 고개를 끄덕인 그는 1층의 부엌으로 향했다.

"왔어?"

마치 마네킹처럼 잔뜩 얼어 있는 자세로 작은누나의 옆에 앉아 있는 삼십대 중반의 사내.

현직 판사이자 작은누나와 결혼을 사람으로, 오늘 그의 집에 결혼 전 인사를 하러 온 거다.

"자기야, 인사해."

"하하, 안녕하세요."

"뭘 존댓말을 해. 어차피 손아랫사람인데."

"그래도 그게 아니죠, 하늘 씨."

사내는 어수룩하게 웃는 그의 모습과 못마땅한 듯 쳐다보는 어머니, 형의 모습에 혀를 찼다.

무뚝뚝하면서도 독립적인 성향이 강한 큰누나와 달리 애교 있는 성격에, 어려서부터 어머니와 형에게 많은 예쁨을 받고 자란 작은누나.

앞으로 훤히 열린 그의 고생길에 사내는 고개를 저으며 빈자리에 앉았다.

그리고 잠시 후 아버지가 부엌 안으로 들어왔다.

"박 서방 왔나?"

"안녕하십니까, 회장님."

"뭘 불편하게 회장님이야. 편하게 불러, 편하게. 결혼 날짜를 잡았으니 이제 한 가족 아닌가."

"예, 아버님!"

흐뭇이 웃으며 식탁을 둘러보던 회장은 사내를 발견하곤 표정을 엄하게 굳혔다.

"결혼은 언제 할 거냐."

언제 왔냐는 말보다 결혼할 날짜부터 물어 오는 아버지의 모습에 사내는 이 저택에 들어와 처음으로 표정을 구겼다.

"제가 군대에 가는 조건으로 서른이 될 때까지는 가만두시겠다는 것이 약속 아니었습니까?"

가족 중 군대에 다녀온 사람이 있어야 기업 이미지가 좋으니 다녀오란 말에 어쩔 수 없이 가야 했던 군대.

"네 나이도 벌써 스물아홉이다. 결혼을 하지 않을 거면 회사로 출근해."

"그것도 서른이 될 때까지 가만두시겠다고 약속하셨습니다."

갑자기 숨을 탁 틀어막는 분위기.

사내를 가만히 노려보던 회장은 이내 혀를 차며 자리에 앉았다.

"먹자."

그렇게 사내에게만 불편한 식사가 시작되었다.

"후우우."

식사가 모두 끝난 후 정원으로 나온 사내는 담배를 물었다.

'점점 더 오기 싫어지는군.'

그렇지 않아도 오기 싫었던 집이 이젠 더 오기가 싫어진다.

"야, 이동하. 아까 아버지한테 말버릇이 그게 뭐야?"

"맞아. 아깐 좀 심했어, 동하야."

사내는 순간 치솟는 짜증에 자신도 모르게 입을 열었다.

'내가 누구 때문에 군대에 갔는데!'

"형이나 회사에 피해 좀 끼치지 마."

"뭐 인마?!"

"이번에 계약한 건 어그러졌다며? 거기다 자동차 부품은 왜 진출해? 송충이는 솔잎을 먹어야 한다는 말도 몰라?"

그것뿐이라면 말도 안 한다.

형이 임원이 된 이후 회사에 끼친 피해가 얼마던가.

"이, 이 자식이! 야! 사업이 네 말 그렇게 말처럼 쉬운 줄 알아?!"

"동하야, 너 오빠한테 말이 너무……."

"누난 어머니 걱정이나 해."

"뭐?"

"어머니가 예비 매형 뒷조사하고 다니는 거 모르지?"

"뭐? 그게 무슨 말이야!"

"선보고 한 결혼인데, 돈 보고 결혼한 게 뻔히 보이는데 어머니 성격에 가만있겠다 그치?"

"……."

"그러게 왜 그 경찰 간부를 걷어차?"

후에 알아보니 가진 재산만 천억 원이 넘는 부동산 및

주식 부자에 이제 고작 26살에 불과함에도 계급이 경정인 전도유망한 경찰 간부.

그때 집안이 발칵 뒤집혔는데, 작은누나의 변명이 가관이었다.

"거지처럼 보여서? 웃기지 마. 딱 봐도 누나가 누나 입맛대로 휘두르지 못할 것 같아서 그런 거잖아."

"너, 너…… 네, 네가 어떻게 나한테……."

"이, 이……! 수면제나 먹는 자식이!"

"……뭐?"

사내의 형은 비릿하게 웃었다.

"김 실장님이 아버지한테 그러더라? 네가 수면제를 많이 산다고? 왜? 수면제 없으면 잠이 안 오냐?"

'빌어먹을. 그래서 아까 김 실장님이 잘하고 있다고…….'

아무래도 돌아가면 수행원부터 바꿔야 할 것 같다.

"아닌데? 형 죽여 버리려고 산 건데?"

"뭐, 뭐?"

"김 실장님이 그건 말 안 했어? 내가 수면제는 샀는데 내가 다 쓰는 것 같진 않다고? 그럼 남는 건 어떻게 했을까?"

"너, 너……!"

"우리 제발 서로 건드리지 말고 조용히 살자. 나도 이 집에 별 미련 없으니까!"

혀를 찬 사내는 다 타 버린 담배꽁초를 팽개치며 돌아섰다.

"씨발, 야! 이동하! 곧 엄마 생신인 거 알지?! 선물 준비해라!”

멈칫!

‘빌어먹을.’

외면하고 싶은 단어인 엄마.

그러나 그럴 수 없음에 그는 더 커진 짜증을 끌어안고 독립한 집에 도착해 수행원을 잘라 버린 후 컴퓨터를 켰다.

경찰이 움직이고 있다기에 참으려고 했는데 아무래도 참을 수 없을 것 같았다.

그는 사이트에 접속해 먹잇감을 탐색하기 시작했다.

* * *

“예, 감사합니다! 계속 마킹 부탁드리겠습니다!”

전화를 끊은 종혁은 재빨리 마이크를 잡았다.

“마킹을 붙인 피해자 중 2명이…….”

지난 한 달간 밤낮없이 노력한 덕분에 카페 가입자 중 80퍼센트의 신원을 알아낸 형사들의 귀가 쫑긋 솟는다.

“현재 버스를 타고 구례로 이동 중이라고 합니다.”

쩌적!

순간 얼어 버린 수사본부.

“이곳으로 저와 함께 가실 분 손 들어 보세요.”

처저저적!

누가 먼저랄 것 없이 손을 드는 그들.

종혁은 그런 그들을 보며 이를 악물었다.

'이번엔 무조건 구한다!'

무조건.

무조건 구해야 했다.

# 2장. 기회

# 기회

웅성웅성. 와글와글.

단풍이 저물었어도 지리산과 화엄사를 오가려는 사람들, 그리고 주민들로 인해 시끌시끌한 구례의 시외버스 터미널.

제법 쌀쌀해진 날씨에 슬그머니 모습을 드러낸 어묵을 입에 문 종혁이 주먹을 쥐었다 폈다 한다.

수사본부가 설치된 이후 마치 우연처럼 활동을 줄여 버린 자살카페의 운영진.

'우연일 가능성이 높지만…….'

"하압!"

우적우적!

꼬불이 어묵을 한입에 쑤셔 넣은 종혁은 뜨거운 어묵 국물로 입안을 적셨고, 종혁의 옆에 딱 붙은 현석은 수북하게 쌓인 빈 어묵 꼬치에 고개를 저었다.
“휴게소에서 뭘 먹지 못해서 그래.”
“누가 뭐랬심꺼? 그냥 현희처럼 손 큰 사람 아니믄 행님 먹성 감당 못할 것 같아서 그랬심더.”
현석의 여동생 현희.
“오. 확실히 현희가 손이 크긴 크지.”
“형제가 몇인데요. 어디서 뭘 배웠는지 엄마보다 더 큽니더.”
“그렇구나. 그런데 은근슬쩍 현희 어필하지 마라, 짜샤.”
“……쳇.”
피식 웃은 종혁은 게이트를 보며 미간을 찌푸렸다.
‘도착할 때가 됐는데…….’
띠리링! 띠리링!
‘왔다!’
발신자를 확인한 종혁은 냉큼 전화를 받았다.
“아, 지금 들어오는 버스요? 예, 보입니다.”
부르릉 소리를 내며 느릿하게 도착 홈으로 들어오는 버스 한 대.
종혁은 손목을 입에 가져갔다.
“1번 타깃 도착했습니다. 전체 대기.”
순간 터미널 곳곳에 긴장이 내려앉고, 그와 동시에 멈춰 선 버스 안에서 사람들이 쏟아져 나온다.
종혁은 그중 등산복을 입은 삼십대 여성과 그 뒤를 따르며 터미널 이곳저곳을 향해 손을 흔드는 흥신소 직원을 발견하고 입을 다물었다.

상사의 횡령을 고발하였지만, 도리어 그 죄를 뒤집어쓰고 퇴직을 당하여 직장과 명예를 잃다 못해 5년 사귄 애인과의 결혼식마저 파투가 나면서 삶의 의지를 잃은 정의롭고 불쌍한 사람.

“1번팀. 도착 홈에서 제 쪽으로 걸어오는 30대 여성, 안경, 뒤로 묶은 머리, 등산복 1번 타깃입니다. 마킹 준비.”

그 말과 함께 근처 벤치에 앉아 신문을 보거나 음료를 마시던 형사 두 명의 시선이 1번 타깃을 따라가고, 종혁은 현석의 어깨를 감싸 몸을 돌리게 했다.

“쳐다보지 말고, 긴장 풀고.”

“예.”

같이 몸을 돌린 종혁은 새 어묵을 들어 한입 크게 베어물었다.

터벅터벅.

무겁디무거운 걸음이 그의 뒤를 지나쳐 약간 떨어진 곳에 위치한 편의점 앞에 멈춰 섰다.

종혁의 눈이 빛나기 시작했다.

꿀꺽.

달콤한 편의점 커피가 목구멍을 타고 넘어간다.

맨날 마시던 믹스커피보다 고급스러운 맛.

“아, 커피숍 커피 살걸.”

이젠 얼마 마시지도 못할 커피인데 평소 습관처럼 사

버리고 말았다. 사랑하는 사람과 결혼을 하려면 돈을 모아야 했기에 정말 간절할 때나 한 번씩 사 먹던 사치.

"……개새끼. 내가 왜 아등바등 돈을 모았는데."

모두 신혼집 사는 데 보태기 위해서였다.

그런데 직장에서 잘리자마자 애인은 파혼 통보를 해 버렸다. 그리고 고작 한 달 만에 다른 여자와 결혼을 해 버렸다.

"진짜 개새끼."

첫사랑. 첫 남자친구. 왈칵 차오르는 눈물을 닦아 낸 그녀는 커피를 쓰레기통에 버려 버리곤 커피숍을 찾아 움직였다.

쪼오옥!

"아, 좋다!"

왜 이런 맛을 모르고 살았을까. 이게 진짜 사치일까. 커피숍에서 최고로 비싼 메뉴라서 그런지 마치 설탕으로 만든 예쁜 구름을 삼키는 것 같다.

"리더 정 님?"

흠칫!

그녀의 활동명 '난 정의로웠다'에서 딴 이번 여행에서 쓸 이름. 고개를 돌린 그녀는 작은 체구의 십대 소년을 발견할 수 있었다.

"아, 그냥 정 씨라고 불러 주세요."

"아, 안녕하세요. 송 씨라고 불러 주세요."

자신감 없이 축 처진 어깨와 왜소한 체격.

왜인지 송 씨의 사연을 알 것 같지만, 정 씨는 모른 척하기로 했다. 각자의 사연을 묻는 건 여행의 룰이 아니기에.

그런데 이제 무슨 말을 해야 할까.

고민을 하던 정 씨는 이내 생각하기를 관뒀다.

'귀찮아.'

누군가와 관계를 만들기 위해 이야기를 하는 것이 귀찮았다. 그건 송 씨도 마찬가지인 듯 웬 게임기 같은 것을 꺼내어 막 누르는 송 씨.

"재밌다……. 맞아, 이래서 하고 싶었는데……."

정 씨는 촉촉이 젖어 가는 목소리를 못 들은 척 외면했고, 그런 그들에게 탄탄한 체구의 한 여성이 한쪽 다리를 끌며 다가왔다.

"리더 정 님?"

"정 씨라고 불러 주세요."

이후로 세 명의 남녀가 더 그들의 곁으로 모여들었다.

그러자 정 씨는 핸드폰을 꺼냈다.

"네, 카페장님. 저희 다 모였어요."

–모두 통성명은 나눴습니까?

"네."

–그럼 점심시간이니 식사를 하러 움직이죠. 지금부터…….

"네. 예."

정 씨와 이번 여행을 함께할 일행들은 카페장의 지시에 따라 움직이기 시작했고, 종혁은 버스정류장을 벗어나는 그들을 보며 소매에 부착한 마이크를 입에 가져다댔다.

'6명.'

신원 파악이 불가능해 마킹을 할 수 없었던 이들도 나타났다.

그러나 인원이 몇 명이든 상관없다.

'무조건 구한다.'

무조건.

"1팀과 3팀이 따라붙고, 2팀과 4팀이 백업합니다. 우리…… 구합시다."

-라져.

그 대답과 함께 터미널 곳곳에서 일어나는 8명의 형사들.

그걸 다 먹었냐는 듯 함박웃음을 짓는 사장에게 돈을 건넨 종혁과 현석도 터미널을 빠져나와 근처에 세워진 검은색 승합차에 올랐다.

그런 그를 굳은 얼굴로 맞이하는 형사들.

"출발."

피해자를 구하기 위한 미행이 시작됐다.

* * *

"후욱! 훅!"

거친 숨이 토해진다.

이번 여행의 마지막 정착지, 지리산 노고단.

고작 20분 거리 아래에 주차를 하고 올라왔건만 너무 힘들어 포기하고 싶다.

그러나 그럴 수 없다. 카페장의 지시이기 때문이다.

터벅터벅!

갈수록 줄어드는 말. 정 씨는 힐끗 다리가 불편한 육 씨를 향해 손을 뻗으려다가 관뒀다.

그때였다.

"아이고. 추운 날 고생하네요."

"조금만 올라가면 정상이에요. 파이팅. 노을이 아주 멋져요."

서로에게 의지하며 위에서 내려오는 노부부.

그들이 건네는 따뜻한 말에 정 씨들의 표정이 굳는다.

'또야.'

이곳 구례에 와서 무척이나 희한한 경험을 한 그들.

어딜 가든 사람들이 따뜻한 말을 건네 왔다.

맛있게 먹어요, 파이팅.

우리 소원 성취해요, 파이팅.

파이팅. 파이팅.

'왤까. 어째서 저렇게 말할 수 있을까.'

뭔가 불합리하다. 짜증이 난다.

지난 5일 동안 들은 파이팅에 힘을 얻으려는 것 같아서인지, 나는 너무 아파서 죽으려는데 저들은 해맑게 웃어서인지.

뭔지 모를 속마음에 더욱 표정이 굳은 그들은 입을 꾹 다물며 다리에 힘을 주었다.

등산객들의 파이팅을 무시하며 나아간다.

그러다…….

"아……."

"와아."

온 세상을 주홍빛으로 물들인 노을을 보자 아무런 생각이 나지 않는다.

그렇게 얼마나 멍하니 쳐다보고 있었을까.

너무도 아름다웠던 노을이 점점 어두워져 간다.

생애 마지막으로 보는 노을이 저물어 감에 지난 5일여 간의 추억이 머릿속을 스쳐 지나간다.

화엄사, 천은사, 재첩국, 참게탕 등 맛있던 전라도의 음식들. 산속 나무들 사이 수줍게 숨어 이제야 단풍을 떨어트리던 느림보 단풍나무.

그 모든 즐거운 추억들이 어두워지는 하늘처럼 까맣게 물들어 간다.

아득히, 아득히.

이 모습을 다시 볼 수 있을까 하는 작은 의문마저 어둡게 물들어 간다.

점점 마음의 준비를 해 간다.

"아따. 이걸 보려고 요로코롬 살아 있었나 보구마잉."

흠칫!

정 씨들은 쩌렁쩌렁 울리는 사투리에 고개를 돌렸다. 자신들처럼 등산복을 입은 네 명의 남자들.

'저 사람들은?'

자신들이 머무는 펜션에 놀러 온 사람들이다. 몰라볼

리가 없다.

이 추운 가을에 내기를 해서 계곡물에 뛰어들거나 격파 대회를 하는 등 무엇이 그리 즐거운지 웃음과 노래가 끊이지 않던 사람들.

"지럴! 요딴 멋도 없는 노을이나 보게 만든 사람이 말이 많네잉! 노고단은 새벽 운해가 와따인 거 모르요?!"

"이런 염병! 오늘 못 보믄 내일 보면 되제! 그라고 노을이 왜 멋이 없어야?! 씁쓸한 인생의 커피처럼, 하루를 마무리하고 내일을 기대하게 만드는 센치한…… 뭐여, 노을 이 씨벌것들 다 어디 갔어?"

풋 웃음이 정 씨들 사이에서 튀어나온다.

"하이고, 센치고 지랄이고 찾다가 얼어 뒤지겄네. 그리고 형님이 퍽이나 내일 오겄소! 안 그러냐?"

"뭐 어때요. 오늘 못 보면, 내일 보면 되고. 내일 못 보면 겨울에 보면 되죠. 봄여름가을겨울 아무 때나 다시 와도 되잖아요."

다시 올 생각만 있다면 언제든 와도 된다.

어느 날 문득 충동이 들어 훌쩍 떠나와도 된다.

버스를 타고 와도 되고, 자전거를 타고 와도 되고, 차를 렌트해서 와도 되는 그런 곳.

"혹시라도 시간 때가 안 맞아 노을을 보지 못한다고 해도 괜찮잖아요. 이런 풍광이 눈앞에 펼쳐져 있는데."

노을이나 새벽 운해만이 노고단의 풍경이 아니다.

사시사철 언제나 변함없는 이 풍경이 바로 노고단이

다. 마치 가족처럼, 친구처럼.

"언제나 그 자리에서 날 기다려 주는 사람들처럼 말이에요. 내 꼴이 어떻든 반겨 주는 사람들."

움찔!

"……아따 말 좋네. 그라제. 살아만 있으면 노을이야 언제든 보러 올 수 있는 거제."

움찔!

여운에 잠긴 듯 네 명이 입을 다문 채 번져 가는 어둠을 응시하자 정 씨들도 입을 다문 채 생각에 잠긴다.

"흐흐. 이제 내려갑시다. 추워 뒤지겠네요."

"난 담배 피우고 싶어 뒤지겄다. 얼른 가자."

기지개를 쭉 편 이들이 산길을 내려가기 시작했고, 남겨진 정 씨들은 그들을 복잡한 눈으로 빤히 응시했다.

그러다 이내 어색하게 웃었다.

"그, 그럼 우리도 내려가죠. 육 씨는 다리 좀 어때요? 버틸 만해요?"

"그냥 뭐…… 그럭저럭이요. 어차피 근처까진 차로 왔고."

무언가 싱숭생숭한 분위기.

입술을 깨문 정 씨는 이제 어둑해지는 지리산의 풍경을 응시하다 몸을 돌렸다.

그렇게 말없이 산길을 내려가는 그들은 몰랐다.

먼저 내려간 사람들의 발길이 한없이 느림을.

노고단에 있던 수십여 명의 사람들이, 정 씨들이 무슨 짓을 하든 바로 잡을 수 있게 지근거리에서 뒤따라오고 있음을.

부우웅.

승합차에 앉아 떠나는 렌트카를 지켜보던 종혁은 뒤에 탄, 방금 전 정 씨들을 싱숭생숭하게 만든 네 명의 사내들에게 하얀 봉투를 나눠 줬다.

"수고했어요, 배우님들. 수고하셨습니다, 교수님."

"아닙니다. 심리치료사로서 이런 일이라면 당연히 협조해야죠. 그런데……."

종혁은 미간이 좁혀지는 그를 보며 씁쓸히 웃었다.

"저도 압니다. 하지만 할 수 있는 건 다 해 봐야죠."

당장 할 수 있는 건 다했다.

이제 남은 건 저들의 선택뿐이다.

'부디 좋은 선택을 하기를…….'

어두워진 밤. 희미한 입김이 바람을 타고 멀어졌다.

정 씨들에게 닿기를 소망하며.

* * *

카페장의 지시에 따라 마지막으로 먹고 싶은 것들을 어렵사리 공수해 먹은 정 씨들은 방의 중앙에 모였다.

저녁을 먹을 때부터 입을 꾹 다문 채 심란한 표정을 짓던 그들.

어제까지만 해도 시끌벅적 난리를 치던 다른 방 사람들

이 조용해서 그런지 지금의 침묵이 더 고요하게 느껴진다.

탁탁탁.

초침이 돌아가는 소리가 그들의 귀에 꽂힌다.

"그럼…… 우리 이제 시작할까요?"

움찔!

한 남성의 말에 몸을 굳힌 그들은 이내 슬프게 웃으며 고개를 끄덕였다.

언제나 그 자리에서 날 기다려 주는 사람이 있다고 한들 자신의 일엔 공감을 하지 못한다.

이 아픔, 고통, 슬픔, 좌절, 절망.

처음부터 그들이 있음을 알아차렸더라면 달라졌을지 모르지만, 이젠 너무 늦었다.

아니, 있다고 한들 달라졌을까.

"혹시 후회가 남는 분 계시나요?"

사람들은 서로를 바라보다 고개를 저었다.

아니, 크게 동요하고 있는 송 씨를 봤다.

움찔!

"저, 전……."

송 씨의 눈이 흔들린다.

힘으로 상대를 굴복시키고 빼앗는 악마들이 가득한 이 세상에서 더 이상 살아갈 자신이 없었건만, 밖으로 나와 보니 따뜻한 말을 건네주는 이들로 가득했다.

혹시 자신이 이 세상의 일부만 보고 판단했던 것은 아닐까, 라는 생각이 머릿속을 맴돈다.

그리고 미안하다고, 힘이 없어서 미안하다고 가슴을 치던 엄마가 눈에 밟힌다.

세상 그 어떤 위험에도 지켜 줄 수 있을 거라 여겼던 부모님. 그러나 지켜 주지 못한 부모님.

그래서 살 의지를 잃었는데, 갑자기 눈에 밟힌다. 그리고 정말 죽을 순간이 되니 무서웠다.

"죄, 죄송해요. 저, 저는……."

터억!

송 씨는 양어깨에 닿는 정 씨와 육 씨의 손에, 다 이해한다는 일행들의 눈빛에 입을 다물었다.

"괜찮아. 송 씨는 우리랑 다르게 아직 가진 꿈도 도전해 보지 못했잖아."

"다음 생엔 만나면 웃으며 인사하자, 송 씨."

"우리 몫까지 잘살아, 송 씨! 죄책감 가지지 말고!"

"……흐으윽!"

'미안합니다. 미안합니다.'

송 씨는 가방을 챙겨 든 채 자리를 박차며 펜션을 빠져나갔다.

후회와 공포와 죄책감의 눈물을 펑펑 쏟아 내는 그를 싸늘하게 감싸는 늦가을의 바람.

그 순간이었다.

휘익! 덥썩!

"헉?!"

"쉿."

눈이 부릅떠진 송 씨는 그대로 납치되어 옆옆 펜션의 이 층으로 향했고, 그곳에 있는 사람들의 모습에 눈을 부릅떴다.

'이, 이 사람들은?'

마치 조폭을 연상시킬 만큼 인상이 험악한 사람들.

그런 그들이 대견하다는 표정을 짓고 있지만, 정신이 없는 송 씨로선 느끼지 못했다. 그들 옆에 더 이상한 이들이 있었기 때문이다.

'구, 구급대원?'

웬 기계들 옆에 구급대원들이 눈을 부라리며 서 있고, 심지어 그 옆엔 의사와 간호사까지 있었다.

'이, 이게 대체 어떻게 된…….'

뚜벅뚜벅.

송 씨는 이쪽을 향해 다가오는 덩치 큰 종혁에 반사적으로 몸을 움츠리다 이내 눈을 크게 떴다.

"감사합니다."

살아 줘서, 그리고 살아가기를 선택해 줘서.

"정말로 감사합니다. 저희로 하여금 당신을 구할 수 있는 기회를 주셔서."

종혁은 정말 진심을 담아 허리를 숙였다.

"그동안 고생 많으셨습니다. 학생의 사연은 이미 조사 중에 있으니 나머지는 저희 경찰에게 맡겨 주십시오."

"……네?"

이해를 할 수 없는 말. 쉬이 귓가에 닿지 않는 말.

그러나 그것도 잠시다.

송 씨는 이내 깨달았다.

이젠 살아도 된다는 것을. 살 수 있다는 것을.

"어어엉……!"

송 씨가 결국 울음을 터트려 버리는 순간이었다.

-모두 정말 후회 없습니까?

"헉?!"

송 씨는 울던 것도 잊은 채 동그랗게 뜬 눈으로 커다란 검은색 기기, 도청 장치를 바라봤다.

일반적으로 감청은 불법이지만, 몇몇 경우에는 감청을 허가받을 수 있었다.

자살카페의 운영진은 벼랑 끝에 몰린 이들에게 자살을 종용하여 죽음으로 몰아넣은 살인자다. 살인자를 체포하기 위한 것이라는 이유로 종혁은 감청을 허가받을 수 있었다.

"결국……."

종혁은 그리고 형사들, 이곳에 있는 모든 이들은 도청 장치에서 흘러나오는 말에 눈을 질끈 감았다. 그렇게 노력했지만, 기회를 줬지만 결국 마음을 바꾸게 하지 못했다. 실패했다는 생각에 무력감이 전신을 감쌌다.

그때였다.

-여보세요?

변조된 듯 기계음처럼 들려오는 목소리.

"……!"

형사들은 주먹을 불끈 쥐었다가 탄식을 했다.

드디어 놈의 육성을 듣나 했더니 변조 음성. 당연히 맥이 풀릴 수밖에 없다.

그러나 그것도 아주 찰나다.

—네, 카페장님.

사람들은 숨을 죽인 채 도청 장치를 죽일 듯 노려봤다.

빠득! 빠드득!

저들이 내뱉는 사연에 형사들의 이가 갈린다.

하지만 오직 저들만의 사연 때문만이 아니다.

—부디 그곳에선 행복하시고, 다음 생엔 좋은 부모 밑에서 부자로 태어나시길…….

"개새끼."

"이 씨부럴 새끼."

—잘 자요.

그 말과 동시에 종혁은 다급히 몸을 일으켰다.

자살을 결심한 사람을 살리는 건 무척이나 지난한 일이다. 기껏 살렸어도 다시 자살을 선택할 수 있기에.

그렇기에 종혁은 이 순간까지 기다린 것이다.

삶을 포기하려는 사람도 임사 체험을 하면 살아갈 의지를 얻을 확률이 높기에. 진정으로 살릴 수 있는 일말의 가능성이라도 얻을 수 있기에.

그래서 의사들의 조언을 받아 기다린 것이었다.

하지만 이젠 더 이상 기다릴 수 없다.

과다 복용을 한 수면제가 다 녹기 전에, 피운 번개탄이

숨을 멎게 만들기 전에 얼른 구해야 했다.

그 순간이었다.

“잠깐만요! 아직 통화가 끊기지 않았습니다!”

빠득!

“이 개새끼가……!”

통화가 끊기지 않은 이유는 단번에 알아차릴 수 있었다.

놈은 기다리는 거다. 단발마의 비명을.

‘씨발, 넌 무조건 뒈진다.’

종혁은 다급히 입을 열어 크게 외쳤다.

“됐어! 전 팀 진입! 의료진도 투입! 빨리! 빨리! 빨리-!”

종혁의 외침과 함께 수십 명의 사람들이 정 씨들이 머물던 방으로 달려 들어갔고, 종혁도 그 뒤를 쫓았다.

쿠당탕! 쿠당탕!

“비켜요, 비켜!”

형사들을 밀어젖히며 피해자들에게 달려드는 의료인들.

종혁은 잠이 든 것처럼 평온하게 누워 있다가 뒤집어지는 피해자들 사이, 그 중앙에 놓인 핸드폰을 들었다.

‘기다려라, 개새끼야.’

종혁은 후일을 노리며 부숴 버릴 듯 핸드폰을 닫았다.

* * *

“웩! 웨웨엑!”

강력한 위세척과 주사에 오바이트를 하는 이들.

고통에 몸부림치던 그들에게 산소마스크가 우악스럽게 씌워지고 들것에 실려 구급차에 옮겨진다.

다행히 생명에 지장이 전혀 없도록 살려 냈지만, 혹시 모를 후유증과 안정 때문에 얼른 병원으로 옮겨야 했다.

그런 그들을 따라간 종혁은 구급차 옆에서 하얗게 질려 멍하니 정 씨들을 보는 송 씨를 일견하며 마지막으로 실리는 정 씨의 팔을 잡았다.

"리더 정 씨, 아니 유정은 씨."

"……?!"

마치 위장을 뽑아내는 듯한 고통에 어느 정도 정신을 차린 정 씨가 본인의 이름에 반응한다.

"서형도. 나이 42세."

횡령을 한 것이 유정은에게 적발되어 고발당했지만, 도리어 그 죄를 그녀에게 덮어씌운 서형도.

"으읍!"

더 크게 반응하는 정 씨, 아니 유정은.

"그놈이 유정은 씨가 겪은 지옥보다 훨씬 더 지독한 지옥을 겪게 만들겠습니다. 저희 경찰이 그렇게 만들겠습니다. 그러니 부디…… 살아 주십시오."

목소리에 담긴 간절함이 전달된 것일까. 그녀의 눈시울이 뜨거워진다.

"……흑! 흐으윽!"

살라고 한다.

한 번도 듣지 못한 말.

한 번도 듣지 못한 위로.

"끄억! 꺼어억!"

유정은은 쌓이고 쌓여 문드러져 가던 슬픔과 설움을 모두 쏟아 냈다.

* * *

쿵쿵쿵!

ㅡ안에 인기척이 없습니다!

ㅡ씨발, 그냥 따!

콰앙, 쾅쾅! 콰지직!

ㅡ헉! 씨발! 환기부터 시켜!

ㅡ비켜요, 비켜!

ㅡ일단 뒤집…….

타악!

무언가 부딪치는 소리와 함께 끊겨 버린 전화.

빠드득!

사내, 이동하는 포털사이트에 접속했다.

휴가 온 경찰들, 자살하려는 사람들 구해!

연탄 냄새가 나서 일단 부수고 봤다!

오늘 오후부터 난리가 난 포털사이트.

콰작!

마우스를 던져 버린 그는 숨을 몰아쉬며 진정하려 애썼다.

하지만…….

“이 개 같은!”

한 달여 만의 취미 활동이라 전보다 더 세심하게 계획을 짰다.

마치 그들의 삶처럼 단풍이 져 버린 멋없는 지리산.

적막하고 고요해 우울해질 뿐인 평일의 절들.

그 백미는 노고단의 노을이었다. 저물며 찾아드는 어둠처럼 그들의 미래도 결코 밝지 않다는 암시.

관광객들이 티 없이 웃을수록 그들의 감정은 밑바닥으로 떨어졌을 거다. 자신들의 삶과 극명하게 대비가 되니까.

그가 관광객들이 많은 곳을 여행지로 삼는 이유도 그 때문이다.

그런데 뜬금없이 한 놈이 도망치더니 목표들도 죄다 경찰이 구해 내 버렸다.

“후우. 후우.”

이 개 같은 경찰 새끼들을 어떡해야 할까.

죽지도 않고 살아난 이 머저리들을 어떡해야 할까.

이제 어떻게 해야 할까.

다 죽여 버려야 할까? 그냥 다 죽여 버릴까?

머리끝까지 열이 솟으니 생각이 뒤죽박죽이다.

“아악!”

비명 같은 악을 지른 그는 의자를 박차고 일어났다.

쿵쿵쿵!

"무슨 일이십니까!"
얼굴을 구긴 이동하는 문을 열어 그대로 주먹을 날렸다.
빠아악!
"컥!"
얼굴을 부여잡고 물러나는 새로 온 수행원.
"꺼져."
"죄, 죄송합니다."
두려움에 젖은 수행원은 재빨리 물러났고, 이동하는 그걸 빤히 응시하다가 몸을 돌려 화장실로 향했다.
그리고 꽤 오랜 시간이 흐른 후.
"후우우."
물에 젖은 머리를 털며 나온 그의 표정이 화장실로 들어갈 때와 달리 꽤 온화했다.
쏟아지는 물줄기를 맞으며 꽤 진정이 된 그.
그러나 그는 알고 있다. 느끼고 있다.
불완전연소된 불티가 가슴 한구석에 남아 있다는 걸.
이것이 남아 있는 한 이 짜증은 영원히 사라지지 않을 것임을 그는 알고 있었다.
"어떻게 해야 할까."
만약 그 머저리들이 입이라도 나불거려 카페의 존재가 드러난다면 아무래도 골치 아플 수밖에 없었다.
자칫하면 지난 몇 년간 공을 들여 만든 사육장을 잃게 될지도 몰랐다.
사육장이야 다시 만들면 그만이지만, 이동하는 사육장

이 다시 만들어지는 그 긴 시간 동안 욕망을 억누를 자신이 없었다.

"흠. 그냥 죽여 버릴까?"

가능하면 자신의 손에 직접 피를 묻히는 일은 피하고 싶었지만, 한 번 손에 피를 묻히면 더한 욕망이 끓어오를까 봐 참아 왔지만 어쩔 수 없어 보였다.

"그래. 그냥 죽이자."

이동하의 눈빛이 더러운 욕망으로 번들거리기 시작했다.

* * *

"후."

"하아."

어젯밤 전해져 온 소식에 곳곳에서 한숨이 터져 나오는 수사본부.

며칠간 피해자들의 마음을 바꾸려 노력했지만, 결국 자살을 택해 버린 그들의 모습에 경찰로서 맥이 빠질 수밖에 없다.

"이 개새끼 진짜…… 머리카락만 보여라."

게다가 수사에도 별다른 진척이 없는 상황.

피해자 유정은을 통해 놈의 연락처를 알아냈지만, 조사해 보니 역시 대포폰이었다.

매 사건마다 핸드폰 번호를 바꾸는 용의주도한 놈들.

마지막 수신지 근방을 싹 다 훑어봐도 핸드폰의 가입자

와 일치하는 이름이 없었다.

'거기다 피해자들 아이디를 막아 놨을 줄이야.'

유정은의 증언에 따르면 사이트의 채팅 기능을 통해 운영진이 접촉을 해 왔다고 한다.

운영진에게 선택받아 자살 여행에 참여하는 이들에게만 부여되는 채팅 권한.

그래서 혹시나 하여 피해자의 아이디로 접속하여 놈들과 대화를 시도해 보려 했으나, 이미 유정은을 비롯한 피해자들의 아이디는 모두 탈퇴 처리가 된 상태였다.

"치밀한 새끼. 그래서 더 씨발 새끼."

누군가의 말에 종혁도 동감이라는 듯 고개를 끄덕였다.

'송 씨, 아니 그 학생의 말에 의하면 운영자들이 다는 비밀 댓글엔 별다른 게 없다고 했지.'

댓글을 쓴다고 해도 기본적으로 비밀처리가 되어 댓글을 쓴 사람과 게시글을 작성한 사람만이 댓글을 확인할 수 있는 이 사이트.

운영자들은 이해한다, 잘 왔다, 힘내라 등의 댓글들을 달아 준다고 했다.

그럼에도 송 씨를 우울하게 만드는 건 다른 사람이 다는 댓글들이었다.

힘이 없는데 어떡하겠냐, 운동을 한다고 해도 이길 수 없는 놈들이다 등 교묘하게 송 씨의 자존감을 더 박살 내고 행동을 제한시켰다.

그런데 이 댓글을 다는 놈들이 작성한 게시글이 좀 이

상했다. 분명 작성한 사연은 안타까운데, 마치 거짓으로 작성한 것처럼 뭔가 애매한 느낌.

종혁은 코를 긁적이며 미간을 좁혔다.

"쯧. 최재수. 찾았어?"

정선과 설악산, 이번 지리산 사건의 피해자들에게 택배를 보낸 인물.

"예. 그런데 모두 심부름센터 직원으로 판명됐습니다. 이 사람들의 증언에 의하면 자신들은 의뢰인이 지정한 장소에서 숨겨져 있는 택배와 의뢰금을 수령해 의뢰인이 원하는 곳에 택배를 등록시켰다고 합니다."

"같은 흥신소?"

"아니요. 서로 다른 흥신소였습니다. 이 지정된 장소도 각기 달랐고요."

작게 기대를 했던 종혁은 한숨을 내쉬었다.

눈을 가늘게 뜬 종혁은 테이블을 검지로 두드렸다.

'각기 다른 장소, 각기 다른 흥신소라…….'

"그 지정된 장소의 CCTV는?"

"현재 확보해서 뒤져 보고는 있는데……."

최재수는 뭔가 말을 하려다가 말았고, 종혁은 고개를 끄덕였다.

확실하지 않다면 말을 하지 않는 게 좋았다. 수사에 혼선을 줄 수도 있으니 말이다.

"알았어. 그럼 마지막 수신지 근방 주민들 신원은?"

"일단 400여 명까지는 과거 조사를 끝마쳤는데 그중 용의선상에 올릴 정도의 과거를 가진 인물은 2명입니다."

한 명은 피해자가 극단적인 선택을 할 정도로 협박을 한 전과가 있는 놈이고, 다른 한 명은 학창 시절 같은 반 학우의 얼굴을 커터칼로 그어 버린 놈이다.

"나머진 의심할 거리가 없었다고 합니다."

"오케이. 알았어."

베테랑만 모은 수사본부의 형사가 아니라고 하면 아닌 거다.

"일단 그 둘도 용의선상에 올려놓고 계속 조사해."

이로써 지난 한 달여간의 조사에서 용의선상에 오른 사람은 총 4명. 먼저 용의선상에 오른 이들도 그만한 과거를 가지고 있었다.

"예……. 후. 충성."

잔뜩 피곤한 얼굴의 최재수가 물러나자 종혁은 씁쓸히 웃었다.

여기 있는 형사들 중 지난 한 달여 동안 하루에 4시간 이상 잔 사람이 누가 있을까.

어쩔 수 없는 일이었다.

'회원 등업을 할 때까지만해도 금방 찾을 줄 알았는데…….'

종혁은 담배를 물었다.

"후우……."

뿌연 담배 연기 사이로 비춰지는 어두워진 하늘.

기껏 피해자의 목숨을 살렸는데, 아무런 성과 없이 하루를 보내고 말았다.

머리를 벅벅 긁은 종혁은 몸을 일으켜 외투를 챙겼다.

"전 잠시 병원에 다녀오겠습니다."

아무래도 뭔가 더 있지 않을까 물어봐야 할 것 같다.

"다녀오십시오."

종혁은 형사들의 인사를 일견하며 호텔을 나섰다.

그러자 겨울이 성큼 다가왔음을 알리는 차가운 바람이 불어와 답답함에 뜨거워진 머리를 잠시 식혀 주었다.

"서로 다른 흥신소라……."

머리가 식으니 한 가지 의문이 떠오른다.

'이놈들은 설마 매번 다른 흥신소를 이용한 걸까?'

그렇다면 그것도 능력이다.

대한민국에 산재해 있지만, 의외로 찾기가 힘든 흥신소.

"흠……."

종혁은 핸드폰을 들었다.

"예, 사장님. 납니다. 전국에 수배 좀 내리고 싶은데요. 아니요. 마킹할 사람이 늘어난 게 아니라……."

종혁은 놈들의 수법을 알려 줬다.

"예. 그런 택배를 배달해 달라는 의뢰가 들어온다면 바로 연락해 달라고 하세요. 액수는…… 음, 제가 찾는 게 맞다면 2백을 준다하고요. 예, 예. 부탁드리겠습니다."

전화를 끊으려던 종혁은 아차 하며 입을 열었다.

"아, 그리고 혹시나 지금 제가 보내 드린 인물들을 찾는 사람이 있다면 그것도 좀 알려 달라고 하세요. 이건 2천으로 하죠."

'만에 하나라는 게 있는 거니까.'

이정도로 치밀한 놈들이다.

분명 사이트가 노출되는 걸 꺼려 할 터.

기사가 잔뜩 보도됐으니 놈들도 지금쯤 자신들이 노리던 이들이 살아 있다는 걸 알게 되었을 터.

어떤 액션을 취할지도 몰랐다.

"하아."

통화를 종료한 종혁은 최재수에게 연락해 피해자 인적사항을 흥신소 메일로 보내라고 지시하고는 차에 올라 피해자들이 입원한 병원으로 향했다.

* * *

늦은 저녁이라 오가는 사람이 별로 없는 커다란 대학병원의 뒤편.

청바지에 점퍼, 마스크와 안경을 쓴 이동하가 고개를 들어 병원을 응시한다.

"세금 낭비가 심하네."

어차피 살아 봤자 세상에 도움도 안 되는 머저리 패배자들을 이런 큰 병원에 입원시키다니……. 경찰이 자기들 돈 아니라고 세금을 너무 막 쓰는 것 같다.

"어디서 그놈들을 데려갔는지 알았다면 더 좋았을 텐데……."

이 머저리들을 찾기 위해 의뢰한 흥신소는 서울로 사

건이 이관됐다는 것과 머저리들이 입원한 병원만 알아냈지, 그 이상의 자세한 건 알아내지 못했다.

혀를 찬 그는 몸을 움츠리며 뒤편 출입구를 통해 병원 안으로 들어갔다.

"쿨룩! 쿨룩!"

그의 입에서 억지 기침이 나왔다.

한편 그 시각.

저녁이라 사람이 별로 오가지 않는 로비를 가로지른 종혁은 엘리베이터 앞에 서서 버튼을 눌렀다.

그런 그의 주위로 담배라도 피우고 온 건지 알싸한 냄새를 풍기는 환자 몇 명과 보호자들이 몰린다.

"쿨룩! 쿨룩!"

뒤늦게 면회 온 것 같은 감기 환자도.

'환절기는 환절기인가 보네.'

힐끔 쳐다본 종혁은 거의 도착한 엘리베이터를 향해 다시 시선을 주었다.

띠잉!

-1층입니다.

스르릉 문이 열리며 내리는 몇 명의 사람들을 피해 엘리베이터에 오른 종혁은 머리를 긁었다.

'뭐라도 더 나오면 좋을…….'

"쿨룩! 쿨룩!"

"콜록! 으흠."

마른기침을 하는 사람들 때문에 잠시 생각이 멈춘 종혁은 슬그머니 구석에 몸을 구겨 넣었다.

지금 상황에서 감기라도 걸렸다가는 큰일이었다.

그으응! 띵!

'웃챠!'

재빨리 엘리베이터에서 내린 종혁은 복도를 가로질렀고, 네 개의 병실 앞을 지키던 2명의 형사들과 4명의 경찰들이 그런 그를 발견하고 재빨리 경례를 했다.

"충성."

백여 명의 형사를 모았음에도 인력이 부족해 겨우 이정도 인원만 배치한 병실. 혹시라도 피해자들이 다시 그릇된 선택을 할까 배치했다.

'……쯧.'

종혁의 얼굴이 불만으로 작게 일그러진다.

'VIP 병실만 많았어도.'

그랬다면 아마 모두 보안이 확실한 VIP실에 입원시켰을 거다.

겨우 1인실, 2인실만 빌려 입원시킨 그들.

"뭐 좀 더 나온 거 있습니까?"

형사들은 씁쓸한 얼굴로 고개를 저었다.

"다행이 잠은 잘 주무시더라고요. 밥도 다들 잘 드시고요."

그건 정말 다행이다. 이런 상황에서 밥을 먹는다는 건 결국 살겠다는 의지를 가진 것이니까.

"그래도 영 헛짓거리를 한 건 아닌가 봅니다."

“하하. 그러니까요. 정말 수고하셨습니다. 아, 그리고 육 씨, 아니 소연지 씨와 유정은 씨께서 댁에 가시고 싶다는 의사를 밝히셨습니다.”

“아니, 왜…….”

종혁은 마치 직접 들으라는 듯 어깨를 으쓱이는 형사의 모습에 다시 머리를 긁으며 유정은과 소연지가 입원한 병실의 문을 두드렸다.

똑똑똑!

“네, 들어오세요!”

생각보다 밝은 목소리.

문을 열고 들어간 종혁은 살짝 놀랐다.

한 침대에 앉아 과자를 까먹고 있는 그녀들.

“……이런. 음료수라도 사 들고 올 걸 그랬네요.”

종혁의 입가에 절로 미소가 감돈다.

살았다. 이젠 정말 산 거다.

“아, 아니에요! 냉장고에 음료수 있어요! 자, 잠시만요?”

냉큼 일어난 유정은은 냉장고에서 음료수를 꺼내어 종혁에게 넘겨줬다.

“드, 드세요, 형사님.”

“감사합니다. 잘 마실게요.”

치익! 딱!

꿀꺽! 꿀꺽!

‘응?’

음료를 마시던 종혁은 초롱초롱한 눈으로 쳐다보는 둘

의 모습에 뭔가를 깨닫곤 풀썩 웃었다.

"현재 서형도 부장은 증거 수집이 거의 다 된 상태고, 소연지 씨의 무릎을 그렇게 만든 그 코치 놈도 다른 피해자의 증언이 확보되는 대로 곧 구속할 예정입니다."

무리한 훈련과 체벌로 전도유망한 쇼트트랙 선수의 무릎 인대를 끊어 버린 개새끼.

잠깐 조사를 했을 뿐인데도 증거가 무더기로 나오고 있는 중이다.

"그, 그걸 무, 물으려는 건 아니었는데…… 하하."

옅게 웃은 종혁은 이내 표정을 살짝 굳혔다.

"그런데 퇴원을 바라신다고요."

"……네."

순간 유정은의 표정이 결의에 찬다.

"그 나쁜 놈을 찾아가 한바탕 퍼부으려고요. 원래 결혼식장에서 뒤집어 버렸어야 했는데…… 칫."

'오우.'

"경찰에 신고만 당하지 마세요. 절대 흥분하지 마시고, 팩트로만 조지는 겁니다."

아직은 그 개념이 없는 사실적시에 의한 명예훼손.

"어머?"

종혁은 소연지를 봤다.

"……재수술을 받으려고요."

죽다 살아나니까 생각이 많이 바뀌었다.

죽음에서 억지로 끌어 올려졌던 그 죽을 것 같은, 위가

입 밖으로 튀어나올 것 같았던 고통. 다신 타의에 의해 속이 뒤집어지고 싶지 않았다.

그런 생각이 빤히 드러나는 소연지의 얼굴을 본 종혁은 고개를 끄덕이며 지갑에서 명함 한 장을 찾아 내밀었다.

"그럼 이분을 찾아가 보세요. 한국에서 무릎 관절 및 고관절 수술로 세 손가락 안에 드시는 분입니다."

"아, 아니요! 이, 이렇게까지 신세를 질 수는……. 앗!"

괜찮다는 듯 명함을 그녀의 손에 쥐여 준 종혁은 그제야 그녀들을 찾은 이유를 꺼내었다.

"그런데 혹시 뭔가 더 생각나시는 건 없으십니까?"

뭐라도 좋다.

이 치밀한 놈들이 혹시라도 흘렸을 단서. 그게 필요했다.

종혁의 표정이 굳자 유정은과 소연지의 표정도 굳어 갔다.

* * *

"……애매하네."

이 머저리들이 카페에 대해 발설했는지, 안 했는지가.

"아까 엘리베이터에서 그 덩치의 표정을 보면 아직 말하지 않은 것 같긴 한데……."

정말 식겁했던 아까의 순간.

설마하니 그 머저리들을 지키는 경찰과 같이 엘리베이터에 탔을 거라곤 생각조차 못했기에 얼마나 놀랐는지 모른다.

"일단 저 머저리들부터 저 병원에서 빼내야 되는데……."

지이잉! 지이잉!

이동하는 생각을 방해하는 핸드폰을 봤다가 혀를 찼다.

"왜?"

—야, 엄마 선물 어쩔거야? 너 저번처럼 나보다 비싼 거 사면…….

탁!

다 듣지도 않고 전화를 끊어 버린 이동하는 혀를 차다가 손가락을 튕겼다.

"아, 그 방법이 좋겠네."

씩 웃은 그는 도로를 향해 손을 흔들었다.

"택시!"

크게 외쳐지는 그의 목소리는 제법 경쾌했다.

* * *

경찰의 세금 낭비?

경찰은 누구에게 1인실을 배정하였나.

"아니, 대체 누가……."

포털사이트 메인에도 올라오지 않는 삼류 찌라시 뉴스.

하지만 제법 타격이 컸다.

인연이 깊은 박영일 부장기자가 말하길, 인턴기자가 이 뉴스를 그대로 받아 적으려고 했다고 한다.

이제 이 문제는 조만간 불거질 수밖에 없을 거다. 시간 문제일 뿐이었다.

'이놈의 언론은 왜 이렇게 경찰을 못 잡아먹어서 안달인지…….'

고개를 저은 종혁은 혀를 찼다.

"용의자는 많죠."

이 병동, 이 병원에 있는 모든 사람이 용의자다.

'빌어먹을. 이래서 VIP실을 잡으려고 했던 건데.'

안에서 벌어지는 일은 결코 밖으로 새어 나가지 않는 VIP 병동.

"후우. 혹시라도 놈들의 소행일 가능성도 있으니까 이 인터넷 신문사를 찾아가서 제보자 확인 좀 해 주세요. 제보가 신문사까지 닿은 동선까지도요."

익명의 제보자일 게 분명했지만, 그래도 해야 했다.

그리고 이 병동의 CCTV도 확보해야 됐다. 타이밍이 좀 공교로웠기 때문이다.

"끙. 알겠습니다."

형사가 물러나자 종혁은 병실 문을 두드렸다.

"네. 들어오세요!"

유정은의 병실에 모여 있는 5명의 피해자.

종혁은 그들을 향해 고개를 숙였다.

"죄송합니다. 제 불찰입니다."

"아, 아니에요! 저희도 퇴원하려고 했어요!"

"그럼요! 언제까지고 신세를 질 수도 없고……. 이거

다 세금이잖아요."

"전 병실에만 있으려니까 좀이 쑤셔요!"

종혁은 속으로 탄식을 내뱉었다.

아직 몸과 마음이 힘들 텐데도 남의 사정을 먼저 생각하는 선한 사람들.

이런 이들을 괴롭힌 가해자들에게 새삼 분노를 느끼게 된다. 이런 사람들을 병실에서 내쫓으려는 미지의 인물에게도.

종혁은 끓는 속을 애써 다독이며 푸근한 미소를 지었다.

"다시 한번 말하지만, 살아주셔서 감사합니다. 앞으로, 혹시라도 무슨 일이 생긴다면 여러분들의 뒤에 저희 경찰이 있다는 것을 기억해 주십시오. 그동안 고생하셨습니다."

……울컥!

"저, 저희도 감사했습니다."

살려 줘서 고맙다.

살아갈 용기와 의미를 만들어 줘서 감사했다.

"신세 많이 지고 갑니다!"

"죄송합니다! 앞으로 다신 이런 생각 안 하겠습니다!"

종혁은 허리를 깊이 숙이는 그들을 향해 마주 허리를 숙여 주었다.

부우웅!

종혁은 멀어지는 택시를 응시하다 머리를 벅벅 긁었다.

혹시라도 더 치료를 받을 생각이 있다면 다른 병원으로 옮겨 주겠다고 해도 사양을 하며 떠난 그들.

차라리 저들이 가해자라면 억지로라도 붙들고 있을 테지만, 저들은 이제 삶을 다시 살아갈 의지를 가진 피해자다. 위험이 있을지 없을지도 모르는 상황에서 붙들어 둘 순 없었다.

"하. 대체 어떤 놈인지……."

혀를 찬 종혁은 핸드폰을 들었다.

"예, 사장님. 납니다. 지금 떠나는 분들 집중 감시해 주세요. 아, 언제까지요?"

당연히 놈들을 잡을 때까지다.

통화를 종료한 종혁은 머리를 벅벅 긁으며 주차장으로 향했다.

"맞아. 행복의 쉼터랑 상부에 학교폭력 상담센터를 설치하자고 건의한다는 걸 까먹었다."

이번 사건들에서 학교폭력에 의해 그릇된 선택을 한 이들이 몇 명이던가.

학교폭력대책자치위원회, 학폭위는 믿을 수가 없었다.

물론 학폭위 외에도 상담센터가 있긴 하지만, 보다 더 전문적으로 피해 학생을 케어해 줄 수 있는 전문가들이 필요했다.

"여기에 자살예방센터나 자살 사건 전담수사팀도 건의해야 되는데……."

과연 이것들을 한 번에 다 받아들여 줄까 하는 의문이

들었다.

"아, 몰라. 기부 더 하면 돼."

종혁은 다시 핸드폰을 들었다.

* * *

따뜻한 분위기로 꾸며진 진료실.

장년인 의사 앞에 앉은 소연지가 초조하게 말을 기다린다.

"흠. 이 정도면 충분히 기대를 해 봐도 될 것 같군요."

"저, 정말요?!"

순간 눈물이 핑 도는 소연지.

그녀는 수술을 했음에도 살아나지 않았던 무릎을 꽉 붙잡으며 의사를 간절히 응시했다.

"호, 혹시 다시 운동을 할 수 있을까요, 선생님?"

"운동이요?!"

말도 안 된다는 듯한 의사의 말에 소연지는 작게 체념했다.

'그래. 다시 제대로 걸을 수 있는 게 어디야.'

"쇼트트랙으로 세계 신기록도 세울 수 있을 겁니다!"

"……네?"

"물론 수술 후 재활을 잘 해내신다면요."

"아…… 흑! 흐윽! 죄, 죄송해요. 가, 갑자기 눈물이……."

의사는 이해한다는 듯 휴지를 내밀었다.

"소연지 환자분의 무릎을 수술한 의사분이 그래도 인

대를 최대한 살려 놨더군요."

그 덕분에 재수술의 경과를 기대해 볼 수 있는 거다.

정말로 실력 없는 사람이 수술을 했으면, 제아무리 그라고 해도 장담을 못했을 거다. 물론 수술을 해 봐야겠지만, 이런 케이스의 수술을 많이 해 본 의사는 자신이 있었다.

"오늘은 간단한 처치만 받고 돌아가시고, 집에 돌아가시면 하루 세 번씩 온찜질을 해 주세요. 소연지 씨 나이도 있으니 최대한 빠르게 날짜를 잡아 보겠습니다."

운동선수로서 기량이 살짝 꺾이기 시작할 나이. 수술을 한시라도 서두르는 게 좋았다.

"물론 수술 전까지 술이나 담배, 마약 같은 걸 하시면 안 되고요."

"아, 안 해요!"

"뭘 안 합니까. 운동선수가 술고래인 건 뻔히 아는데."

찔리는 게 있는 소연지는 얼굴을 붉혔고, 의사는 푸근히 웃었다.

"감사합니다. 감사합니다."

"네. 그러면 수술 때 뵙겠습니다."

연신 고개를 숙이며 진료실을 나온 소연지는 주먹을 꽉 쥐었다.

포기해 버렸던 운동을 다시 시작할 수 있다.

지금까지 살아왔던 삶을 다시 이어 갈 수 있다.

다시 전력으로 부딪치는 삶을 살아갈 수 있었다.

거대한 희망이 그녀의 전신을 물들여 갔다.

소연지는 핸드폰을 꺼내 들었다. 이 소식을 가장 먼저 알려야 할 사람이 있었다.

"소연지 환자분?"

"아, 네!"

소연지는 잠시 후 통화를 하기로 하며 간호사에게로 향했다.

그녀를 지켜보고 있는 시선이 있다는 것도 모른 채 말이다.

"히히."

돌연 소연지의 입에서 웃음이 튀어나온다.

절뚝절뚝 바닥을 끌리는 다리가 더 이상 짐처럼 느껴지지 않기에 하염없이 웃음이 튀어나왔다.

"어? 편지가 왔네?"

허름한 맨션 우편함에 들어 있는 편지.

"누구지?"

수신인은 없지만, 발신인은 소연지 본인이었다.

자신에게 편지를 보낼 만한 사람으로 떠오르는 이가 없기에 의아해한 그녀는 일단 편지를 주머니에 쑤셔 넣고 집 안으로 들어왔다.

지이잉! 지이잉!

"응. 엄마."

—딸, 어디야? 집이지?

약간의 다급함이 묻어 있는 목소리.

딸이 또다시 잘못된 일을 저지르진 않을까 염려하는 기색이 역력했다.

소연지는 미안함을 느끼는 한편, 자신을 걱정해 주는 엄마의 모습에 감사함을 느끼며 입가에 미소를 머금었다.

"응. 방금 도착했어. 씻고 온찜질 좀 하려고."

—……그래. 식탁에 돈 있으니까 먹고 싶은 거 사 먹고.

"알았어요. 저녁에 봐요."

전화를 끊은 그녀는 화장실에서 씻고 나와 가스레인지에 불을 켰다. 찜질팩을 끓여야 했다.

"아, 맞아."

그녀는 얼른 편지를 꺼내어 살폈다.

그리고 그대로 굳어 버렸다.

"어?"

연지야, 재수술한다며? 운동하려고?

이 바닥 좁은 거 알지? 내가 잡혀가도 몇 년이나 살 것 같냐?

오싹!

단 두 줄의 문장이 그녀의 숨통을 틀어막는다.

"어, 어떻게……."

컴퓨터로 작성된 글이었지만, 누군지 바로 알 수 있었다.

그리고 이게 누굴까?

털썩!

뒷장, 프린터로 인쇄된 사진을 본 소연지는 무너지고 말았다.

마치 탈의실에서 캐비닛에 숨어 찍은 듯한 여성의 알몸.

뒷모습뿐이라 누군지 분간을 할 수 없지만, 이미 패닉에 빠진 그녀로선 이 사진의 대상이 자신이라고 생각할 수밖에 없었다.

그녀는 사진의 밑에 적힌 주소를 떨리는 눈으로 응시했다.

우리 이야기 좀 할까? 운동해야지?

조치는 다 취해 놨으니 허튼짓은 하지 말라는 마지막 문구에 핸드폰을 쥐고 있던 손에 힘이 풀린다.

"아으. 아……."

대체 왜 이러는 걸까.

왜 내게만 이러는 걸까.

눈이 죽어 버린 그녀는 흐느적 일어나 외투를 챙겨들었다.

그렇게 어떻게 잡아탔는지도 기억도 나질 않는 택시를 타고 도착한 경기도 한 야산에 위치한 버려진 창고.

쓰레기들이 이리저리 어질러진 창고 중앙에 덩그러니 세워진 의자 하나가 섬뜩하다.

"나, 나와요. 나와. 나오라고-!"

그녀는 발악하듯 외쳤지만 들리는 답이 없다.

"나 도착했잖아! 나와 보라고!"

창고 안으로 들어가며 계속 외치는 소연지.

그녀는 곧 의자의 팔걸이에 걸린 붕대가 감긴 수갑들과 한 장의 편지지를 발견할 수 있었다.

일단 수갑부터 차고 이야기할까?

"야, 이 개 같은 새끼야-!"

그녀는 깨달았다.

이 상황에서 자신은 철저하게 약자임을.

코치의 말을 거역할 수 없음을.

운동을 하지 않는다고 해도 이 사진이 뿌려지면 자신이 이 세상에서 살아갈 수 있는 곳이 없었다.

피가 나도록 입술을 깨문 그녀는 자기 스스로 수갑을 찰 수밖에 없었다. 발목까지 모두.

"찼으니까 나와! 나와-!"

"휘유. 진짜 차네?"

저벅! 저벅!

소연지는 뒤에서 다가온 사람을 보고 눈을 부릅떴다.

마스크를 쓰고 모자를 깊게 눌러쓴 사내.

장갑을 낀 그의 손에 밧줄과 돌이 들려 있었지만, 그건 문제가 아니었다.

"누, 누구?"

처음 보는 사람이다.

이동하는 그녀의 목에 밧줄, 아니 올가미를 걸고 싱긋 웃었다.

“반가워요, 소연지 씨. 아니, 얼음 위의 육상선수, 육 씨라고 불러 줄까요?”

“헉!”

소연지는 눈을 부릅떴다.

‘자, 자살카페?!’

운영진이다. 소연지 본인의 이름을 아는 건 오직 운영진뿐이었다.

그녀의 머릿속이 엉클어졌다.

“도대체 왜…….”

“묻고 싶은 게 있어서요. 그런데 당신을 꾀어내기가 가장 쉽더라고.”

무릎을 살짝 숙인 이동하는 그녀를 향해 얼굴을 들이밀었다.

“너 혹시 경찰들에게 내 카페에 대해 말했냐?”

오싹!

순간 그녀는 깨달았다. 자살카페의 운영자가 자신들을 죽이려 든다는 걸.

그걸 깨닫자 그녀의 눈에 이동하가 들고 있는 돌이 들어왔다.

“나, 난 아니…….”

빠악!

"아?"

목이 옆으로 꺾인 소연지는 멍하니 이동하를 봤다.

지금 자신에게 무슨 일이 일어난 걸까.

그녀는 정신을 차릴 수 없었다.

"……하. 이런 느낌이구나."

사람을 직접 죽인다는 게.

코앞에서 죽음으로 몰아간다는 게.

어렴풋했던 자신의 생각이 맞았다.

한 번 손에 피를 묻히니 욕망이 들끓기 시작한다. 어서 짓뭉개라고 외치기 시작한다.

"하하."

이동하는 마스크를 내리며 피 냄새를 깊게 흡입했다.

"하아아……. 야, 내가 기회를 줄 거야. 진실을 말할 기회. 말해 봐. 경찰들에게 내 카페에 대해 말했니? 말 안 했으면 살려 줄게."

거짓말이다. 그래도 죽일 거다. 도저히 참을 수가 없다.

"아으. 아……."

"응? 미안. 안 들려. 더 크게 말해 줄래?"

한껏 조롱하는 표정을 지은 이동하는 피 냄새를 더 짙게 맡기 위해 얼굴을 더 가까이 들이밀었고, 그에 그녀의 심장이 철렁 내려앉았다.

죽는다. 진짜 죽는다.

다시 살아났는데, 죽어 버린다.

'내가 어떻게 다시 살게 됐는…….'

빠득!

"좆까-!"

빠아악!

"커헉!"

박치기에 얻어맞고 바닥에 나자빠진 이동하는 순간 눈이 뒤집혀 돌을 들었다가 겨우 멈췄다.

"후우. 그래, 내가 미숙했네."

뜨거운 코와 입가를 손등으로 쓴 그는 장갑에 묻어난 피에 어이없다는 듯 웃었다.

퇴원한 직후이기도 하고, 편지를 통해서 다시 한번 멘탈을 무너뜨려 놨기에 손쉽게 처리할 수 있으리라 생각했다.

한 가지 사실을 간과했던 거다. 그녀가 깡 좋고, 악바리 근성이 있는 운동선수였다는 사실을.

"역시 실전은 달라."

그래서 더 흥분된다.

다음엔 방심하지 않으리라 다짐하며 그는 이쯤에서 끝을 내기로 했다.

"이 개새끼야……!"

"그래, 그래. 그래서?"

"좆까, 이 씨발놈아-!"

"쯧."

이동하는 원하는 대답을 들을 수 없다는 걸 알아차렸다.

'다른 머저리에게 물어봐야겠네.'

송 씨, 그 허약한 놈이 좋을 것 같다.

'그놈이라면 이렇게 반항조차 못하겠지.'

이동하는 머리에서 피를 흘리며 악을 내지르는 소연지의 뒤로 돌아가, 천장에 걸어 놓은 밧줄을 잡아당겼다.

좌아악!

"켁! 케엑!"

"어이구. 흉터 남겠다."

천장으로 솟구친 소연지는 손발이 수갑에 묶여 있어 저항조차 하지 못한 채 바둥거렸다.

이동하는 그 모습을 바라보며 달뜬 신음을 뱉었다.

"아아, 진짜 좋네."

왜 이렇게 즐거운 걸 이제껏 하지 않았을까.

왜 벼랑 끝에 몰린 놈들의 등을 떠밀기만 했을까.

죽어 가는 모습이 이렇게 아름다운데 말이다.

이동하는 죽일 듯 노려보는 소연지를 보며 입을 열었다.

"이따가 네 코치란 놈이 여기에 도착할 거야."

소연지가 쓴 것으로 위장한 편지에 의해 이곳으로 도착할 코치.

전날 밤 누군가와 싸우며 다툰 흔적이 몸에 있을 코치는 이곳으로 와서 목을 매고 죽어 버린 소연지를 보게 될 거다.

"그리고 도망치겠지."

"케익! 켁!"

"넌 그리 오래지 않아 발견될 거야."

딸이 연락이 끊겼는데 찾지 않을 부모가 있을까.

경찰은 택시를 타고 여기까지 온 소연지를 금방 찾아낼 거다.

그리고 곧 심장이 벌렁거리고 있을 그 코치를 잡아낼 거다. 소연지의 발치에서 굴러다니는, 이동하가 보낸 편지가 확실한 증거가 되어 줄 거다.

아내는커녕 부모와 독립해 혼자 사는 코치.

흥신소에게 부탁할 때 특별히 얼굴은 때리지 말라고 했으니 코치는 소연지를 만나기 전 폭행당했다는 사실을 입증하지 못할 것이다.

"그리고 이게 완벽한 증거가 되어 주겠지."

이동하는 발버둥 치던 그녀의 몸에서 힘이 빠지기 시작하자 찢겨진 옷 쪼가리를 바닥에 떨어트렸다.

마치 누군가와 싸운 듯 이리저리 쓸린 난장판이란 그림에 찍히는 화룡정점.

소연지는 코치와 몸싸움을 벌이다 바닥을 구르는 저 돌에 찍혀 정신을 잃었고, 코치는 자살로 위장하기 위해 밧줄로 매단 거다.

완벽했다.

이동하는 그제야 소연지에게 채워진 수갑을 모두 풀고는 품속에 챙겨 넣었다.

"물론 나도 처음이니까 부족한 부분이 있을 수도 있지."

그러나 소연지는 얼마 전 뉴스를 떠들썩하게 만든 집단 자살 사건의 피해자다. 그런 피해자가 죽었으니 경찰은 사건을 빠르게 마무리 하려고 들 터.

어설픈 부분이 있더라도 경찰은 무시하고 코치를 체포해 살인자로 만들 거다.

"케에…… 케……!"

툭!

"아, 아아…… 진짜 미치겠네."

마치 절정에 이르는 것처럼 이동하의 눈이 번들거렸다.

그 순간이었다.

빠직!

무언가가 부러지는 소리가 멀리서 들린다.

"……쯧. 역시 처음이라 미숙하네."

아무래도 이곳에 도착하기로 된 코치일 터.

원래의 자신이었다면 이렇게 시간이 어긋나는 것도 용납하지 못했을 테지만, 이번엔 처음이라 그런 것이라며 애써 자위한 이동하는 재빨리 창고를 빠져나갔다.

시간이 넉넉했다면 이 창고가 잘 보일 곳에서 지켜봤을 테지만, 그럴 수 없으니 그냥 떠나야 했다.

'아쉽구나. 아쉬워.'

그래도 첫 경험에 이 정도라면 어느 정도 만족할 수 있었다.

"으아악!"

'쯧. 저 모습을 봤어야 했는데.'

그는 불만족스런 가슴을 다독이며 걸음을 옮겼다.

완전 범죄가 완벽히 어그러졌다는 것을 모른 채 말이다.

한편 이동하가 빠져나간 창고.

그 입구가 보이는 수풀 근처까지 다가와 고개를 빼꼼 내민 세 명의 사내는 창고 안의 풍경이 보이지 않아 조금 더 다가갔다가 이내 기절초풍했다.

"으아악……!"

뒤로 자빠진 그들.

"1, 119…… 119-!"

순간 패닉에 빠졌던 그들은 이내 기겁을 하며 소연지에게 달려갔다. 소연지의 다리를 들어 올리고 근처에 묶여 있는 밧줄을 푸는 그들.

"씨, 씨발……. 난 이 여자랑 함께 있던 새끼 쫓을 테니까 너흰 인공호흡이든 뭐든 해서 어떻게든 살려! 알았어?! 그, 그리고 형사님께 연락하고!"

"예, 예!"

이동하가 꿈꾼 완전 범죄는 종혁 때문에 어그러지게 되었다.

* * *

웅성웅성.

폴리스라인이 쳐진 버려진 창고.

빠드득! 빠드득! 빠각!

"……퉤!"

종혁의 입에서 하얀 이가 섞인 피가 튀어나온다.

흰옷을 입고 분주하게 돌아다니는 과학수사대 대원들, 읍소하며 부탁해 스페셜리스트로만 구성한 대원들에게서 시선을 돌린 종혁은 핸드폰을 들었다.

"어, 최재수. 소연지 씨는 좀 어때?"

—바, 방금 정신을 차렸어요! 지금 MRI 찍으러 간답니다.

"아……."

"괜찮아, 최 팀장?!"

종혁은 다급히 부축하는 과수대 대장의 어깨를 콱 잡으며 눈물을 그렁거렸다.

살았다. 살렸던 사람이 죽지 않는다.

그 안도가 형언할 수 없는 기쁨을 안겨 주었다.

"알았어. 지금 간다."

통화를 끊은 종혁은 과수대 대장을 봤다.

"여긴 나한테 맡기고 가. 내가 씨발 벼룩 똥이라도 찾아낼 테니까!"

"부탁드리겠습니다!"

언론도 결코 냄새를 맡지 못하게 만들어야 한다.

"알았으니까 어서 가."

허리를 꾸벅 숙인 종혁은 망연자실한 얼굴로 경찰차에 올라타 있는 코치를 일견하며 소연지가 이송된 병원으로 향했다.

삐이! 삐!

산소마스크를 쓴 채 죽은 듯 잠들어 있는 소연지.

종혁은 혈색이 도는 그녀의 손을 꼭 잡은 채 감사해 했다. 살아 있어 줘서 정말 감사했다.

그는 가까이 다가온 의사에 몸을 일으켰다.

"소연지 씨 상태는 어떻습니까."

"다행히 뇌손상은 없을 겁니다. 외상이 조금 있긴 하지만, 심각한 수준은 아니니 너무 걱정하지 않으셔도 됩니다."

"하아아……. 감사합니다. 수고하셨습니다."

"아닙니다. 다 심폐 소생술이 빠르게 이루어진 덕분이죠. 전 그저 진단을 내린 것뿐입니다."

"그래도 감사합니다."

겸양을 떨고 있지만, 소연지를 살리는 데 어찌 의사의 수고가 없었을까.

허리를 깊이 숙였고, 손을 저은 의사는 부끄러운 듯 얼른 자리를 떴다.

"최재수."

"예, 팀장님. 아니, 본부장님!"

"소연지 씨 깨어나면 VIP실로 옮기고 몽타주 받아. 그런 후에 다른 형사와 교대하고 복귀해. 언론엔 절대 새어나가지 못하게 하고."

"예!"

"이따가 보자."

"충성!"

최재수의 어깨를 두드린 종혁은 돌아섰고, 곧바로 수사 본부로 향했다.

벌컥!

문이 거칠게 열리며 종혁이 나타나자 하던 일을 멈추고 정자세를 취하는 형사들.

단상으로 향한 종혁은 마이크를 잡았다.

"방금 전 소식은 다들 들으셨을 겁니다."

빠득!

"이 개새끼들……."

"죽일 놈들!"

코치가 몸싸움 도중 우발적으로 소연지를 살해한 후, 그 사실을 숨기기 위해 그녀가 자살한 것처럼 꾸며져 있던 사건 현장.

두 사람 사이에 원한 관계는 익히 알려져 있었기에 살해 동기는 충분했다.

웬만한 형사였으면 깜빡 속았을, 종혁만 아니었으면 완벽했을 설계였다.

기가 막히고 코가 막혔다. 그래서 분노가 더 뜨겁게 끓어올랐다.

종혁은 단상을 반으로 접을 듯 힘을 주며 입을 열었다.

"현 시간부로 자살카페 운영진 자살 관여에서 소연지 씨 살인미수로 수사 전환합니다. 이 개새끼들…… 씹어 먹읍시다."

"충성-!"

쾅 끼이익!

마이크를 던져 버리며 단상을 나선 종혁은 핸드폰을 들었다.

"어디에서 놓쳤다고요?"

코치를 끌어들여 완전 범죄를 꿈꾼 놈들이다.

언론을 통해 사건이 드러나지 않으면 놈들은 안심하고 계속 활동을 할 터.

시간을 벌었으니 단숨에 몰아쳐야 했다.

* * *

"도, 도련님!"

"닥치고 구급상자나 가져와."

산을 내려오는 동안 계속 코와 입을 막고 있어서 피범벅이 된 장갑을 수행원에게 던진 이동하는 화장실로 들어가 거울을 보며 얼굴을 구겼다.

피는 산을 내려오는 동안 멎었지만, 피범벅이 된 코와 입 주변. 입술도 찢기고 앞니에선 통증도 있었다.

"빌어먹을 년."

다시 돌아가 칼로 난자를 해 버리고 싶지만, 그랬다간 증거를 남길 수 있기에 참기로 한 이동하는 수도꼭지를 틀었다.

쏴아아아!

"큭. 씨발. 씨발."

그는 얼굴에서 일어나는 통증에 욕을 뱉었다.

"윽!"

"괘, 괜찮으십니까? 그, 그냥 지금이라도 병원에 가시는 게……."

"닥치고 계속해."

살벌한 이동하의 눈빛에 코에 거즈를 마저 붙이고, 입술에 연고를 바르는 수행원.

이동하는 다시 치미는 아픔을 무시하며 생각에 잠겼다.

'모레? 그래, 모레 송 씨 그 머저리를 불러내야겠군.'

방식은 이번과 비슷하면서도 다를 거다.

'송 씨를 괴롭히던 일진들에게 이사한 송 씨의 주소를 알려 주고…… 아니, 송 씨 그 머저리를 좋아한다는 가상의 여자를 만들까?'

머릿속에서 다시 살인 계획을 세우는 그.

오늘의 경험을 바탕으로 더 치밀하게 계획을 짜내려 가던 이동하는 이내 도출된 시뮬레이션 결과에 만족스럽게 웃으며 고개를 끄덕였다.

그와 동시에 수행원도 구급상자를 들고 물러났다.

"도, 도련님. 일단 간단하게 치료는 했지만 내일…… 죄송합니다."

노려보는 이동하의 시선에 고개를 숙이는 수행원.

"쯧. 됐고, 엄마 생신 때 드릴 선물은? 수배됐어?"

그림이나 도자기를 좋아하는 어머니.

"아……. 그, 그게……."

이동하는 손에 잡히는 걸 수행원에게 던져 버렸다.

빠악!

"악!"

"병신 새끼. 그런 쉬운 것도 못하면서 어떻게 내 수행원이 된 거지? 꺼져. 너 같은 놈 필요 없으니까."

"죄, 죄송합니다! 제, 제발 한 번 더 기회를 주십시오!"

이동하는 회장님의 아들이다. 곧 요직에 앉을 하늘 위의 존재.

그런 이동하를 제대로 모시지 못하면, 집값이 천정부지로 뛴 이 경제난에 실직자가 될 수밖에 없었다.

이동하는 무릎을 꿇고 엎드린 수행원을 보며 미간을 찌푸렸다.

'하. 그래도 전에 있던 놈이 일은 잘했는데…….'

수면제에 대한 일이 새어 나가지만 않았다면 계속 써먹었을 거다.

"쯧. 경매장 쪽이나 알아봐."

"겨, 경매장이요? 아, 아닙니다! 제가 알아서 알아보겠습니다!"

당연히 그래야 한다는 듯 콧방귀를 뀐 이동하는 방으로 향했고, 남겨진 수행원은 전임자에게 물어봐야 되나 하며 핸드폰을 들었다.

털썩!

침대에 누운 이동하는 미간을 좁혔다.

'……여전히 애매하네.'

진료실을 나서며 감격에 젖었던 소연지.

분명 살려는 사람의 표정이었다. 창고에서의 반응도 그랬다.

"얼른 송 씨 그 머저리를 만나야겠어."

그래야 사이트를 없앨지 유지할지에 대해 알게 될 거다.

오늘의 경험을 통해 그동안 애써 가꿔 온 사육장에 대한 애정이 좀 많이 떨어지게 된 이동하.

어차피 하루에 한 번 접속하지 않으면 언제든 카페가 폭파될 수 있도록 설정해 놓았기에 걱정도 없었다.

모든 게 착착 맞물려 돌아감에 만족스럽게 웃으며 고개를 끄덕이던 이동하는 돌연 달뜬 신음을 뱉었다.

방금 전의 살인이 떠올라서다.

눈앞에서 끊겨 가던 사람의 숨결.

증오로 가득하다 공포로 일그러지던 얼굴.

"하아. 하!"

크게 부푼 사타구니를 매만지는 이동하의 심장이 옥죄이는 것처럼 격한 쾌감을 준다.

이동하는 아까 따로 숨겨 뒀던 캠코더를 다시 켰다.

-좆까, 이 씨발놈아-!

"하아! 하윽!"

이동하의 신음 소리는 더욱 격해져 갔다.

* * *

쏴아!

어두운 밤, 찬바람이 불어오는 충북 외진 곳의 어느 공터.

과수대의 조명을 한껏 받고 있는 뼈대만 남기고 검게 타 버린 자동차를 본 종혁이 입술을 핥는다.

'그놈 같은데…….'

흥신소가 미행을 놓친 장소 인근 원룸 CCTV에 희미하게 찍힌 놈. 분명히 유정은, 소연지 등이 입원한 병원의 엘리베이터에서 봤던 놈 같았다.

'쯧. 그건 소연지 씨가 깨어나면 알게 되겠지.'

종혁은 다시 자동차를 봤다.

"건질 것도 없겠네."

그래도 흥신소가 큰일을 해 줬다.

흥신소가 미행을 놓치기 전 번호판을 외우고 어느 방향으로 향했는지 말해 줬기 때문에 이렇게 빨리 찾을 수 있었다.

놈을 놓치고 여기까지 도달하는 데 겨우 5시간. 정말 빨리 찾은 거였다.

종혁은 다 타 버린 자동차의 근처의 땅을 훑었다.

단단한 흙과 살짝 파인 두 개의 고랑.

이곳에 한 대의 차가 더 있었단 소리다.

"하, 이 새끼들 봐라? 대가리 겁나 잘 쓰는데?"

그동안 전국 자살 사건을 조사하느라 지리산 사건에 함께하지 못했던 오택수가 재밌다는 듯 웃는다.

“이거 아무래도 대포차겠지?”

“번호가 허 넘버니까 그럴 확률이 높죠.”

렌트카가 주로 쓰는 번호인 허 넘버. 대포차도 허가 들어가는 번호판이 많다.

“대포차 수배는 다른 분에게 맡길 테니까 오 경감님은 여기에 있던 다른 차를 쫓아 주세요. 반경 30킬로미터 내의 CCTV도 모두 수거해서 올리시고요.”

“염병…….”

반경 30킬로미터면 못해도 수만 개다.

꼼꼼한 종혁이라면 차량 블랙박스에 외부로 나온 ATM 등 모든 감시카메라를 필요로 할 테니 어쩌면 수십만 개. 그냥 죽었다고 봐야 했다.

씩 웃으며 오택수의 어깨를 두드린 종혁은 핸드폰을 들었다.

“재수야, 소연지 씨 깨어났어? 알았어. 지금 갈게.”

“흑! 가, 감사합니다.”

종혁의 얼굴을 보자마자 울음을 터트렸던 소연지가 다시 눈물을 보인다.

“감사는 운 좋게 그 근처를 지나던 등산객분들에게 하셔야죠.”

제아무리 이들을 위한 일이었다지만, 함부로 감시를 붙

였다는 걸 용납될 수 있을까. 이럴 땐 그냥 잡아떼는 게 옳았다.

“전 그저 신고를 받고 출동한 것뿐입니다. 아무래도 하늘이 소연지 씨 보고 살라고 그분들을 보내셨나 봐요.”

“……흐윽!”

“에고.”

종혁은 또 눈물을 터트리는 그녀에게 휴지를 건네며 어깨를 토닥였다.

얼마나 무서웠을까.

얼마나 애타게 구해 줄 사람을 찾았을까.

차라리 이렇게 울어 버리는 게 나았다.

울어서라도 가슴의 상처를 씻어 내야 했다.

그렇지 않으면 곪고 썩어 문드러질 테니 말이다.

빠득!

“아, 죄송합니다.”

“아, 아니에요.”

오히려 대신 화를 내 줘서 고마웠다.

“후우…….”

짝!

스스로 양 볼을 때린 소연지는 눈빛을 굳혔다.

“이제 됐어요.”

“힘드시면 내일 하셔도 됩니다.

“아니요. 그 새끼, 분명 자살카페에 대해 물었어요.”

자신이 끝까지 대답을 하지 않았으니 다른 사람을 찾아

갈 수 있었다. 그런 소연지의 말에 주먹을 불끈 쥔 종혁은 숨을 가다듬었다.

“부탁드리겠습니다.”

“네. 어떻게 된거냐면요…….”

소연지는 애써 차분함을 유지하려 노력하며 그때의 상황, 놈이 한 말에 대해 최대한 기억이 나는 데로 말했다.

그녀가 기억을 잘 떠올릴 수 있도록 맞장구를 치면서도 터지려는 분노를 겨우겨우 삭이던 종혁은 하나의 단어에 미간을 찌푸렸다.

“잠깐만요. 내 카페요? 정말 내 카페라고 말했습니까?”

“아, 네! 분명히 그랬어요!”

‘미친!’

카페장이다. 소연지를 죽이러 온 건 자살카페의 장이었다.

물론 이 말이 두 개의 뜻을 품고 있기는 하다.

하나는 놈이 카페장이 아님에도 카페에 애착이 심하다는 것.

나머지 하나는 정말 카페장 본인인 것.

어떤 것이든 이놈이 지독히도 오만하고 카페에 집착이 심하다는 건 분명했다.

그런데 이놈이 소연지를 불러낸 방식이나 말투, 소연지가 반항을 못하도록 수갑을 채우는 등의 살해 방식을 생각하면 이놈은 결코 남 밑에서 일할 부류가 아니었다.

거의 80퍼센트. 이놈이 카페장이었다.

“형사님?”

"아, 죄송합니다. 이놈이 그렇게 말했다는 거죠?"

종혁은 자신이 도착하기 전 그녀의 도움을 받아 그린 몽타주를 보여 주었고, 소연지는 입술을 깨물었다.

"네. 이놈 맞아요. 이놈이에요."

'빌어먹을.'

그때 병원 엘리베이터에서 봤던 놈이 카페장으로 유력하게 추정되는 놈이었다. 그런 놈을 코앞에 두고도 놓쳤다는 것에 종혁은 짜증이 날 수밖에 없었다.

그래도 생각지도 못한 단서를 얻었다. 정말 엄청난 단서였다.

"알겠습니다. 그럼 계속하실까요? 그래서 그 말 이후에 어떤 말을 하던가요?"

"아, 그게요……."

소연지는 다시 말을 이어 갔다.

"그렇게…… 그렇게 말을……."

마치 즐거운 놀이를 즐기는 것처럼 환한 미소로 주절주절 떠들던 놈.

자신의 죽음과 그 이후의 일을 흥겹게 풀어놓던 괴물의 모습이 다시금 떠오르자 소연지는 순간 목이 탁 틀어막히는 걸 느꼈다. 아까처럼 목에 밧줄이 걸린 것 같았다.

"끄흑?! 꺽! 꺼어억!"

목을 긁으며 발버둥 치는 소연지.

종혁은 다급히 그녀의 양팔을 잡으며 그 몸을 내리눌렀다.

"숨 쉬어요! 숨! 간호사! 간호사-!"

드르륵! 쾅!

"헉! 환자분! 선생님-!"

간호사의 외침에 의사가 뛰어 들어와 종혁 대신 그녀의 전신을 누르자 그제야 물러난 종혁은 괴로움에 발버둥 치는 그녀를 응시하며 이를 갈았다.

빠드득!

"그래. 카페장이 맞아."

코치가 범인으로 지목되게끔 현장을 꾸미는 솜씨.

거기다 혹시 모를 정말 만에 하나 경찰이 쫓을 걸 생각하고 대포차를 마련한 치밀함까지.

그 용의주도함은 그동안 수사본부에서 쫓던 자살카페의 운영진과 모습이 매우 흡사했다.

지난 형사 생활을 모두 걸고 장담할 수 있었다. 이젠 백 퍼센트였다.

'잠깐, 그렇다면?'

"아!"

순간 종혁의 머릿속에 불똥이 튄다.

지난 시간 보고 듣고 겪은 모든 단서들이 하나로 맞물려 돌아간다.

"하, 씨발."

종혁은 다급히 핸드폰을 꺼내 들었다.

"본부장입니다. 지금 당장 정선, 설악산, 지리산 사건의 마지막 수신지 반경 1킬로미터 내의 CCTV와 지리산 피해자들이 입원한 병원 CCTV를 모두 확보해 주세요! 역추적에 들어갑니다!"

놈이었다. 정선, 설악산, 지리산 사건에서 피해자들과 통화를 한 것도 카페장, 이놈이었다.

종혁은 진정제를 맞고 잠이 드는 그녀에게서 등을 돌리며 병실을 뛰쳐나갔다.

드디어 꼬리가 보였다.

계속 암막 뒤에 숨어 지휘만 했더라면 오랜 시간이 지나야 잡았을 놈의 꼬리가 드디어 드러난 것이었다.

종혁은 병원 복도를 내달렸다.

* * *

어두운 밤 경기도 안산 외각.

건설사의 부도로 인해 공사가 중단되다 못해 버려진 폐공사장.

교복을 입은 세 명의 남학생들이 피던 담배를 팽개치며 일어선다.

"이 개새끼! 진짜 죽여 버린다!"

"하, 씨발. 송시현 이 찐따 새끼한테 물을 다 먹네?"

오늘 아침 그들 중 한 명에게 도착한 문자 한 통.

소년원에 가고 싶지 않으면 오후 4시까지 찾아와 무릎 꿇고 빌라는 말과 함께 이곳의 주소가 적혀 있었다.

얼마 전 경찰의 조사를 받은 그들.

그래서 부리나케 찾아왔는데, 시간이 저녁 7시가 다 되어 감에도 송시현이 코빼기도 보이지 않았다.

"씨발. 이 개새끼 어디로 이사 갔는지 모르지?"

"모르지."

유정은, 소연지 등과는 달리 결국 자살을 기도하지 않은 송시현.

종혁은 송시현과 함께 직접 그의 부모님을 찾아가 상황을 설명하고 이사를 권유했다. 이사에 드는 비용 일체를 지원해 주겠다면서 말이다.

아들의 고통을 알고 있음에도 돈이 없어서 이사할 엄두를 내지 못했던 그의 부모님은 종혁의 말에 뜨거운 눈물을 흘렸다.

"야, 가자. 가. 이 새끼 그냥 우리 엿 먹인 거다."

"와. 이렇게 복수를 하네, 이 씨발놈이."

"아오! 안 그래도 오늘 아침에 웬 거지 같은 새끼들이랑 시비 붙어서 짜증 나는데! 이 찐따 새끼! 잡히면 정말 죽여 버린다!"

그들은 이를 갈며 폐공사장을 빠져나갔고, 맨 꼭대기 층에서 그들을 응시하던 이동하의 미간이 좁혀진다.

"어떻게 된 일이지?"

이동하는 대포폰으로 송시현에게 같은 반이었던 여학생인 척 문자를 보냈다.

처음 봤을 때부터 반했다고, 뒤늦게 용기를 내니 한 번만 만나서 이야기를 나눠 달라고.

'어디서부터 잘못된 걸까…….'

분노한 일진들에게 얻어맞게 한 다음 죽여 버리려 했던 송시현.

일진들과 송시현의 몸에 흔적이 고스란히 남을 테니, 경찰은 무조건 그들을 의심할 것이다.

그렇게 완벽한 계획이었는데…….

머릿속이 복잡해진 그는 일단 조용히 폐공사장을 빠져 나왔다.

그리고 뒤편의 산을 넘어 미리 대기시켜 둔 대포차를 타고 흥신소를 통해 알아낸 이사한 송시현의 집으로 향했다.

'불이 꺼져 있다?'

"이게 무슨……."

이동하는 몰랐다.

그가 지리산 사건의 피해자들을 노리고 있다는 걸 알아차린 종혁이 그들을 피신시킨 것을 말이다.

지이잉! 지이잉!

발신자를 확인한 이동하는 얼굴을 구겼다.

"누가 먼저 전화하라고 했지?"

-죄, 죄송합니다. 하지만 경매장에 가시려면 지금 출발하셔야 돼서 어쩔 수 없이…….

탁!

통화를 종료한 이동하는 혀를 찼다.

"이놈도 잘라야겠군."

싸늘한 목소리로 말한 이동하는 한숨을 내쉬었다.
"후, 그래. 가야지."
어머니가 마음에 쏙 들어 할 물품이 나오는 경매.
그는 어쩔 수 없이 움직이기로 했다.
부우웅!
그가 탄 대포차가 다른 곳에 세워 둔 대포차를 향해 나아갔다.

* * *

주말을 맞이해 잠시 외출을 나온 현석은 수사본부의 문을 열었다가 기겁하고 말았다.
"헉!"
"Z, Zombie?!"
현석의 뒤를 따라오던 타국의 초임 경찰들도 기겁을 한다.
"으어어."
"하아아."
금방이라도 죽을 것 같은 낯빛으로 각자 앞에 놓인 커다란 모니터를 뚫어져라 쳐다보는 백여 명의 형사들.
그리고 그런 그들의 옆에 쌓인 피로회복제 음료들.
"후우. 어, 왔냐?"
물기가 가득한 머리를 털며 다가오던 종혁을 본 현석은 경악했다.

"누, 눈이 와 그랍니꺼?"

눈 밑이 거뭇거뭇해서 판다처럼 보이는 종혁.

"대, 대체 무슨 일인 겁니꺼?"

"별거 아냐. 며칠 동안 하루 2시간씩 자며 CCTV 확인해서 그래."

눈앞이 약간 가물거리긴 하지만, 나중에 푹 자면 풀릴 피로다. 그저 놈을 하루라도 빨리 찾아야 해서 약간 무리하고 있을 뿐이었다.

"와, 와예?!"

"역추적 때문에."

"역추적?"

역추적은 다른 게 아니다. 마지막 수신지에 사는 인물 전원의 이동 동선을 쫓는 거다.

무작정 쫓는 게 아니다.

지난 한 달 동안의 이동 경로에서 벗어난 놈들.

그중에서 경기도의 버려진 공장으로 향한 놈들.

충북의 외진 공터에서 출발한 놈.

그러다 중간에 만나는 놈.

그리고 유정은과 소연지 등 지리산 피해자들이 입원한 병원으로 종혁이 찾아갔던 시각에 마지막 수신지로 향한 놈.

그놈이 범인이고, 카페장이었다.

종혁은 112 상황관제센터, 교통상황관제센터 등 협조를 요청할 수 있는 모든 곳에 연락해 놈을 쫓고 있었다.

"버, 범인 떴습니꺼?!"

"오냐."

종혁은 단상 쪽을 가리켰다.

"헉!"

단상 옆, 화이트보드에 붙여진 한 장의 몽타주와 두 장의 사진.

그리고 그 밑에 써진 SUV라는 글자.

국과수에서 타이어 자국을 분석해, 충북의 공터에서 놈이 바꿔 탄 차가 SUV임을 특정해 냈다.

화재 발생 시각 이후 그 근처를 지난 SUV가 총 128대.

현석은 눈을 부릅떴다.

그 순간이었다.

"어? 어어어?"

종혁뿐만 아니라 형사들의 고개가 한곳을 향해 돌아간다.

벌떡 일어나 눈을 비비는 오택수.

"차, 찾은 것 같은데?"

"뭐요?!"

쿠당탕!

종혁과 형사들은 다급히 몸을 날렸고, 오택수는 모니터에 뜬 CCTV 영상을 가리켰다.

"여기 이 차 서는 거 보이지? 산타페!"

수원시 외각, 폐차장 인근 주택가 근처의 차들이 많이 주차된 도로에 세워진 산타페에서 사람이 내린다.

"어?"

"어어?"

흐릿한 화질이건만 눈썰미가 좋은 형사들은 모두 눈을 크게 떴다.

놈이다.

차들을 지나쳐 앞으로 향한 놈이 근처에 택시를 타고 떠난다.

오택수는 얼른 이동하는 택시가 찍힌 CCTV 영상들을 띄웠고, 이내 보이는 장면에 형사들은 눈을 크게 떴다.

대략 500여 미터 이동해 택시에서 내린 놈이 근처에 주차된 외제차에 오른다.

주먹을 불끈 쥔 종혁은 크게 외쳤다.

"차 번호 서울 34 나 5874! 다시 말합니다, 서울 34 나 5874!"

"헉! 서, 서울 34 나 5874! 마지막 수신지에서 확인!"

종혁과 형사들은 그렇게 외친 형사의 주변으로 날아갔고, 형사는 얼른 화면을 비춰 주었다.

어느 골목길 한 빌라 안에서 빠져나오는 서울 34 나 5874.

순간 수사본부에 정적이 내려앉는다.

하지만 그것도 잠시다.

"이어졌다……."

이어졌다.

드디어 놈의 동선이 모두 이어졌다.

형사들의 몸이 후끈 달아오르기 시작했다.

"이놈이 수원까지 차를 몰고 간 건지 계속 확인해 주시고, 차주 이름이랑 몇 호에 사는지도 확인해 주세요! 그리고……."

빠드득!

종혁은 이를 갈았다.

"나머진 씻읍시다."

한 달이 훌쩍 넘는 시간 동안 자신들을 괴롭힌 놈을 잡으러 가야 하는 데 이렇게 추레한 몰골로 갈 순 없었다. 때를 빼고 광을 내야 했다.

'이제 얼굴을 보겠구나, 이 개새끼야.'

드디어 끝이 보이고 있었다.

* * *

딴, 따라단!

클래식 음악이 울리는 호텔의 연회장.

한구석에 선 이동하가 입술을 깨문다.

'빌어먹을. 요양이라니!'

의뢰를 맡긴 흥신소에 말에 의하면, 마치 빈집처럼 하루종일 불이 꺼져 있었다고 한다. 그저께도, 어제도.

아무래도 이상해서 주변 이웃에게 묻자, 송시현이 아파서 요양을 갔다고 이야기했단다.

일진들에게 지속적으로 괴롭힘을 당해, 결국은 자살을 결심한 송시현.

어느 정도의 상처를 극복한 듯하지만, 그래도 아직 다 아물지는 못했을 걸 생각하면 충분히 있을 만한 일이었다.

'후…… 어쩔 수 없이 유정은 그녀를 다음 목표로 삼아야겠군.'

"짜증 나네."

직접 피를 보려고 하니 뭔가 계속 어긋나고 있다.

눈앞에서 본 피는 황홀했지만, 계획이 틀어지니 짜증이 날 수밖에 없었다.

"회장님과 사모님께서 입장하십니다!"

"아!"

"흠흠!"

열리는 연회장 문을 향해 몸을 돌리며 허리를 숙이는 임원들.

아버지의 손을 잡은 채 밝게 웃으며 입장하는 어머니를 보는 이동하의 눈이 파르르 떨린다.

그는 단상에 올라 입을 여는 어머니의 얼굴을 빤히 응시했다.

"오늘 저의 탄생일을 맞이해 이렇게 찾아 주신 우리 대유그룹……."

낭랑하게 연회장을 울리는 목소리.

이내 곧 짧은 생일축하 인사말이 끝나고 박수가 터져 나오자, 이동하는 단상에 마련된 테이블로 향하는 어머니께 다가갔다.

"엄마!"

"아들!"

"생신 축하드려요! 저건 이 장남과 며느리가 엄마를 생각해서 산 선물!"

먼저 도착한 형이 뒤를 가리키자 수행원들이 새하얀 백자를 들고 나온다.

"오오!"

"와."

감탄을 터트리는 사람들.

선물을 받은 당사자도 눈을 동그랗게 뜬다.

"어머, 이건 조선의 청화백자 아니니?"

"흐흐. 엄마도 이제 내년이면 환갑인데 노력 좀 했죠."

"고마워, 아들. 잘 보관할게. 역시 이 엄마 생각하는 건 우리 장남밖에 없다."

"뭘요."

콧대를 세운 그는 봤냐는 듯 이동하를 보았고, 그런 형의 시선을 무덤덤하게 넘긴 이동하는 작은누나가 시끄럽게 굴다 물러나자 옷매무새를 가다듬으며 앞으로 나섰다.

"생신 축하드려요, 어머니."

"넷째 왔니?"

형과 작은누나를 맞이했을 때와는 전혀 다른 눈빛.

이동하는 주먹을 꽉 쥐며 애써 웃었다.

"저건 어머니 생신을 축하하기 위해 구한 거예요."

"헉!"

"우와!"

사람들이 방금 전 보다 더 크게 반응했지만, 이동하의 시선은 오직 어머니에게만 쏠려 있다.

"이, 이건?"

활짝 만개한 연꽃이 멋스럽게 음각된 매병(梅甁).

"……설마 음각연화문 유개매병?"

국보로 지정되어 있는 청자 음각연화문 유개매병(青磁陰刻蓮花文 有蓋梅甁).

풍만함이 우아하게 잘 살아 있어서 기품이 느껴지는 것이 진품이 확실했다.

"이, 이걸 어떻게?"

국보급 문화재는 대부분 박물관에서 소장하고 있는 터라 개인이 손에 넣을 수 있는 종류는 극히 적었다.

제아무리 비싼 값을 치를 의향이 있더라도 구매할 길이 없어서 발만 동동 굴렀던 그녀로서는 놀랄 수밖에 없었다.

"어머니를 위해서 구해 봤어요."

"아, 아들!"

이동하는 감동으로 물드는 어머니의 얼굴과 일그러지는 형의 얼굴에 미소를 지었다.

"다시 한번 생신 축하드립니다, 어머니."

"고마워, 아들. 소중하게 보관할게!"

"그래 주시면 감사하죠."

"후후."

이동하를 보는 어머니의 시선이 변한다.

"이제 우리 동하도 곧 그룹에서 일을 하겠구나."

"예, 어머니."

"그래. 회사에 입사하게 되면 형을 잘 보좌해 주렴. 우리 똑똑한 동하가 돕는다면 네 형도 훨씬 더 큰 걸 이룰 수 있을 거야."

빠득!

속으로 이를 간 이동하는 서글프게 웃었다.

'이래도 어머니는 날 봐 주지 않는구나.'

알고는 있지만, 이런 말을 들을 때마다 실망을 하게 된다.

본래의 성격처럼 그냥 외면해 버리면 되지만, 언제나 바라볼 수밖에 없는 어머니.

그는 자신도 모를 자신의 감정에, 어머니를 향한 맹목적인 사랑에 이를 악물며 선한 넷째를 연기했다.

"예. 그럴게요, 어머니."

"그래. 우리 동하가 그렇게 말해 주니 엄마가 참 고맙네?"

"아니에요."

고개를 숙이며 돌아선 이동하는 다시 콧대를 세우는 형의 모습에 이를 갈았다.

'역시 네가 문제구나.'

무슨 짓을 해도 형이 있는 한 자신을 봐 주지 않을 어머니.

'그래, 너도 죽자. 그러면 엄마도 날 봐 주겠지.'

그동안은 어머니가 슬퍼할 것 같기에 가만두었던 형.

하지만 이젠 더 이상 버틸 수 없을 것 같다.

피를 보며 과감해진 그는 혈육을 향한 살의를 머금기 시작했다.

그때였다.

쾅!

거칠게 열리는 연회장의 문.

"뭐야!"

"누구야!"

기겁하며 쳐다봤던 대유그룹의 임원들은 안으로 난입하는 수십여 명의 사람들을, 품에 권총을 찬 사람들을 보며 눈을 동그랗게 떴다.

"경찰?"

"경찰이 왜?"

의아해하는 그들을 무시한 종혁은 단상에 서서 이쪽을 보는 이동하를 발견하곤 눈을 빛냈다.

그리고 발을 성큼성큼 내디뎠다.

저벅저벅…… 저벅!

한 달이 훌쩍 넘는 긴 시간을 지나 드디어 마주하게 된 둘.

종혁은 눈동자가 흔들리는 그를 향해 이를 드러냈다.

"얼굴 보기 존나 힘들다, 그치?"

"무슨……."

"왜? 너도 알잖아."

"무슨 말인지 모르겠군요. 내게 용무가 있습니까?"

"크큭. 그래. 그래야지."

이렇게 태연히 발뺌을 하지 않으면 오히려 섭섭했다.

"티, 팀장님, 저거……."

"푸핫! 미치겠네."

종혁은 이동하의 모친으로 보이는 이가 들고 있는 연꽃이 음각된 청자를 보며 웃음을 터트렸다.

저게 왜 여기 있을까. 이 사건을 맡기 전까지 풀리지 않았던 가보 도난 사건의 가보가 말이다.

하지만 지금은 이게 문제가 아니다.

"이동하 씨, 당신을 소연지 씨에 대한 살인미수 혐의로 체포합니다."

"……뭐?!"

이동하는 눈을 부릅떴다.

'무슨 말이지? 소연지가 안 죽었다고? 어떻게? 아니, 그보다 날 어떻게 찾은 거지?'

종혁은 순간 포커페이스가 무너지는 그를 보며 씩 웃었다.

"왜? 죽인 줄 알았냐? 우리가 널 못 찾을 줄 알았어?"

"무슨…… 무슨 말을 하는지 모르겠군요."

"네, 네. 아무튼 이런 혐의니까 당신은 묵비권을 행사할 수……."

"지금 뭐하는 짓들이야!"

종혁은 호통을 치는 대유그룹의 회장을 봤다.

"무슨 짓은요. 경찰이 적법한 공무를 집행하는 중이지. 아, 혹시 댁네 아드님께서 얼마 전 사람을 죽일 뻔한 걸 모르셨나 봅니다?"

"뭐, 뭐라고?"

이동하는 어떻게 된 일이냐는 듯 쳐다보는 아버지보다 경악하는 어머니의 표정에 이를 악물었다.

'괘, 괜찮아. 아직 괜찮아.'

이 정도는 얼마든지 변명할 수 있다.

자신이 얼마나 철두철미하게 동선을 짰던가. 분명 빠져나올 구석이 있을 것이다.

'커, 컴퓨터만……. 컴퓨터만 지키면…….'

종혁은 어떤 희망을 품는 이동하를 보며 흐뭇하게 웃었다.

"아차차. 맞아. 당신을 최은영 씨 등 44명에 관한 자살방조 및 자살교사 혐의로도 체포합니다."

"아?"

"네가 사는 빌라에 있던 컴퓨터도 확보했거든? 넌 이제 뒤졌어, 새끼야."

순간 이동하의 시간이 멎는다.

지금 이 경찰이 무슨 말을 하는 걸까.

그의 머리가 이 상황을 받아들이지 못한다.

하지만 그것도 잠시다.

"아, 아들?"

철렁!

심장이 내려앉는 충격에 정신을 차린 이동하가 다급히 입을 열었다.

"어, 어머니! 제, 제 말 좀 들어 보세요. 지금 이 사람들이 뭔가 오해를……."

"결국 죽인 거니?"

"……예?"

연회장에 정적이 내려앉고, 이동하는 하얗게 질린 얼굴로 결국 올 게 왔다는 듯한 표정을 짓는 어머니를 봤다.

"하! 결국 죽였어?! 내가 너 어렸을 때 고양이 새끼 잡아다 죽이는 걸 보고 이놈은 사람이 아니라고 생각했는데-!"

"아?"

'오우?'

종혁은 모친의 독설에 깜짝 놀랐고, 이동하는 어머니의 경멸 가득한 시선에 그대로 얼어붙었다.

"……아! 하하하! 하하하하하하하!"

이동하는 그제야 깨달았다.

자신이 무슨 짓을 했어도 어머니의 마음에 담기지 못했을 거란 걸.

그 어떤 짓을 했어도 어머니는 자신을 자식이 아니라 괴물로 여기고 있었다는 걸.

영원히 몰랐으면 했던 진실.

이동하는 종혁을 죽일 듯 노려봤다.

"너만 아니었으면…… 너희들만 아니었으면!"

몰랐을 진실.

"으아아아아!"

이동하는 눈을 뒤집으며 달려들었고, 순간 느려진 시간 속 종혁은 그런 이동하의 모습에 어이없다는 듯 웃었다.

엄한 곳에서 뺨 맞고 화풀이를 하니 어이가 없었다.

그래도…….

“고맙다, 이 개새끼야!”

먼저 덤벼 줘서 정말 고마웠다.

종혁은 전력을 다해 이동하의 면상을 후려쳤다.

콰드득!

* * *

“와아아아!”

“이야아아아!”

드디어 범인을 잡았다.

한 달이 훌쩍 넘는 시간 동안 어떻게든 잡고 싶었던 놈.

특별수사본부에 모인 형사들은 미쳐 날뛸 수밖에 없었다.

탕탕!

“자, 자! 잠깐 모두 조용해 주세요! 우리 본부장님께서 한 말씀 하시겠답니다!”

갑작스런 오택수의 행동에 눈을 동그랗게 떴던 종혁은 소고깃집 테이블에 앉아 뜨거운 시선을 보내오는 형사들의 모습에 한숨을 내쉬며 일어섰다.

원래는 수사본부로 썼던 연회장에서 통돼지 바비큐를 구우며 뒤풀이를 하려고 했지만, 형사들이 격렬하게 거부를 바람에 급히 잡은 소고깃집.

종혁은 한 달이 훌쩍 넘는 시간 동안 동거동락했던 그들을 주욱 둘러봤다.

“면상들이 참 볼만하네요.”

“푸핫!”

“크크크.”

“나름 씻었다고 해도 본판이 안 되니 다들 노숙자가 따로 없습니다.”

“이봐요, 본부장님! 말로 때리는 것도 폭행입니다!”

“그래! 이거 명예훼손이에요!”

“사실적시도 명예훼손입니까?”

“푸하하하하!”

웃음을 터트리는 그들의 모습에 종혁도 풀썩 웃었다.

“그래도 모두 이런 몰골이 될 때까지 사건에 매달려 주셔서 감사합니다.”

자신의 일처럼 매달려 줘서.

몸이 망가져가는 데도 결코 포기하지 않아 줘서.

그래서 이동하를 잡을 수 있었던 것이고, 수많은 이들을 구해 낼 수가 있었다.

이동하뿐만이 아니었다.

대한민국엔 음지에 숨어 힘든 사람들을 벼랑 끝으로 밀어 버리는 놈들이 너무 많았다.

이동하를 제외하고도 수사본부가 잡아들인 자살카페의 운영진이 총 34명, 폐쇄시킨 자살카페의 수가 8개, 해결한 사건이 총 141건.

아직 4천 개가 넘는 사건들이 남아 있지만, 그래도 모두 여기 모인 사람들이 악착같이 달려들어서 해결할 수 있었다.

나지막한 종혁의 형사들이 여운에 잠긴다.

한 달이 넘는 시간 동안 채찍질만 하며 달리던 기억들이 그들의 머릿속을 스친다.

"우리 강현석 간부후보생도도, 타국에서 오신 경찰분들도 모두 정말 수고하셨습니다. 이제 내일 공개적으로 수사 종결을 하면서 스포트라이트를 받은 이후엔 다시 서로의 회사로 떠나게 되겠지만, 거기서도 눈코 뜰 새 없이 바쁘겠지만 서로가 함께 의지했던 기억은 잊지 말도록 합시다. 그리고 우리의 시선이 닿지 않는 곳에 피해자가 있음을 기억합시다."

피해자는 경찰의 시선이 닿지 않는 곳에서 생겨난다.

참 오랜 격언이다.

형사들의 표정이 진지해지자 종혁은 푸근히 웃었다.

"어린놈이 말이 길었네요."

형사들은 고개를 저었다.

종혁을 어찌 어리다고 폄하할 수 있을까.

시종일관 수사본부의 장으로서 중심을 지키고 누구보다 더 뜨겁게 사건에 임했던 종혁. 이런 동료가 있음에 그들은 든든할 수밖에 없었다.

'팀원이 부족하다는데 한번 지원해 봐?'

'아, 저런 간부가 우리 서로 오면 좋을 텐데…….'

종혁은 눈이 뜨거워지는 그들을 향해 입을 크게 열었다.

"자, 그럼 다들 잔들 채워 주십시오!"

드르륵! 졸졸졸! 쟁쟁!

"제가 성과급을 선창하면 만세라고 후창하는 겁니다. 성과급-!"

"만세!"

"특진!"

"만세에!"

"청장님! 휴가 보내 주세요-!"

"푸하핫! 만세에-!"

채재재재쟁!

"크아!"

"좋다-! 아줌마, 여기 모둠 하나 추가요!"

"여기도!"

다시 시끌벅적해지는 형사들의 모습에 고개를 끄덕이며 자리에 앉은 종혁은 맞은편에 앉은 현석에게 술을 따라 줬다.

"수고했다."

현장 실습이 종료됐음에도 주말마다 찾아왔던 현석.

"오자마자 한 사건에만 매달렸는데 뭘 좀 제대로 배웠는지 모르겠네."

"아, 아입니더! 억수로 많이 배웠심더! 진짜로!"

형사로서의 마음가짐, 수사의 방식, 피해자를 대해야

할 방법 등 이 외에도 너무 많은 것을 배워 제대로 체화시킬 수 있을지가 의문일 정도였다.

'이 행님 와 이리 크노.'

현장에서 일하는 종혁은 커도 너무 컸다.

"오히려 지가 한 게 있을까 싶습니더……."

"너? 도움이 많이 됐지."

현장 실습이 종료됐음에도 주말마다 찾아왔던 현석 덕분에 수사본부의 형사들이 더 이를 악물 수 있었다. 현석이 잔일을 도맡아 해 주면서 시간을 낭비하지 않을 수 있었다.

이 외에도 현석이 이번 수사본부에서 한 일은 너무도 많았다.

거기다 결정적으로…….

"네가 딱 오니까 이동하 이 새끼를 찾았잖아."

"고, 고작 그거예? 아니, 하……."

종혁이 도움이 됐다기에 내심 크게 기대를 했던 현석은 밑바닥을 파고들었고, 종혁은 눈을 껌뻑였다.

"어라? 얘 봐라? 너 이게 얼마나 중요한지 모르는구나? 너 저 양반들 둘러봐."

종혁의 말이기에 구시렁거리면서도 형사들을 둘러본 현석은 당황하고 말았다.

형사들이 현석 본인을 향해 뜨거운 시선을 보내고 있었다. 마치 탐이 나는 먹잇감을 노리는 눈빛들.

"……뭐, 뭡니꺼. 내는 토템입니꺼?"

"인마, 그런 미신을 믿어서라도 범인을 잡고, 피해자를 구하고 싶은 게 경찰이야."

"아……."

"그리고 여기에 있는 그 누구도 너한테 형사로서 한 사람 몫을 해낼 거라고 기대한 적 없어. 어디 현장도 제대로 겪어 보지 못한 놈이 경찰이라고 말이야."

"너, 너무합니더!"

종혁은 킬킬 웃다가 돌연 낯빛을 진지하게 굳혔다.

"그러니 얼른 현장으로 와라, 현석아. 가르칠게 많다."

……뿌득!

"기대하이소. 내가 딱 데뷔하자마자 바로 형님을 재낄 거니까네!"

"오. 나 이런 말 어디서 들어 본 것 같아."

종혁은 최재수를 봤고, 최재수는 엉덩이를 들썩였다.

"전 그런 말을 한 적 없는데요!"

"말이라는 게 꼭 말로 해야만 말이 아니잖아. 어우, 내가 그때 얼마나 웃겼는지 모르지?"

"아 씨, 후배 앞에서 너무하시네!"

"그 후배가 내년에 졸업하면 너보다 상관이다, 짜샤!"

빠악!

"때리지 말라고!"

최재수는 눈을 뒤집으며 오택수를 덮쳤고, 둘은 이내 데굴데굴 구르며 먼지를 피웠다.

종혁은 일행이 아닌 척 등까지 돌리며 무시했고, 그건

현석도 마찬가지였다.

“그러면 이제 남은 사건들은 어떻게 되는 겁니꺼?”

“일단 각 서와 청에 이관될 테지만, 아무래도 자살 사건만 전담으로 수사하는 수사팀이 만들어질 확률이 높지.”

이번 수사본부의 수사로 인해 드러난 피해 사실 때문에 상부에서도 심도 깊게 생각하는 중이다.

각 지방별로 떼어 놓으면 얼마 안 되지만, 모아 놓으니 상상을 초월한 단위가 되어 버리는 자살 사건. 그리고 피해자가 자살을 생각하게 만드는 사건들.

상부도 당연히 진지하게 받아들일 수밖에 없었다.

“쥑이네예.”

“뭐가?”

“제가 생각하는 경찰처럼 훌륭해서예.”

‘글쎄다.’

그건 또 아니었지만, 종혁은 자라나는 꿈나무를 위해 입을 다물기로 했다.

“그러면 이제 다 끝난 겁니꺼?”

“그렇지. 다 끝이…….”

지이잉! 지이잉!

모르는 발신번호.

종혁은 의아해하며 전화를 받았다.

“예. 최종혁…….”

−나 서울 서부지검장인데, 당신이 이번 특별수사본부

의 책임자요?

종혁은 천장을 보며 한숨을 푹 내쉬었다.

'그럼 그렇지. 왜 안 튀어나오나 했다.'

시총이 수백억대인 기업의 아들을 잡았다.

비록 자식 취급을 받지 못하는 것처럼 보일지라도 그래도 자식은 자식이었다.

저들의 공격이 시작된 것 같았다.

* * *

양팔이 병원의 침상에 구속되어 있는 이동하가 천장을 본다.

어디서부터 잘못된 걸까.

'대체 어디에서 내가 단서를 흘린 걸까?'

이동하는 생각하고 또 생각했다.

'소연지? 아니야, 훨씬 그 전이야.'

소연지나 최은영 등이 자살을 하기 훨씬 전이다. 그래야 경찰이 말한 44명에 관한 자살 방조에 관한 혐의라는 게 말이 된다.

경찰은 분명 자신의 자살카페에 대해 훨씬 이전부터 알고 있었고, 조사를 했던 게 분명했다.

그것도 대유그룹의 정보력이 닿지 않는 곳에서.

'대체 어디서부터? 언제부터?'

아무리 생각해 봐도 답이 나오질 않았다.

정말 아무리 생각해도…….

"빌어먹을. 일단 재판부터 받고 나서 알아봐야겠군."

어차피 형량을 받아 봤자 길어야 몇 년이다. 법조계나 정계에 인맥이 넓은 아버지라면 집행유예도 받을 수 있을 거다.

"그런 후 조사를 마치고…… 죽인다."

감히 자신을 이 꼴로 만든 최종혁을 죽인다.

마취의 영향인지 얼굴에 감각이 없지만, 그래도 얼굴 전체가 붕대에 감긴 건 느껴진다. 아니, 아까 전부터 코와 광대가 칼로 긁듯 점점 아파지고 있다.

'그놈도, 그놈 애미도…….'

빠득!

드르륵!

눈을 돌린 이동하는 낯빛을 굳혔다.

'아버지!'

"오셨습니까, 아버지."

절그럭!

손에 걸리는 수갑에 미간을 좁힌 이동하는 낯빛이 딱딱하게 굳은 아버지의 모습에 최대한 죄송한 표정을 지으며 힘겹게 몸을 일으켰다.

"죄송합니다, 아버지. 제가……."

"정말이냐."

뚜벅뚜벅 다가온 이동하의 아버지, 이정한 회장이 복잡한 눈으로 이동하를 응시한다.

그 눈빛을 본 이동하는 속으로 미소를 지었다.

"모두 오해입니다, 아버지. 제가 마침 그곳에 있었던 것은 맞습니다. 그러나 그건 제 전 수행원이었던……."

"네가 벼랑 끝에 서 있던 44명의 등을 밀고, 한 명을 죽이려 했어?"

"아버지, 제 말 좀 들어 보십시오. 제가 왜 그 수행원을 쫓아냈다고 생각하십니까?"

"못난 놈."

"……!"

아버지의 눈을 다시 본 이동하는 눈을 부릅떴다.

방금까지 여러 감정이 뒤엉켜 복잡했던 아버지의 눈이 오직 서늘함만 머금고 있다.

오싹!

"아, 아버지!"

"내가 왜 너를 군대에 보냈는지 아느냐? 왜 다른 자식들보다 차갑게 대했는지 알아?"

기회를 줬던 거다. 엄하게 키우다 보면 정신을 차릴 거라고 믿었던 거다.

그러나 이동하는 자신의 기대를 배신했다.

'수면제를 다량으로 구입하고 버렸다기에 이제 사람이 되나 싶었는데…….'

얼마나 힘들었으면 수면제를 구하나 싶었고, 수면제를 버린 것 같다기에 살려고 발버둥을 친다 생각했다.

그런데 아니었다.

아들은 이미 구제할 수 없는 괴물이 되어 버렸다.

그러니 이젠 정리해야 됐다. 가슴이 천 갈래, 만 갈래 찢어져도 정리를 해야 됐다.

남은 가족을 위해서, 그룹을 위해서.

그런 의지를 담은 이정한 회장의 눈빛에 이동하의 심장이 철렁 내려앉았다.

"무, 무슨? 아, 아버지? 아, 아니죠, 아버지?"

아니다. 지금 머릿속에 드는 생각은 아니어야 했다.

하지만…….

"그룹의 도움을 바랄 생각은 하지 말아야 할 거다."

쿠웅!

"아버지-! 난 당신의 자식입니다! 이러시면 안 되죠! 설마 그 최종혁 때문입니까?! 그놈이 미국과 러시아에 끈이 있다고 해서 그래요?!"

미국과 러시아에서 곡물을 들여와 국내의 식품 기업에 납품하는 대유그룹.

원래는 국산의 비율이 월등히 높았으나 이동하의 형이 그룹의 본부장이 된 이후 가성비를 들먹이며 국산 곡물의 비중을 줄이고, 미국과 러시아산의 비중을 높이고 있었다.

"그놈이 아무리 끈이 있어 봤자 그게 그룹에 어떤 영향을 준다고 그럽니까! 예-?!"

이정한 회장은 무너지는 작은 아들을 응시하다 몸을 돌렸다.

"먼 훗날 다시 볼 수 있으면 보자."

아동하는 이를 악물었다.

"날 위해서였다고요? 개소리하지 마-! 다 형을 위해서잖아! 형만 사랑해서잖아!"

기업명이 글로벌화가 되어야 한다면서 본래 사명이었던 대유제분을 대유그룹으로 바꾼 것이 형의 작품이었다.

그러기 위해 필요치도 않은데 만들어야 했던 자회사가 몇 개던가.

그럼에도 아버지는 여전히 형만 감싸고돈다.

"내가 정말 당신 자식이 맞긴 해?! 맞긴 하냐고-! 으아아아아!"

드르륵, 쾅!

문을 닫고 나온 이정한 회장은 안에서 들리는 절규에 눈을 질끈 감았다.

"이야기는 잘 나누셨습니까."

"아."

이정한 회장은 다가온 종혁을 응시했다.

'최종혁 경정.'

경찰이 키운 괴물.

아니, 경찰이 된 괴물. 러시아와 미국에 긴밀한 끈을 가지고 있으며, 세계 각국이 노리는 세기의 천재.

'이자의 손에 몰락한 국회의원이 몇이고, 기업이 몇 개던가.'

이동하의 말은 어느 정도 맞다.

오늘 이 결정을 내리는 데에는 상대가 누구든 기어코 몰락시켜 버리는 종혁에 대한 무서움도 있었다.

종혁이 진심으로 달려들어 그룹이 망가지는 꼴을 보느니 차라리 동정표를 얻는 게 낫다고 판단한 이정한 회장.

이정한은 한 가정의 아버지이기도 하지만, 수천 명의 직원을 데리고 있는 그룹의 회장으로서 이런 결정을 내릴 수밖에 없었다.

이를 악문 이정한 회장은 종혁은 향해 살짝 고개를 숙였다.

"제가 식사를 방해한 건 아닌지 모르겠습니다."

"……아닙니다. 아버지가 아들을 보고 싶으시다는데 당연히 허락해 드려야죠."

그래도 서부지검장을 동원한 건 너무했다.

"그렇습니까? 이렇게 흔쾌히 허락해 주실 줄 알았다면 그냥 연락을 드릴 걸 그랬습니다. 허허."

"면회는 권리인걸요. 그런데 정말 괜찮으시겠습니까?"

종혁의 차가운 눈이 이정한 회장을 살핀다.

언제든 이쪽을 물어뜯으려는 포식자의 눈.

이정한 회장은 주먹을 쥐었다.

"자식을 제대로 훈육하지 못한 부모로서 이 이상 어떤 말을 할 수 있겠습니까. 법대로 처벌해 주십시오."

"법정 최고형을 받게 할 겁니다."

그렇게 만들 거다.

그게 죽어 간 피해자에게 형사인 종혁이 할 수 있는 최대한의 예의이기에 어떻게든 종신형을 받게 만들 거다.

"……동하의 죄가 그렇다면 어쩔 수 없겠지요. 그럼."

다시 고개를 숙인 이정한 회장은 종혁을 지나쳐 복도를 걸었고, 그런 그의 곁으로 이동하의 형이 따라붙었다.

"아버지, 동하는 이제 어떻게 되는 거예요? 이제 다신 안 보는 거 맞죠? 하, 진짜 이 또라이 새끼. 어떻게……."

이동하의 형을 본 이정한 회장은 속으로 한숨을 내쉬었다.

이동하를 왜 그렇게 회사로 들이려 했던가.

첫째가 이렇게 못나서였다.

어딘가 어긋났지만, 영특했던 이동하가 그룹 일을 맡고 승승장구하면 첫째도 정신을 차리고 노력을 할 것 같아서였다.

'그래서 더 아쉽구나, 아쉬워.'

종혁이 사위가 되지 않은 게 말이다.

종혁의 진정한 가치를 깨달았을 땐 이미 너무 커 버린 종혁.

"정말 아쉬워."

"예에?! 뭐가요? 설마 동하 그 새끼를 아직도 자식이라고……."

"가자."

이정한 회장은 걸음을 옮겼고, 이동하의 형은 옆에서 쨍알거리며 뒤따랐다.

그런 그들을 빤히 응시하던 종혁은 머리를 긁었다.

"정말 진심인가 보네……."

어쩔 수 없다는 말을 하던 이정한 회장의 얼굴엔 작은 슬픔이 서려 있었다.

천륜을 끊어 내면서도 회사를 지키려는 비정한 슬픔.

종혁은 핸드폰을 들었다.

"예. 접니다, 권 이사."

-아, 마침 잘 전화하셨어요. 방금 막 대유그룹에 대한 조사가 모두 끝났거든요? 이런 곳이라면…….

"아닙니다. 포기하죠."

-네?

"굳이 비즈니스는 하지 않아도 될 것 같아서요."

만약 이정한 회장이 외적인 힘을 이용해, 비즈니스를 하며 쌓은 인맥을 이용해 경찰을 압박하고 이동하를 빼내려고 했다면 종혁은 이정한 회장을 냉혹한 비즈니스 세계의 법칙으로 응수했을 거다.

하루에도 수백, 수천 개의 회사가 도산하고 생겨나는 냉혹한 비즈니스의 세계.

하지만 그럴 필요까지는 없어 보였다.

-흠. 아쉽네요. 곡물 쪽도 진출하나 했는데.

"하하. 조만간 밥 한번 먹죠. 내년에 할 일에 대해 이야기도 나눠야 하고요."

-후후. 알았어요. 기대할게요, 보스.

전화를 끊은 종혁은 다시 핸드폰을 들었다.

그 순간이었다.

지이잉! 지이잉!

"음?"

종혁은 미간을 좁혔다.

"이 양반이 왜……."

법무법인 새벽의 차애라 변호사.

의아해하던 종혁은 이내 종료 버튼을 꾹 누르곤 어딘가로 전화를 걸었다.

"응. 지금 어디야? 노래방? 3차? 알았어, 거기로 갈게."

종혁은 한결 가벼운 표정으로 걸음을 옮겼다.

한편 은은한 조명이 드리워진 한적한 BAR.

전화가 도중에 종료된 걸 깨달은 차애라는 어이없어하다 한숨을 폭 내쉬며 맞은편에 앉은 장년인을 응시했다.

날카로운 눈매가 인상적인 오십대 후반의 장년인.

"아무래도 제가 많이 밉보였나 봐요, 아저씨."

"경찰이 변호사를 좋아할 리 없지."

"칫. 어떡할까요?"

"어쩔 수 있나. 따로 전달하는 수밖에."

아들이 구함을 받았는데 부모로서 은혜를 갚아야 했다.

상부의 명령 때문에 어쩔 수 없이 버려야 했던 아들 조우선.

"최 팀장이 마음에 드셨나 보네요?"

거의 20년 만이다. 눈앞의 장년인이 자신을 다시 찾은 게.

가난한 법대생이었던 그녀에게 키다리 아저씨가 되어줬던 장년인. 솔직히 얼굴이 너무 변해서 처음엔 몰라봤었다.

장년인은 그녀의 말에 고개를 끄덕였다.

"이번 사건의 해결로 더 확신이 생겼지."

그게 어떤 확신인지는 말해 줄 수 없었다.

"그럼. 나중에 볼 수 있으면 또 보지, 차 변호사."

장년인은 빈 잔을 내려놓으며 일어섰고, 차애라는 등을 돌리는 장년인을 보며 굳은 얼굴로 입을 열었다.

"대체 아저씨가 소속된 곳이 어딘가요?"

"……평생 모르는 게 좋을 거야."

그게 차애라의 삶에, 아니 차애라가 목숨을 부지하는 길이었다.

장년인은 잔뜩 피로한 미소를 지으며 BAR를 나섰고, 차애라는 맞은편에 놓인 잔을 바라보다 입술을 깨물며 일어섰다.

그렇게 그들이 앉았던 테이블에 침묵이 내려 앉았다.

그리고 다음 날.

"나왔다!"

촤라라라라라!

수사본부에 차출했던 백여 명의 형사들과 본청 입구에 선 종혁은 쏟아지는 플래시 세례와 멀리서 눈물을 글썽이거나 허리를 숙이는 최은영 등 피해자 유족들을 향해 고개를 숙이곤 마이크를 잡았다.

"안녕하십니까. 자살카페 특별수사본부 본부장 최종혁 경정입니다. 저희 경찰은……."

이제 완연한 겨울.

어디선가 불어오는 시원한 바람을 맞으며 종혁은 후련한 미소를 지었다.

* * *

"……연쇄적으로 살인을 저지른 것과 다름이 없는 바 본 법정은 피고 이동하에게 무기징역을 선고한다."

땅땅땅!

며칠 전 들은 환청이 울리는 독방.

싸늘하다 못해 얼어 버릴 것처럼 차가운 콘크리트벽에 등을 기댄 이동하가 실없는 웃음을 흘린다.

"아니야…… 푸흐흐. 아니라고……."

사회에 도움이 되지 않는 놈들 몇 명을 죽였을 뿐인데 무기징역이다. 말도 안 된다.

"아니라고-! 으아아아아아!"

철문으로 달려든 이동하는 쇠창살을 붙잡아 흔들며 절규했다.

아무도 듣지 않을 절규를.

# 3장. 2007년

# 2007년

성인물 전문 업로더 김본좌 검거!
간첩단 일심회. 연루된 사람이 더 많아!
노래방도우미 이제부터 진짜 불법?
이라크! 사담 후세인에 사형 선고!
북한 풍계리에서 대규모 폭발 사고 발생? 핵실험?
UN 안보리 북한에 조사단 파견! 북한 거부!
광주에서 화염병에 맞은 의경, 생사가 위급하다!
도하 아시안게임! 수영선수 김태환 전설을 쓰다!
삼전전자 세계 최초로 1GB 모바일 D램 개발 성공!

참 말도 많고 탈도 많았던 2006년 한 해도 저물어 간다.
"……어흑! 본좌 형."
"하하. 고마웠다, 김본좌."

옆 테이블에서 들려오는 소리를 무시한 종혁은 권아영과 박태규를, 아니 박태규를 바라봤다.

빨갛게 달아오른 얼굴에 우수에 젖은 눈.

종혁은 미간을 좁혔다.

"나 경찰이에요, 박 이사."

움찔!

"무, 무슨 말이십니까! 전 그런 거 안 봅니다!"

"……."

"왜 그런 눈으로……. 남자라면 당연히…… 아니, 왜 내가 당신한테 이런 변명을 해야 하는 겁니까, 권 이사!"

권아영은 혀를 차며 고개를 돌렸고, 박태규는 가슴을 치며 답답해했다.

종혁은 여전히 변함없는 둘의 모습에 고개를 저었다.

'국수는 먹을 수 있는 건지…….'

마음 같아선 술을 잔뜩 먹여 호텔 방에 가둬 버리고 싶을 정도다. 하지만 남녀 간의 연애엔 관여하는 게 아니기에 종혁은 참기로 했다.

"보스, 이번 풍계리 일은 어떻게 된 건가요? 정말 러시아가 관여한 건가요?"

"아무래도 그렇다고 봐야겠죠."

풍계리에서 폭발이 일어나기 며칠 전, 나탈리아와 CIA의 린치가 그런 뉘앙스를 풍기긴 했다.

러시아와 미국이 합심해 핵실험 시설을 폭파시켰을 거다.

'미국과 러시아는 다른 나라가 핵을 가지는 걸 결코 용납하지 않는 나라들이지.'

그래도 안드리의 아버지 등을 구해 따로 빼냈단 소리에 종혁은 안심할 수 있었다. 이런 종혁의 속내를 읽은 건지 권아영이 약간 실망한 표정을 짓는다.

"아쉽네요. 북한이 핵을 가졌더라면……."

"한국을 위협하는 데 썼겠죠."

군대를 다녀온 박태규가 눈을 날카롭게 빛내자 권아영은 그건 맞다는 듯 고개를 끄덕였다.

"하지만 증시가 다이나믹하게 흔들리지 않았잖아요."

비밀리에 준비 중이던 핵실험이 착수조차 못하고 폭파되면서 세계 증시는 아주 약간만 요동치고 끝나 버렸다.

"북한이 핵을 가지는 것보다는 훨씬 낫습니다. 뭐, 결국 가지게 될 테지만요."

아마 어디선가 또 다른 핵실험에 착수하고 있을 북한.

시기가 약간 미뤄졌을 뿐, 북한은 언젠가 핵을 보유하게 될 거다. 핵무기가 아니면 나라 자체를 존속할 수 없음을 그들도 알기 때문이다.

동감이라는 듯 고개를 끄덕인 종혁은 술잔을 들이켜곤 입을 열었다.

"중국의 상황은 어떻습니까."

종혁의 말에 권아영과 박태규의 낯빛이 굳는다.

"당장 내일 터져도 이상하지 않을 정도입니다."

거품이 부풀어도 너무 부풀었다.

아마 2007년은 큰 나라로 도약하려는 희망에 부푼 중국에게 악몽인 해가 되어 버릴 거다.

"하지만 절대 무너트릴 수는 없을 겁니다."

내수 시장만 하여도 충분히 대국이라 불릴 만큼 인구가 많고, 광물 매장량도 많은 중국. 희귀 광물을 무기 삼아 세계 경제에 간섭하기 시작하면 금세 경제대국으로 올라서게 될 거다.

"물론 저희가 개입하지 않았다면 말이죠."

"네. 저희가 개입하지 않았다면 한 10년 후엔 그렇게 됐겠죠."

러시아, 미국과 합작한 바이 차이나 프로젝트.

박태규와 권아영이 싸늘한 미소를 짓자 종혁도 입술을 비틀었다.

"알겠습니다. 그럼 믿고 맡기겠습니다."

꾸욱!

권아영과 박태규는 주먹을 쥐었다.

믿고 맡긴다. 그 말이 너무도 달콤하게 들렸기 때문이다.

종혁은 표정이 변화하는 그들을 보며 옅게 웃다가 아차 했다.

"그리고 아마 내년부터는 저와 연락이 잘 닿지 않을 겁니다."

"아, 외사국으로 옮기실 생각을 굳히신 겁니까?"

"높은 곳으로 올라가려면 어쩔 수 없으니까요."

"풉!"

"응?"

종혁과 박태규는 뜬금없이 웃음을 터트린 권아영을 의아하다는 듯 봤다.

"아니요. 일평생 거의 대부분 한국에 있었음에도 러시아와 미국을 한편으로 만든 게 보스잖아요."

그런 종혁이 다른 나라에 간다?

어쩌면 그 나라도 러시아와 미국처럼 종혁에게 구애할 수 있겠다 생각하니 웃음이 나올 수밖에 없었다.

그런 권아영의 말에 박태규는 일리가 있다고 웃음을 터트렸고, 종혁은 씁쓸히 웃었다.

"제가 꼭 사고뭉치라는 것처럼 들리네요."

"아니었어요?!"

종혁은 얼굴을 구겼고, 술자리엔 웃음이 터졌다.

"쯧! 이제 그만 일어서죠. 곧 약속이 있어서 말입니다."

"에이, 삐졌어요?"

"안 삐졌습니다."

"삐졌네, 삐졌어."

눈썹이 꿈틀거린 종혁은 권아영을 보곤 씩 웃었다.

"권 이사가 몇 살이었죠?"

"……."

"국수 먹고 싶습니다, 권 이사."

빠드득!

죽일 듯 노려보는 권아영의 눈빛에 종혁의 미소는 더욱 짙어졌다.

그렇게 술집을 빠져나온 종혁은 약속 장소로 향했다.
“오빠!”
약속 장소에 먼저 도착해 손을 흔드는 에바 미진 킴, 김미진.
종혁은 예쁘게 차려입은 그녀를 보며 풀썩 웃었다.
“또 까분다. 근데 쟤들은 뭐야?”
방금 전 미진의 주위를 맴돌다 이쪽을 힐끔 보더니 꽁지에 불붙은 망아지처럼 도망치는 세 명의 남자들. 그들이 피운 것인지 담배 냄새가 남아 있다.
“뭐…… 별거 아니에요. 가요!”
서늘하게 웃은 그녀는 이내 활짝 미소를 지으며 종혁의 팔에 팔짱을 꼈고, 눈썹을 꿈틀거렸던 종혁은 그녀의 얼굴에 잔뜩 서린 피로에 혀를 차며 팔을 그대로 뒀다.
그들은 소복소복 눈이 내리는, 크리스마스가 지나며 캐럴이 사라져 버린 약간은 어색한 12월의 거리를 걸었다.
“그런데 크리스마스도 아니고, 연말도 아닌 애매하게 30일에 만나는 게 뭐냐?”
“아, 살려 줘요. 이날밖에 시간이 없는 걸 어쩌라고요.”
일 년에 몇 없는 대목, 크리스마스.
12월은 이 크리스마스 때문에 미친 듯이 바빴고, 연말은 연말대로 바쁘다.
그리고 크리스마스가 연인들로 인해 바쁘다면, 12월 31일과 1월 1일은 가족들로 바쁘다.
특히 중국에서 1월 1일은 가장 큰 명절 중 하나. 드바 로마노프 중국 총괄 지사의 상무인 미진으로서는 사활을 걸 수밖에 없었다.

"오늘도 겨우 시간을 낸 거란 말이야."

시간도 제대로 낸 게 아니라 오늘 새벽이면 중국으로 가야 하는 그녀.

"말이야는 반말이고, 짜샤. 이 자식이 계속 맞먹으려고 드네?"

"앗! 어묵이다!"

미진은 종혁을 팔을 끌며 거리에 세워진 노점으로 향했고, 종혁은 고개를 저으면서도 못이긴 척 걸음을 옮겼다.

"어머, 선남선녀네. 데이트 나온 거예요?"

"네. 맞……."

"예, 그렇습니다."

"……?!"

미진은 깜짝 놀라 종혁을 봤고, 종혁은 '뭐?' 하며 어묵을 꺼내어 미진의 입안에 집어넣었다.

"오물오물오물, 꿀꺽! 오빠, 국물!"

"……에라이."

종혁이 국물을 퍼 주자 한 번 더 놀란 미진은 이내 배시시 웃으며 국물을 홀짝였고, 종혁은 피식 웃으며 떡볶이와 튀김을 시켰다.

"잘 먹고 갑니다. 많이 파세요."

"안녕히 계세요!"

"잘 가요. 또 와요!"

손을 흔드는 아주머니를 뒤로하고 다시 거리에 올라서니 미진이 와락 종혁을 껴안으며 음흉한 미소를 짓는다.

"뭐야, 뭐야. 나 오늘 승부속옷 입었어야 되는 거야?"

따아악!

"……꺄아아악!"

"그냥 설명하기 귀찮아서 그런 거니까 까불지 마라, 짜샤."

"우씨! 오늘은 나한테 어울려 주기로 방금 전 암묵적으로 협의된 거 아니었어? 요?"

"그래도 지켜야 할 선은 있는 거지."

"칫. 아저씨, 그러다 진짜 노총각으로 늙는다."

"그러든가 말든가. 그보다 군부대 근처 상황은 좀 어때?"

종혁의 권유에 의해 군부대 근처에 진출한 드바 로마노프.

"하. 내가 진짜……."

고개를 저은 미진은 이내 진지해졌다.

"대박이 터졌죠. 오빠 컨설팅에 따라 군인이 필요로 하는 용품을 구비해 놓으니까 거의 매진이에요."

특히 겨울이 되자 핫팩과 보습크림, 핸드크림, 기능성 속옷이나 양말, 심지어 위장크림까지 연일 매진 행렬이다.

"야, 제품군 설정은 내가 아니라 네가 다……."

"현재 드바 로마노프 코리아 내년 예상 매출 중 4퍼센트가 군부대에서 나올 거라 추정되고 있어요."

"……굉장하네."

진출하자마자 공격적으로 사세를 확장하면서 현재 서울에만 2백 개가 훌쩍 넘는 매장을 보유한 드바 로마노프.

정말 어마어마한 수치라고 볼 수 있었다.

"그보다 더 고무적인 건 그렇게 우리 로마노프를 이용하다 제대한 남성들이 충성고객이 되어 준다는 거예요."

그냥 충성고객이면 말도 안 한다.

자신의 친구들에게까지 적극적으로 전파를 하니 남성 의류나 화장품, 샴푸 등의 매출이 상승세를 그리고 있었다.

"꽤 흥미로운 데이터예요."

"음? 러시아도 그러지 않아? 남자들은 웬만하면 다 거기서 거기일 건데?"

"러시아 남자들이요? 아니면 중국 남자들이?"

얼굴에 로션이라도 바르면 다행이다. 남성용 속옷이나 의류는 제법 팔리지만, 대부분 남성이 직접 와서 구매하는 게 아니라 어머니나 부인 등이 와서 사 가는 거다.

여전히 드바 로마노프를 찾는 고객 중 90퍼센트는 여성이었다.

그런데 한국은 좀 달랐다. 남성의 비율이 조금씩이지만 꾸준히 상승하고 있었다.

"이 빅데이터를 조금만 더 모아서 연구한다면 시장을 키울 수 있을 것 같아요."

맞춤형 상품이나 이벤트 등 남성용 제품 시장의 규모를 키우는 거다.

'휘유.'

종혁은 어느새 눈빛이 날카로워진 그녀를 보며 혀를 내둘렀다.

"……아, 뭐야. 왜 쉬러 와서 일 이야기를 해야 하는 건데."

"오케이. 알았어. 다 왔어."

종혁은 롯데월드를 가리켰고, 미진은 종혁을 째려봤다.

"지금부터 3시간은 나한테 투자하는 거 잊지 마요."

"알았다니까."

올해 무리한 부탁을 들어줬던 그녀. 당연히 어울려 줄 수밖에 없었다.

그들은 롯데월드 안으로 향했다.

촤악! 촤악!

"꺄르르."

"호호호!"

저녁 10시가 넘어서 그런지 빙판을 가르는 사람들이 많이 사라진 아이스링크.

쿵!

손을 놓자마자 넘어진 미진이 종혁을 노려보고 종혁은 피식 웃었다.

"너도 진짜 어지간하다."

벌써 몇 번째 엉덩방아를 찍는 걸까. 정말 어지간했다.

"……나 안 해."

벌떡 일어난 미진은 꾸물거리며 출구로 향했고, 종혁은 비실비실 웃으며 그녀의 뒤를 따랐다.

"뭐야, 삐졌냐?"

"갈 거예요. 이제 중국 갈 거야."

"알았어. 알았으니까 가기 전에 커피라도 마시고 가."

출구 바깥의 벤치에 그녀를 강제로 앉힌 종혁은 따뜻한 음료를 사 가지고 왔고, 그런 그를 째려본 미진은 그래도 거부하지 않고 음료를 홀짝였다.

달달한 유자차가 입안을 적시자 그녀의 표정이 살짝 누그러졌다.

"몇 시 비행기라고 했지?"

"새벽 1까지는 공항에 도착해야 돼요."

여기서 출발해 공항까지 갈 걸 생각하면 놀 시간은 겨우 2시간 정도밖에 안 남았다.

'그런데!'

"오케이. 항복. 내가 다 잘못했어."

미진은 얼굴을 구겼다.

일반적인 보통의 남성과 달리 자신이 뭘 잘못했는지 확실히 아는 종혁. 그래서 화를 낼 수가 없다.

"크큭. 시간도 얼마 안 남았으니까 얼른 마시고 타자."

"……아, 진짜 얄밉다."

고개를 저은 미진은 유자차를 홀짝이며 종혁을 봤다.

폐장 시간이 가까워지자 더 조용해진 아이스링크를 가

만히 응시하는 종혁. 무슨 생각을 하는 건지 우수에 젖은 눈빛에 입술이 달싹인다.

하지만 열리진 않는다. 지금 마음속에서 떠오른 말은 종혁의 각오를 무시할 수도 있는 말이기에 꾹 누른다.

대신 그녀는 손을 움직였다.

'응?'

종혁은 자신의 손등을 덮은 미진의 손에 피식 웃고는 그 손을 토닥이며 빙판을 가르는 사람들을 지켜봤다.

아무 걱정이 없다는 듯 웃음꽃을 피우는 그들.

"자, 이제 다 마셨으면 일어나자."

"……그래요! 얼른 놀아야지!"

"그래, 비행기에선 꼭 파스 바르고."

"언젠가 꼭 죽여 버릴 거야. 물론……."

따악!

"아, 진짜!"

그때였다.

"저, 손님. 죄송하지만 곧 폐장 시간이라서요."

움찔!

"아, 그렇습니까?"

종혁은 아쉬워하면서도 고개를 끄덕이는 미진의 모습에 목구멍 밖으로 튀어나오려는 말을 누르며 몸을 일으켰다.

"알겠습니다. 알려 주셔서 감사합니다. 나가자."

남는 시간은 근처 카페에서 이야기를 나누면 될 듯싶었다.

미진은 고개를 끄덕이며 손을 내밀었고, 종혁은 그 손을 잡아 몸을 일으켰다.

그 순간 그런 그들의 뒤로 한 소녀가 스쳐 지나갔다.

'어?'

순간 돌아가는 종혁의 고개.

종혁은 옆 벤치에 앉아 아이스링크를 응시하는 소녀를 보고 눈을 동그랗게 떴다가 툭 배를 두드리는 미진을 쳐다봤다.

"뭐야, 뭐야. 저렇게 어린 게 타입이었어요?"

"……혼난다, 진짜."

어찌 감히 저 소녀, 아니 피겨 여왕을 보고 그런 말을 할 수 있을까.

'연습할 링크가 없어 이런 폐장 시간에 와서 짬짬이 연습한다더니…….'

나라를 대표할 영웅의 처우가 이렇다는 것에 가슴이 아팠다.

'그래도 성실하네.'

ISU 2006-07 피겨 그랑프리 파이널에서 우승한 지 얼마 되지 않았음에도 이렇게 링크에 나온 소녀.

참 기특했다.

"흐음……."

"정말로 저 선수처럼 슬림한 몸매가 타입이었어요?"

"어? 알아?"

종혁은 깜짝 놀랐고, 미진은 코웃음을 쳤다.

"왜 몰라요. 나도 사업하는 사람인데."

세계에 역사를 써 가고 있지만, 정작 고국인 한국에선 잘 모르는 소녀. 아직은 타이밍이 안 맞아서 접근하지 못할 뿐이다.

'호?'

"역시 우리 미진이. 근데 이런 눈썰미를 가지고 아깐 왜 그렇게 일부러 넘어졌나 몰라?"

운동신경이 부족해서 넘어진 게 아니라 일부러 계속 넘어졌던 그녀.

"네?!"

미진은 눈을 동그랗게 떴다.

하지만 그것도 잠시였다. 미진의 얼굴이 화르륵 불타올랐다.

"이씨이! 알고 있었다면 말해 주든가!"

"아니, 난 오늘 하루 내숭 떠는 걸로 합의됐나 했지."

그래서 계속 오빠, 오빠 하던 것도 참아 줬다.

"야아-!"

미진은 종혁을 잡기 위해 달려들었고, 종혁은 다급히 몸을 날렸다. 그렇게 2006년도 저물어 가고 있었다.

* * *

2007년 새해가 밝았다.

예년처럼 대강당에 모여 이택문 경찰청장의 연설을 들

으며 시무식을 마친 종혁은 본청 지하의 사무실로 향했다.

"아니, 고사리는 그쪽이 아니라니까!"

"생선은 이쪽!"

깔끔하게 청소된 복도에 차려지는 고사상.

정복을 깔끔하게 차려입은 간편신고관리과 소속 경찰들 모두 열을 맞추어 줄을 서고 정용진 과장이 돼지머리에 10만 원 수표를 꽂는다. 그걸 필두로 종혁이나 김판호 등 팀장급들도 수표를 꽂는다.

그와 함께 진중해지는 분위기.

"올 한 해는 제발 별사건 없이 지나가게 해 주십시오."

범죄자가 모두 사라져 실직자가 되어도 좋다.

경찰들은 제발 그래도 좋으니 범죄만 일어나지 않게 해 달라고 간절히 기원을 하며 절을 올렸다.

스읍! 슥!

"자, 그럼 음복들 하자고!"

"난 밥 좀 더 줘! 아침 안 먹었어!"

순식간에 시끄러워지는 복도. 다른 형사들과 마찬가지로 전을 입에 문 종혁은 자리로 향했다.

"아, 진짜 올해는 별 탈 없이 지나갔으면 좋겠네요."

다사다난했던 작년 한 해.

"제발 그러길 바라야지. 응? 최 팀장, 그건 뭐야?"

"아, 이거요?"

종혁은 들고 있던 쪽지를 만지작거리며 입술을 비틀었다.

[바이칼호 보물선 인양은 사기입니다.]

작년 11월 즈음 종혁의 앞으로 배달된 한 권의 책 사이에 끼워져 있던 쪽지.

내부고발자건 아니건 어떤 의로운 사람이 보낸 제보였다.

그런데 여기서 문제는 종혁이 이 바이칼호 보물선 인양 사기 사건에 대해 알고 있다는 점이다.

'2007년 바이칼호 보물선 인양 사기 사건.'

회귀 전 종혁이 쫓은 그 조직 놈들의 꼬리. 그 조직의 놈들이 벌인 사기로 강력하게 추정되던 사건이다.

정확히는 놈들의 역사가 무척이나 깊다고 판단하게 만든 사건.

정체불명의 제보자는 그런 사건을 제보한 것이다.

은밀함과 철두철미하기가 이루 말할 수 없는 그 조직의 놈들이 설계하는 사건을. 전국 어디를 뒤져 봐도 보물선의 보 자도 나오지 않는, 아직 벌어지지도 않은 사건을.

'넌 누구냐?'

쪽지를 보는 종혁의 눈이 매섭게 빛나기 시작했다.

"팀장님? 과장님께서 1시간 뒤에 모이시랍니다."

"어, 알았어."

쪽지를 서랍에 넣은 종혁은 담배를 물며 몸을 일으켰다.

* * *

정용진 과장의 사무실에 모인 간편신고관리과와 특별수사팀 팀장들이 도란도란 이야기를 나눈다.

"올해 신년사 들은 사람 있어?"

"듣기만 했겠습니까? 그놈의 부동산값은 왜 또 건드리려고 지랄이래. 염병할, 난 아직도 전센디……. 1팀장은 좋겠네! 부동산값 오르면 월세도 오르잖여!"

"하나 싸게 넘겨 드릴까요? 강남 8학군 쪽으로?"

"형! 싸장님!"

"국립공원 입장료가 폐지됐다며?"

"산림청이랑 119 애들만 죽어나는 거지, 뭐."

손에 커피나 차를 든 채 웅성거리는 그들.

철컥!

문이 열리며 정용진이 들어오자 모두 입을 다문다.

하지만 그것도 잠시다. 잔뜩 피로한 정용진의 얼굴을 본 그들은 웃음을 터트리고 말았다.

"수고하셨습니다."

"욕보셨습니다."

이택문 경찰청장이 주관하는 고위 간부 회의에 다녀온 정용진 과장.

올 한 해 주의하거나 유의할 점들에 대한 이야기를 나누는 간단한 회의지만, 높으신 양반들이 있는 자리라 참관을 하는 것만으로도 기가 빨릴 수밖에 없다.

하지만 그 웃음도 잠시다.

마치 나만 힘들지 않을 거라는 듯 의미심장하게 웃는

정용진의 모습에 팀장들은 입을 다물 수밖에 없었다.

그에 정용진은 더욱 진한 미소를 지었다가 돌연 진지한 표정을 지었다.

"일단 아까 시무식 청장님 연설에서도 들었겠지만, 올 상반기가 지나기 전 전국 지청에 자살 사건 전담반과 자살예방 센터, 학교폭력 상담센터가 신설될 겁니다."

"이야, 그게 생기긴 생기네."

"빠른데? 진짜 뭔 일이래?"

종혁도 동감이라는 듯 고개를 끄덕였다. 자살 사건 전담반을 제외한 나머지 센터는 빨라도 1년은 걸릴 거라고 생각했기 때문이다.

"이에 저희 간편신고관리과도 하나로 엮였으니 그렇게들 아시고……."

"아아!"

"아이고."

피해자들이 어디로 신고를 하겠나. 112 아니면 인터넷 신고다.

그제야 정용진이 짓던 미소의 의미를 알게 된 신고 관리 및 모니터링 팀장들은 앞으로 폭증할 신고에 머리를 쥐어뜯기 시작했다.

"아무튼 상부 지시 사항은 이러니 모두 유념해서 업무에 임해 주세요. 자, 그럼 해산. 수사팀은 남으시고요."

"수고하십쇼."

"수고해."

그렇게 특별수사팀 팀장들만 남겨지자 정용진이 세 개의 서류를 꺼낸다.
"하나씩 골라잡으세요."
새해 첫 사건.
첫 사건을 잘 만나야 올 한 해 다른 사건들도 잘 만나고 또 잘 풀린다는 미신이 있기에 긴장을 하며 서류가 담긴 노란 대봉투를 본 팀장들은 고개를 모로 기울였다.

[청소년] [사기] [비리]

"이런 장난을 좋아하시는 줄은 몰랐는데 말이죠."
종혁의 말에 김판호와 윤선빈은 고개를 끄덕였다.
"새해 첫 사건이니만큼 약간의 재미를 줘 봤습니다."
전혀 재미가 없지만, 그래도 종혁을 비롯한 셋은 심각하게 고민을 했다. 아니, 서로 눈치를 봤다.
분명 셋 다 심각한 사건일 거다.
하지만 미신은 미신이기에 그들은 진지해질 수밖에 없었다.
"아따 그럼 골라 보실……."
턱!
"협의도 없이 그러면 안 되지, 2팀장."
"얼레? 나 2팀장인디? 찬물도 위아래가……."
"그럼 1팀장인 제가 먼저……."
턱턱!

“에헤이. 가장 어린 양반이 이러면 안 되제. 장유유서, 노인공경 몰러?”

“노인공격은 압니다만?”

순간 팽팽하게 당겨지는 공기.

살벌하게 웃는 세 팀장의 모습에 정용진은 흐뭇하게 웃으며 녹차를 들이켰다.

“……그냥 공평하게 가위바위보로 하죠.”

“오케이! 안 내면 술래! 가위, 바위, 보!”

“아자!”

“에이.”

“그럼 전 이걸 맡겠습니다.”

승자가 된 종혁은 ‘비리’라고 적힌 사건을 끌어왔고, 김판호와 윤선빈은 눈을 동그랗게 떴다. 제일 골치 아파 보이는 단어를 종혁이 가져갔기 때문이다.

“아따, 최 팀장이 저거 가져갈 거라고 생각했으믄 이렇게 싸울 필요도 없었는디……. 그럼 난 이걸로 할까나?”

“우연이네요. 나도 처음부터 이걸 고르려고 했는데.”

김판호가 ‘사기’를 가져가고, 윤선빈은 ‘청소년’을 가져가자 정용진은 찻잔을 내려놓으며 손뼉을 짝 쳤다.

“그럼 모두 불만 없을 거라고 생각하겠습니다. 그럼 업무 시작하세요.”

“예. 과장님도 수고하쇼잉.”

“수고하십쇼.”

서류를 옆구리에 끼며 일어서는 그들.

그런 그들과 함께 일어서던 정용진은 순간 아차 했다.

"아, 최 팀장."

"예?"

"홍보담당관님께서 찾으십니다. 홍보부로 가보세요."

"……왜요?"

종혁은 눈을 껌뻑였다.

* * *

"충성. 경정 최종혁."

"어이쿠! 어서 와. 어서 와!"

사무실을 너구리 소굴로 만들 만큼 담배를 뻑뻑 피우던 홍보담당관이 양팔 벌려 맞이한다.

"내 사무실은 처음 오지? 뭐 마실래? 녹차? 커피? 이번에 보성에서 아주 질 좋은 녹차가 들어왔는데, 그거 마실래?"

순간 종혁의 눈이 가늘게 떠진다.

최고위 간부가 너무도 기껍게 반긴다. 느낌이 쎄할 수밖에 없었다.

"그러셔도 홍보부는 아직 생각 없습니다."

"아, 왜! 아, 아니 그것 때문에 부른 게 아니고…… 그런데 왜?"

"어차피 청장님께서 물러나시면 담당관님도 인사 이동을 하시지 않습니까. 담당관님도 안 계실 텐데 와 봤자……."

청장이 바뀔 때마다 교체되는 홍보담당관.

지금 눈앞에 있는 홍보담당관이야 최기룡 전 청장의 파벌이고 현 경찰청장인 이택문과 긴밀한 끈이 있어 계속 홍보담당관으로 있었지만 이젠 그것도 한계다.

올 7월 이택문이 경찰청장 임기를 마치고 물러나면 다른 부서로 이동해야 했다.

작은 아부에 홍보담당관의 얼굴에 함박웃음이 걸렸다.

"으허헛! 그런 거였나? 최 팀장이 날 이렇게까지 생각해 주는지 몰랐구만?"

"하하."

"앉아, 앉아."

종혁이 자리에 앉자 홍보담당관은 녹차를 타 왔다.

"잘 마시겠습니다."

후룩!

고소하고 씁쓸하게 입안을 적시는 녹차의 향이 시무식 때문에 이른 아침부터 움직이느라 쌓인 피로를 덜어 준다.

그렇게 종혁의 표정이 풀어지자 홍보담당관은 고개를 끄덕였다.

"오늘 간부 회의 내용은 들었지?"

"예. ……아, 혹시?"

홍보담당관은 헛기침을 했다.

"흠. 청장님 임기가 몇 달 안 남았다 보니까 방송국 이놈들이 간을 보나 보군요."

"작년에 주한빈 그 역적 놈이 거하게 말아먹은 것도 있고."

종혁이 애써 다져 놓았던 경찰의 이미지를 광대로 만든 주한빈.

작년 경찰의 날 특집 예능은 또 어땠는가.

잘해 보고자 편집에 관여했다가 시청률을 대차게 말아 먹었다. 재미가 없다고 말이다.

그래서 방송국이 더 콧대를 세우는 중이었다.

'어이구. 그러니까 편집은 최소한만 관여하라니까.'

하지만 주한빈이 경찰 이미지에 똥칠을 해 버리는 바람에 편집에 깊이 관여를 해서라도 경찰 이미지를 지켜야 하는 상황이었기에 종혁은 이해하기로 했다.

"그렇다고 냅다 족쳐 버리자니……."

별다른 명분이 없는 지금으로선 언론에 대한 탄압이란 말이 나오게 될 위험성이 컸다.

'하, 이 새끼들 봐라?'

종혁 본인이 경찰 이미지 마케팅팀에서 물러난 지 1년이 채 되지도 않았는데도 과거를 잊고 나대는 꼴을 보니 속이 뒤집어진다.

"무슨 방법이 없겠어?"

"아니, 그걸 홍보부 소속도 아닌 제게 왜……."

종혁은 일단 발을 뺐다.

"이 은혜 꼭 갚지. 아니, 내가 어디에 있든 최 팀장이 해 달라는 거 다 해 줄게."

"일단 운동선수들을 대상으로 한 공익광고부터 찍으시죠."

마치 기다렸다는 듯이 나온 말에 홍보담당관의 얼굴이 확 밝아졌다.

"역시 최 팀장! 이 꾀주머니! ……그런데 운동선수를?"

"이번 도하 아시안게임이 도하의 기적, 아니 어게인 방콕이라 불렸을 정도로 인기가 있었잖습니까."

게다가 운동선수의 이미지가 뭐던가.

바로 끈기와 열정, 성실이다.

"오?! 그거……."

"예. 저희 경찰의 이미지에 부합됩니다."

"좋군. 추천해 줄 만한 선수 있나?"

홍보담당관은 금세 종혁의 말에 빠져들었다.

"일단은 김태환 그 친구가 있겠죠."

"아, 마린보이? 그렇게 불리는 맞지?"

"예. 그 친구도 있고…… 흠."

순간 종혁의 머릿속에 한 선수가 스쳐 지나간다.

불과 며칠 전 봤던 어린 소녀. 훗날 피겨 여왕이라 불리는 선수.

"최 팀장?"

"아, 다른 선수도 많습니다. 그들 중 인성에 문제없는 선수만 골라서 명예 경찰 임명 및 경찰 홍보대사로 위촉하고, 그중 비인기 종목 선수들은 저희 경찰이 산하 스포츠팀을 만들거나 지원을 하는 겁니다."

"경찰청 야구단이나 축구단처럼?"

종혁은 고개를 끄덕였다.

이번 도하 아시안게임에서 종합성적 2위를 거둔 한국이다.

비인기 종목에서도 메달이 나와 줬기에 가능한 성적.

아직 도하의 기쁨이 사라지지 않은 상황이니 비인기 종목을 지원할수록 정부 예산을 더 끌어올 수 있었다.

여기에 아무도 지원하지 않는 비인기 종목을 경찰이 지원하는 거니 명예까지 얻을 수 있는 상황.

홍보담당관의 몸이 후끈 달아올랐다.

"또?"

"e스포츠 게임단은 특히 설립해야 됩니다."

"e스포츠? 아, 컴퓨터 게임? ……그걸?"

"요새 10대, 20대들이 대통령님 이름은 몰라도 e스포츠 선수 이름들은 쫙 꿰고 있습니다. 컴퓨터 게임이라고 무시하시면 안 됩니다. 저희와 세대가 다릅니다."

"에이, 설마."

"작년에 공군이 왜 게임단을 만들었습니까? 바로 e스포츠에서 전설이라 불리는 한 선수 때문이었습니다."

"……맞아. 그랬지. 그랬어."

그땐 공군이 미쳤다고 생각했는데, 지금 종혁의 말을 들어 보니 아닌 것 같다.

홍보담당관은 눈을 빛냈다.

"만약 우리가 산하 게임단을 만든다면 20대의 지지를 받을 수 있겠군?"

"의경 지원율이 지금보다 더 높아질 겁니다."

보통 의경 생활을 하다 순경으로 지원을 하는 경우가 많은데, 이런 지원자가 많아질수록 경찰은 보다 더 양질의 경찰을 뽑을 수 있기에 일석이조라고 봐야 했다.

"훌륭해. 역시 최 팀장이야."

겨우 말 몇 마디 나눴을 뿐인데 가슴이 뻥 뚫리는 것 같다.

"하하. 그보다 이미지 마케팅팀 애들은 좀 어떻습니까?"

"청장님이 선별하고, 최 팀장이 키운 애들인데 어련할까."

"하하하. 더 하실 말씀이 없으시면 이만 일어나 보겠습니다."

"후. 방송국 쪽 일도 좀 고민해 줘. 부탁한다."

"일단 스포츠 선수 명단도 추려서 보내 드리겠습니다."

"아, 그래 줄래? 하, 진짜 이 신세 꼭 갚을게."

종혁은 아니라는 듯 고개를 저었다. 이 명단에 작은 욕심을 부릴 것이기 때문이다.

'손연아 선수를 여기다 넣으면 되겠지.'

피겨 여왕 손연아. 훗날 대한민국을 대표할 선수를 경찰이 먼저 알아보고 지원을 하는 거다.

힘들 때 도와줘야 더 뇌리에 남는 법. 손연아 선수나 경찰 모두 윈윈 하는 일이었다.

의미심장하게 웃은 종혁은 경례를 하고 돌아섰다.

* * *

'흠. 나도 따로 지원을 해 볼까?'

그녀가 성공한다고 해서 딱히 이득이 되는 건 없지만, 그래도 제대로 된 지원을 받지 못해 그 늦은 밤에서야 겨우 스케이트를 타려는 모습을 보자니 좀 안쓰러웠다.

'그래. 그냥 전용 링크장 하나 지어 주자. 그래도 우리나라를 대표하는 선수인데…… 응?'

"뭐야. 다 어디 갔어?"

종혁은 텅 비어 버린 사무실에 눈을 동그랗게 떴다.

"몰라요. 과장님께 다녀오시자마자 다 데리고 나가시던데요?"

"아, 그래?

'과장님께서 주신 사건들 때문인가 보네.'

"그런데……."

"응?"

"2팀장님이나 3팀장님 모두 나가실 때 팀장님 자리를 묘한 눈빛으로 쳐다보고 가시더라고요."

"내 자리를? 왜?"

"그, 글쎄요?"

"흐음. 알았어."

'뭐지?'

종혁은 의아해하며 자리에 앉았고, 최재수는 눈을 빛냈다.

"그런데 팀장님은 어디 다녀오신 거예요?"

"아, 난 잠시 홍보담당관님이 불러서."

"홍보담당관님이요? 왜요? 혹시 저희 이번 달에 부서 옮겨요? 다음 인사 이동 때 옮긴다면서요?!"

의자를 뒤로 젖힌 채 눈을 감고 있던 오택수도 벌떡 일어난다.

"아니, 아니. 그런 건 아니고, 그냥 잠깐 다른 이야기 나눌 게 있어서 다녀왔던 거야."

"아……."

가슴을 쓸어내린 최재수는 다시 하던 일을 시작했고, 몸을 일으킨 오택수가 슬그머니 다가왔다.

"그래서 올해 첫 사건은 뭔데? 그거야?"

"아, 예."

"얼른 까 봐. 무슨 사건인데?"

"아, 거 더럽게 급하네."

"뭐 인마?"

"알았어요. 확인합니다, 해."

고개를 저은 종혁은 대봉투에서 사건 파일을 꺼냈고, 그대로 굳어 버렸다.

"어? 이거 소연지 씨 사건 파일 아니에요? 어? 다른 피해자 파일도 있…… 이 사람은 스피드 스케이팅 선수네요?"

최재수는 이게 어찌 된 영문인지 몰랐지만, 오택수는 단번에 새해 첫 사건이 뭔지 알아차렸다.

"……아, 이거 그거네! 지금 빙상협회 비리를 조사해 보라는 거지? 맞지?"

"예…… 아무래도 그런 것 같네요."

'푸핫! 이거 봐라? 방금 전 홍보담당관에게 운동선수를 추천했는데, 스포츠 협회를 조사하라고?'

왠지 운명의 장난처럼 느껴진다. 그러며 동시에 김판호와 윤선빈이 왜 자신의 자리를 묘한 눈빛으로 봤는지도 이해가 된다.

분명 그들이 맡은 사건도 자신처럼 자살카페의 피해자들과 연관이 됐을 터.

'하, 이 양반.'

종혁은 지금쯤 웃고 있을 정용진 과장을 떠올리며 고개를 저었다. 하지만 그것도 잠시다.

'빙상협회라…….'

종혁의 눈이 빛나기 시작했다.

* * *

"이야, 이게 얼마 만이야?"

종혁의 은사이자 동일고 유도부 감독이었던 신성일이 사무실 문을 열고 들어오는 종혁을 발견하곤 함박미소를 짓는다.

"최종혁, 엎드려."

순간 돌변하는 신성일의 표정.

"에이 씨."

종혁은 다급히 엎드렸고, 다가온 신성일이 종혁의 엉덩이를 후려쳤다.

짜악!

"누가 어? 그런 위험한 곳에 들어가라고 했어! 내가 TV 보다가 얼마나 놀랐는지 알아?!"

작년에 일어났던 우봉리 사태.

시위대에 경찰 간부가 잡혀갔다며 종혁의 사진이 나왔을 땐 심장이 멎는 줄 알았다.

"아우, 내가 정말 그때만 생각하면!"

뒷목에서 식은땀이 좔좔 흐른다.

"일어나!"

"흐흐흐."

"썩을 놈이 웃기는……."

"하하. 잘 계셨죠? 이쪽은 제 팀원들이요."

"학창 시절 고생 많으셨겠습니다. 오택수 형사입니다."

"최, 최재수 경장입니다!"

종혁을 이렇게 함부로 대하는 사람이 있다는 것에 놀란 최재수.

신성일은 푸근히 웃으며 손을 내밀었다.

"이 막 나가는 놈과 어울리느라 고생들 하십니다. 유도협회 부회장 신성일입니다."

그랬다. 신성일은 어느덧 유도협회의 부회장이 되어 있었다.

회귀 전, 학창 시절 막 나가려던 종혁을 때리고 얼러가며 어떻게든 엇나가지 않게 만들려고 노력했던 은사 신성일.

또 회귀 후에는 종혁의 하고자 하는 걸 적극 지원해 주었던 감독님.

종혁은 그 은혜를 갚고자 그를 유도협회의 협회장으로 만들려고 했고, 그 작업은 현재까지도 진행 중에 있었다.

"일단 내놔."

종혁은 손을 까딱이는 신성일의 모습에 고개를 모로 기울였다.

"뭘요?"

"뭘 물어보려고 온 거 아니었어? 애들 회식비 내놔라, 인마."

"허! 누가 보면 회식비 맡겨 놓은 줄 알겠네. 이 양반 왜 이렇게 밝히게 된 거지?"

"이 양반? 이 양-반? 이놈의 자식이!"

"여기 있습니다."

종혁은 냉큼 신성일의 손바닥 위에 1억짜리 수표를 올려놨고, 신성일은 혀를 내둘렀다.

"크! 역시 졸부는 씀씀이가 달라도 달라?"

"졸부라뇨. 옛 제자한테 그런 나쁜 말을 해도 되는 겁니까?"

"옛 제자가 아니라 지금도 제자다, 짜샤. 그리고 너한테 역사가 있냐, 철학이 있냐? 그런 거 없으면 싹 다 졸부야, 인마."

코웃음을 친 그는 전화기를 들어 비서를 불렀다.

"네, 부회장님."

“이거 30퍼센트는 유도 발전기금으로 처리하고, 나머지는 유도 꿈나무 육성기금에 넣으세요. 아, 천만 원은 국대 회식비로 돌리고 이놈 앞으로 기부영수증 끊어 주세요. 이놈이 누군지는 알죠?”

“허억! 예, 예! 알겠습니다!”

비서가 나가자 신성일은 자리를 권하고는 사무실 안에 비치된 온장고에서 음료수를 가져왔다.

“이거 대접할 게 이것뿐이라 죄송합니다.”

“아이구, 제가 꿀차를 좋아하는 건 또 어떻게 아시고…….”

“잘 마시겠습니다!”

종혁은 따뜻한 솔잎차를 넘겨받으며 얼굴을 구겼다.

“줘도 뭘 이런 걸…….”

“주는 대로 먹어, 인마.”

“끙. 요새 좀 어떠세요?”

“어떻긴. 곧 2차 선발전이라 죽을 맛이지.”

2007년 9월에 열리는 세계 유도 선수권 대회.

그 출전 선수를 뽑기 위한 2차 선발대회가 2월에 열린다.

1차 선발대회는 전국대회 이후에 열리는 회장기 대회다.

“이후엔 너도 알다시피 자체 선발전 열어야지, 또 선수권 대회가 열리는 브라질 현지에 가서 적응 훈련을 시켜야지, 숙소 잡아야지, 아주 일감이 산더미야.”

그러니 얼른 말하라는 신성일의 눈빛에 종혁은 느긋이 솔잎차를 들이켰다가 얼굴을 구겼다.

"쯧. 다른 문제는 없으시고요?"

"다른 문제?"

"청탁이나 파벌 싸움이요."

움찔!

신성일의 낯빛이 굳는다.

이렇게 직설적으로 말할지 몰랐던 오택수와 최재수도 종혁을 보며 기겁한다.

"……경찰이 칼을 뽑은 거냐?"

"아직 여긴 아니고요. 빙신이요."

"빙상협회?"

대한빙상경기연맹. 통칭 빙상연맹 혹은 빙상협회.

일부에선 하도 병신 짓거리를 많이 해서 빙신이라고도 부른다.

"후. 하긴 그쪽이 지랄 맞긴 더럽게 지랄 맞지. 아, 그래서 날 찾아온 거구…… 이 시끼!"

빠악!

돌연 종혁의 팔뚝을 후려친 신성일이 씩씩거린다.

"감히 하늘 같은 스승을 시험해?!"

방금 전 준 1억. 그건 종혁의 시험이었다.

종혁은 불같이 화를 내는 그의 모습에 뜨끔했지만, 이내 정말 억울한 표정을 지었다.

"제가 감독님을 시험을 할 거였으면 고작 1억을 내놨겠어요? 한 10억쯤 내놨지? 우리 엄마가 한 달에 버는 돈이 얼만데."

"……쓰벌. 일리 있는 말이라 뭐라 할 수도 없고. 조심해. 지켜본다."

"사랑합니다."

"난 안 사랑해."

콧방귀를 뀐 신성일은 담배를 물었다.

정말 형사다워진 종혁의 모습에 흐뭇함이 들기도 하거니와 지금부터 할 말은 꽤 복잡한 내용이기 때문이다.

"아무튼 그래서요? 태릉에서 자주 부딪치니까 잘 아실 거 아니에요?"

"흠…… 일단 빙상 파벌이 한체대와 비한체대로 나뉘는 건 아냐?"

"네, 뭐. 어렴풋이 알 수밖에 없었죠."

종혁은 태릉선수촌 때의 일을 떠올리며 고개를 끄덕였다.

단체전에 함께 출전하는 선수들끼리도 무리가 나뉘어 움직이던 선수들.

이는 비단 빙상 스포츠만의 문제가 아니라, 대부분의 스포츠에 만연한 문제이지만 유독 빙상의 경우가 심하다 할 수 있었다.

대중매체를 통해서만 선수들을 접하는 대중들과 달리, 현역 선수로서 생활했던 종혁은 모르고 싶어도 알 수밖에 없었다.

그게 아니더라도 회귀 전 터졌던 이슈들을 기억하고 있기에 피부로 체감했던 것 이상으로 종혁은 여러 가지를 알고 있었다.

신성일은 담배 연기를 뿜으며 말을 이었다.

“그게 선수들끼리만의 문제가 아니라, 코치들을 중심으로 파벌이 나뉘어져 있는 거라 훈련도 제대로 안 돌아가고 있을 거다. 한국 유도는 네가 있어서 천만다행이었던 거지.”

종혁이 개발하고 배포한 최첨단 훈련법으로 선수를 훈련시키는 현 유도계.

물론 지금도 일부 감독들은 자기 입맛대로 검증조차 제대로 되지 않은 훈련법으로 선수를 혹사시키지만, 대부분은 종혁이 배포한 훈련법을 바탕으로 선수들을 훈련시키고 있다.

그 결과가 이번 도하 아시안게임의 성적이다.

남녀 유도 전 체급 메달 획득. 금메달만 8개가 쏟아졌다.

그런 그들, 신성일이 봤을 때 빙상의 훈련은 주먹구구식 그 이하였다. 협회 운영도 말이다.

“솔직히 툭 까놓고 말해서 빙상은 선수들이 잘나서 유지되는 거야. 타고난 놈들이 워낙 많아서.”

거지같이 지원해도 알아서 메달을 따 오니 지원을 늘릴 이유가 있을까. 빙상협회는 부패와 비리의 온상이었다.

“아무나 찌르고 들어가도 고구마 줄기 엮이듯이 줄줄이 딸려 나올 거다. 흠…… 그리고 또 뭐가 있더라…….”

신성일은 비록 종목은 다르지만 그래도 스포츠란 카테고리 안에 있는 협회의 임원이기에 알 수 있는 정보를 떠올리려고 노력하다가 이내 고개를 저었다.

"일단 지금 기억나는 건 이 정도인 것 같네. 도움이 되지 못해서 미안하다."

"아니요. 이 정도도 훌륭한걸요."

종혁이 오택수와 최재수에게 전달하고 싶었던 정보는 모두 전해진 셈이었다. 원하던 목적은 이루었으니 충분했다.

"아무튼 주류는 한체대라는 거죠?"

"그렇지. 더 기억나는 거 있으면 연락할게."

"네, 부탁드릴게요. 감독님도 도움 필요한 게 있으면 바로바로 말해 주시고요."

"필요한 거야 당연히 많지. 일단 강의 좀 부탁하자. 네가 인마, 대한 유도계의 선구자 아니냐!"

현 유도계는 종혁의 등장 전과 후로 나뉜다.

거기다 종혁은 현대 유도계에서 가장 성공한 인물.

"하하. 예, 알겠습니다. 후배들을 위해서라면 얼마든지 해야죠."

"무르기 없기다-!"

'푸흐흐.'

변함없는 신성일의 모습에 안도의 웃음을 흘린 종혁은 몸을 일으켰다.

"그럼 이만 가 보겠습니다. 술 줄이시고, 담배도 줄이시고요."

"너나 술 마시고 담배 피우지 마, 이 자식아!"

"하하. 갈게요."

"종혁아."
"예?"
"정말 아직이지?"
"……갑니다."
돌아서는 종혁의 눈빛이 차갑게 가라앉았다.

"이야아."
유도협회 건물을 나선 오택수가 혀를 내두른다.
윗물부터 아랫물까지 싹 다 썩었다는 건 결코 쉬운 일이 아니기 때문이다.
"그런데 최 팀장."
"예?"
"믿을 만하냐?"
"감독님이요?"
협회 건물을 본 종혁은 피식 웃었다.
"저분을 믿을 수 없다면 세상에 믿을 수 있는 인간은 한 명도 없을 겁니다."
종혁에게 신성일은 그런 사람이었다.
하지만 그것과 유도 협회의 있을지 모를 비리는 별개의 이야기. 부디 신성일이 괴로워하는 모습을 보지 않았으면 했다.
"그럼 일단 타깃은 정해진 것 같으니 거기서부터 찔러보죠."
"비한체대?"

"예. 비주류는 주류가 되기 위해 발악을 할 수밖에 없잖아요."

아마 주류들의 여러 비리를 가득 모아 놨을 거다.

물론 정말 순수하게 선수를 육성하는 선한 사람도 있을 거다.

하지만 그게 누구인지 어떻게 알 수 있을까. 빙상협회의 협회장부터 중학교의 감독과 코치까지 모두 수사 대상이었다.

"그럼 주도하는 세력이 누군지도 알게 될 테죠."

"주도하는 세력이요? 회장이지 않을까요?"

"이런 씨. 넌 조직의 수장이라고 다 그런 줄 아냐?!"

깨갱한 최재수가 수첩을 꺼내 들었다.

"근데 이 정도 정보는 손연지 씨 등 자살카페 피해자……."

빠악!

오택수가 결국 최재수의 뒤통수를 후려친다.

"씨발. 그분들이 우리가 오는 걸 잘도 좋아하겠다! 물론 반겨 주시기야 하겠지. 하지만 우리가 가는 것만으로도 그분들에겐 트라우마가 자극되는 거야!"

"헉! 죄, 죄송합니다."

종혁은 낯빛이 검게 죽는 최재수의 모습에 아니라는 듯 고개를 저었다. 상황을 파악하는 데 최재수가 말한 방법이 가장 빠르긴 하기 때문이다.

"재수야."

"예."

"범인 잡자고 괴물이 되진 말자."

"죄송합니다……."

"그래. 우리가 조금만 더 발품을 팔면 되는 거야."

그러면 되는 거다.

"그와 비슷한 의미에서 피해자들을 괴롭힌 그 가해자 새끼들도 만날 수가 없는 거고."

현재 그들은 빙상협회를 노리고 있는 중이다.

파벌 어쩌고저쩌고를 언급했다가 그게 협회의 귀에 들어가면 골치 아픈 일이 생길 수밖에 없었다.

귀찮더라도 발품을 팔아야 했다.

"아오, 어디서부터 뒤져 봐야 되는 거냐."

빙상협회에 원한을 가진 비주류 체대의 선수.

그러면서도 운동에 미련이 안 남은 사람.

일단 이런 사람부터 확보를 해야 이번 수사를 시작할 수가 있었다.

"뭐, 체대들을 뒤지다 보면 발견할 수 있겠죠."

그게 언제가 될지는 장담할 수 없지만 말이다.

"일단 오늘은 이쯤하고 해산합시다. 꽤 장기전이 될 것 같으니까 집에 가셔서 가족들과 시간 보내고 내일 8시까지……."

띠리링! 띠리링!

발신자를 확인한 종혁은 얼른 전화를 받았다.

"충성. 경정 최종혁."

-어, 최 팀장! 나야!

"예, 홍보담당관님. 무슨 일이십니까?"

"……?!"

오택수와 최재수가 다급히 종혁을 봤다.

-아니, 최 팀장이 정리해 준 선수 명단 있잖아. 그 중에 손연아 선수에 대해 잘 아나?

"세계그랑프리에서 압도적인 성적을 거두기에 추천을 했습니다만 무슨 문제라도……."

-아니, 아니! 문제는 없고, 어린 친구가 너무 대단하고 기특해서! 그래서 일단 시범적으로 이 어린 친구부터 지원을 해 볼까 하는데 최 팀장 생각은 어때?

"……아, 무슨 말인지 알겠습니다."

한 번에 여러 팀을 창설할 수 없으니 일단 손연아를 지원해 본 후 그 결과에 따라 이후 일을 진행하겠다는 뜻.

"그런 거라면 잘 고르셨다고 볼 수 있습니다. 워낙 기량이 뛰어난 선수이다 보니 분명 다음 대회에서도 훌륭한 성적을 거둘 겁니다."

다음 대회에서 손연아 선수가 입상만 해 줘도 언론 플레이가 쉬워질 터.

"흠. 그런데 그러려면 일반적인 지원이 아니라 그녀의 대외 활동에 어느 정도 지분을 가질 수 있는 계약을 맺어야 할 텐데 말입니다."

그래야 방송국과의 기싸움에서 유리해질 수가 있다.

-……들어와.

"예?"

–이번 계약 최 팀장이 맡아.

종혁은 눈을 크게 떴다.

"괜찮겠습니까? 선배님들께서 반발을 하실 텐데요."

–누가? 최 팀장한테? 최 팀장이 이렇게 밥상을 다 차려 줬는데 양심 없이 숟가락만 얹겠다고? 최 팀장, 우리 애들 그렇게 양심 없지 않다.

"하하. 알겠습니다. 곧 복귀하겠습니다. 충성."

전화를 끊은 종혁은 귀를 쫑긋 세우고 있는 오택수와 최재수를 보며 턱을 쓰다듬었다.

"흠. 이거 잘하면 정보를 조금 얻을 수 있을 것 같네요."

"……?"

종혁은 어리둥절해하는 그들을 보며 의미심장한 미소를 지었다.

*　*　*

"우, 우와."

커다란 본청의 건물을 본 손연아가 쌍꺼풀 없는 눈을 동그랗게 뜬다. 주위를 지나다니는 제복을 입은 경찰 아저씨, 언니들 때문에 더 멋지고 웅장해 보이는 건물.

"어, 엄마. 저, 정말 여기서 스폰서 계약 맺는 거 맞아?"

"으, 응. 분명히 여기로 오라고 했어."

"아니, 왜?"

"그, 글쎄?"

그건 손연아의 어머니도 의문이다.

그저 대한민국 경찰, 이 한국에서 가장 믿을 수 있는 곳에서 지원을 해 주겠다기에 왔을 뿐 그 의도를 모르는 건 마찬가지였다.

뚜벅뚜벅.

"손연아 선수?"

"헉! 네!"

손연아는 갑자기 나타난 전봇대, 아니 경찰 정복을 입은 종혁의 모습에 눈을 동그랗게 떴고, 종혁은 푸근히 웃었다.

"팬입니다."

"제, 제 팬이요?"

"예. 세계에서 활약하는 모습 잘 지켜보고 있습니다. 실례가 안 된다면 사진이랑 사인을 요청해도 될까요?"

"그럼요! 네! 해 드릴게요!"

지인을 제외한 한국 사람에겐 난생처음 해 보는 사인.

눈이 번뜩 빛난 그녀는 얼른 사인을 했고, 종혁과 사진도 찍었다.

"감사합니다."

"아뇨! 제가 더 감사하죠! 으히히!"

해맑게 웃으며 모친을 향해 마치 '나 사인했다'라는 듯, '나 이런 딸이야'라는 듯 장난스럽게 콧대를 세우는 그녀의 모습에 미소가 짙어진 종혁은 본청 건물을 가리켰다.

"그럼 가실까요?"

"네?"

"아, 제 소개를 하지 않았군요. 이번 손연아 선수와의 계약을 담당하게 된 최종혁 경정입니다."

"……?!"

종혁은 놀라 바라보는 손연아 선수의 모습에 눈을 빛냈다.

# 4장. 박탈된 꿈

## 박탈된 꿈

본청의 소회의실.

낯설 수밖에 없는 곳이라서 그런지 이리저리 두리번거리다 앞에 놓인 오렌지주스를 한 모금 마신 손연아가 눈을 크게 뜨며 어머니의 옆구리를 찌른다.

"엄마, 엄마. 이거 먹어 봐. 겁나 맛있어!"

"쉿. 조용. 그만해."

종혁은 맑음 그 자체인 그녀의 모습에 푸근히 웃었다.

"하하. 음료수는 입에 좀 맞나요?"

"네! 디빵 맞아요! 이거 어디서 파는 거예요?"

"연아야아……."

"하하, 괜찮습니다. 입에 맞으시면 갈 때 챙겨 드릴게요, 손연아 선수. 이게 시중에선 구하기가 좀 힘든 거거든요."

"헉! 어쩐지! 감사합니다!"

"하하하."

웃음을 흘린 종혁은 손연아의 어머니를 봤다.

"갑자기 저희가 연락을 드려서 많이 놀라셨을 거라고 생각합니다. 그리고 바쁘신 와중에도 이렇게 응해 주셔서 감사합니다."

"아, 아니요! 아니에요! 그런데……."

경찰이 자신의 딸과 계약을 맺으려는 이유.

그녀는 아직도 이 부분이 이해되지 않았다.

"아실지 모르겠지만, 현재 저희 경찰은 축구단과 야구단을 운용 중에 있습니다. 그리고 이번에 새로이 다른 스포츠팀을 꾸리거나 지원하려 하고 있죠."

"아, 그래서!"

종혁은 준비한 계약서 두 장을 손연아와 그녀의 어머니에게 넘겨주었고, 딸도 계약 내용을 살필 수 있도록 해준 세심한 배려에 살짝 놀랐던 손연아의 어머니는 이내 계약서를 보고 경악했다.

"헉!"

"히이익?!"

"손연아 선수께서 저희 경찰의 홍보 대사 및 명예 경찰이 되어 주시는 조건으로 이런 계약을 준비해 봤습니다. 아, 역시 세계적인 스타에겐 적은 액수일까요?"

"아뇨, 아니요!"

손연아와 어머니는 모녀가 아니랄까 봐 손을 붕붕 저었다.

그녀들이 본 계약서 중 최고의 계약서. 아니, 얼마 전 찍은 CF도 이런 액수는 아니었다.

종혁은 꿈인지 생시인지 분간을 못하는 모녀의 모습에 눈을 빛냈다.

"그래요? 흠, 협회에서 지원이 많이 나오실 텐데요……."

"협회에선 그런 거…… 윽?!"

옆구리를 찔린 어머니는 입을 다물었고, 종혁은 모른 척했다.

"호호. 그런데 정말 아무런 조건 없이 이런 계약을 해 주신다는 건가요?"

"아니요. 조건이 없는 건 아니죠."

"아……."

"방송 등 대외적인 활동을 하실 때 저희에게 공유만 해 주시면 됩니다."

"……네?"

"일단 저희가 경찰이다 보니 이미지를 지켜야 해서. 하하."

손연아와 어머니는 멍하니 종혁을 쳐다봤다.

"정말 그걸로…… 그것만 하면 되는 건가요? 다른 건 없이?"

"그럼요?"

손연아와 어머니는 더 멍해졌다.

"아, 맞아. 계약서에 명시되어 있듯이 10월 경찰의 날 행사 때나 여타 대형 행사가 있을 땐 참석을 해 주시면 감사하겠습니다. 혹시라도 스케줄상 오시지 못한다면 영상이라도 보내 주시고요."

"그, 그건 당연한 건데……."

"1년에 많아 봐야 4번 정도일 테니 너무 걱정 마시고요. 행사가 있기 한 달 전에 연락을 할 테니 스케줄 조정도 쉬울 겁니다. 아, 이것도 부담이 되실까요?"

난처해하는 종혁의 모습에 손연아의 어머니는 울컥했다.

"흑……!"

"어, 엄마?!"

손연아는 깜짝 놀랐지만, 종혁은 이해한다는 듯 푸근히 웃으며 손수건을 내밀었다.

"운동하는 따님을 케어하시느라 많이 힘드시죠? 이해합니다. 저희 어머니도 저 운동시킬 때 고생을 많이 하셨거든요."

"……?!"

"악! 유도 영웅 최종혁! 어게인 방콕! 어게인 시드니! 마, 맞죠?! 최종혁 오빠 맞죠?"

비록 종목은 다르지만, 한국의 영웅을 어찌 못 알아볼까.

설마 알아볼 줄 몰랐던 종혁은 눈을 동그랗게 떴고, 그제야 종혁을 알아본 손연아의 어머니도 깜짝 놀랐다.

"마, 맞네요! IMF 금 모으기 운동 때 부모님 결혼 예물을 내놓으셨죠? 어머니께서 거리에서 김밥을 파시고!"

"하하. 예, 지금은 한식 뷔페를 운영하십니다."

"어머머. 그때 뉘집 아들이 저렇게 잘났냐며 남편하고 참 감탄했는데……. 아, 그럼 설마 이 계약도?"

"아하하."

볼을 긁던 종혁은 이내 정색했다.

"생각하시는 그건 아닙니다. 모두 손연아 선수가 그만한 기록을 썼기에 저희 경찰도 투자를 할 수 있는 겁니다."

"……감사합니다."

손연아의 어머니는 고개를 푹 숙였다.

국민의 관심도 없고, 국제 대회에서 여타할 성적을 낸 선수도 없어서 그동안 협회에서 홀대를 받아 왔던 피겨.

그렇다 보니 대회 참가는 물론 숙박비, 연습장 대여비, 장구류는 물론이고 감독 월급까지도 사비를 써야 했다.

그 돈만 한 해 1억이 넘어 남편은 기러기 아빠가 되었고, 작은딸 손연아에 비해 상대적으로 재능이 부족했던 큰딸의 꿈은 외면해야 했다.

그렇게 힘들게 키어 온 작은딸이, 꿈이 박탈된 언니 때문에라도 더 이를 악물고 운동을 했던 작은딸이 드디어 인정을 받는다니 부모로서 눈물이 나지 않을 수 없었다.

그동안의 고생을 모두 보상받는 듯한 기분.

"감사합니다. 정말 감사합니다……."

"흐잉. 감사합니다. 절 이렇게 평가해 주셔서 감사합니다……."

"아이구, 아닙니다."

손연아까지 울음을 터트리자 난처해진 종혁은 둘을 달래느라 애를 먹어야 했다.

그렇게 약간의 시간이 흘러 그녀들이 진정되자 종혁은 싱긋 웃었다.

“그러면 계약을 진행하시는 걸로 생각하면 될까요? 혹시 자세히 검토하고 싶으시다면 제가 아는 변호사를…….”

“아니요! 엄마!”

“응! 딸, 여기!”

“어이쿠!”

종혁은 볼펜을 꺼내는 어머니와 야무지게 쥐는 손연아의 모습에 기겁하며 말렸다.

“하하. 이렇게 믿어 주시니 감사합니다. 혹시 이후로 급한 일이 있으십니까?”

“네? 아니요?”

“그런가요? 다행이네요. 잠시만요.”

종혁은 핸드폰을 들었다.

“예, 홍보담당관님. 최 팀장입니다. 손연아 선수가 계약을 맺으신다고 합니다. 아, 2시간이요? 예, 그럼 때 맞춰서 청장실로 올라가겠습니다.”

“헉?!”

전화를 끊은 종혁은 사정을 설명했다.

“일단 이게 사진을 찍어야 해서…….”

“처, 청장님이시라고 하면…….”

“예. 현 경찰청장님이십니다. 세계에서 1등을 한 선수와 계약을 맺는데 저희도 그만한 성의는 보여야죠.”

“……!”

“그럼 계약할 때까지 시간도 남았는데, 본청을 구경해 보시겠습니까? 계약 당사자로서 저희가 어떤 일을 하는

지는 아셔야 할 것 같아서 말입니다."

"네, 할래요! 형사 아저씨들께서 막 나쁜 사람한테 악악 하시는 것도 볼 수 있는 거죠?!"

삐끗!

'아, 4차원이네.'

종혁은 어색하게 웃었다.

"아, 진짜 나 아니라니까!"

"똑바로 앉아, 이 시꺄!"

"어? 최 팀장, 무슨 일……."

쾅!

특수범죄수사과의 문을 닫아 버린 종혁은 손연아를 향해 싱긋 웃었다.

"아, 왜요! 나 보고 싶은데!"

"미성년자는 관람불가입니다. 자, 그럼 다른 곳으로 가죠."

종혁은 뚱해지는 그녀의 등을 떠밀며 생활안전국으로 향했다.

"오, 최 팀장! 간만이네. 응? 근데 두 분은 누구셔?"

"충성. 경정 최종혁. 이번에 저희 경찰이 스포츠 선수를 지원하신다는 거 들으셨죠? 그 선수와 보호자십니다. 손연아 선수? 이분이 여기 생활안전국의 국장님이십니다. 손연아 선수가 찍을 경찰 홍보 영상 중 하나는 이곳 분들과 찍게 될 겁니다."

"아, 안녕하세요!"

"어이쿠, 만나서 반갑습니다. 여기 최 팀장보다 어린 나이에 세계 1위에 등극하셨다고요?"

"아, 아뇨. 랭킹은 아직……."

"하하하. 그래요? 그럼 잘 둘러봐요. 최 팀장, 부탁해?"

"충성."

국장이 사무실을 빠져나가자 종혁은 생활안전국에 대해 설명해 줬다. 여성과 아동, 청소년의 범죄와 범죄 예방 등을 담당하는 생활안전국.

"그리고 파출소의 순찰 경로도 이곳에서 총괄 관리…… 아, 혹시 연습은 어디서 하시나요? 그쪽 순찰도 제가 최대한 신경 써 놓겠습니다."

"아, 그게……."

갑자기 손연아와 어머니의 얼굴에 수심이 드리워진다.

"주로 오전에는 태릉선수촌, 오후에는 과천시민회관나 롯데월드에서 연습을 하긴 하는데…… 연습이 끝날 때면 너무 늦은 시간이라……."

난방조차 제대로 되지 않아 연습에 전념하기조차 힘든 태릉 빙상장.

하지만 실질적으로 국내에서 개인 연습을 할 수 있는 유일한 장소이기에 선택의 여지가 없었다.

그런데 문제는 이마저도 다른 선수들과 시간을 나눠서 사용해야 하기에 오전에 잠깐 연습할 수 있는 게 고작이라는 점이었다.

결국 오후에는 차를 한참을 끌고 이동하여 잠실이나 과

천에서 시민들 틈바구니에서 연습하다가, 밤늦은 시간이나 새벽이 되어서나 다시 개인 연습을 할 수 있었다.

손연아의 어머니가 한숨을 내쉬며 설명을 끝마치자, 종혁은 눈살을 찌푸리며 고개를 끄덕였다.

"저런……. 그런 고충이 있는 줄 알았다면…… 아니, 아직 사인하기 전이구나. 잠시만요?"

"네? 아, 아니!"

종혁은 얼른 핸드폰을 꺼냈다.

"예, 권 이사장님. 저 종혁입니다. 저번에 행복의 쉼터에서 아이들을 위해 아이스링크를 짓는다는 말을 얼핏 들은 것 같은데…… 아, 제가 들은 게 맞죠? 어디에 짓습니까? 예, 예. 서울에 2개와 수원, 성남, 군포요?"

움찔!

군포시. 현재 손연아 모녀가 사는 곳이었다.

종혁은 몸을 굳히는 그녀들을 일견하며 말을 이었다.

"아뇨. 다름이 아니라 이번에 저희 경찰에서 손연아라는 피겨선수를 지원하는데 그 링크를 쓸 수 있을까 해서요. 예, 예. 네, 제가 고르긴 했죠? 오, 그래요? 잠시만요? 어머니, 한번 받아 보시죠."

"네? 여, 여보세요?"

당황하며 전화를 넘겨받은 손아영의 어머니는 눈을 부릅떴다.

"예에?! 저, 저희 딸을요?"

—허허. 예. 손연아 선수는 저도 유심히 지켜봤던 선수입

니다. 어린 나이답지 않게 옹골차고 심성도 훌륭해 보이더군요. 그래서 저희 행복의 쉼터 재단도 후원을 할까 합니다.

"받으세요. 받아요."

종혁은 옆에서 부추겼고, 어머니는 다시 울컥했다.

일이 풀리기 시작하니 이렇게 풀릴 수 있을까.

이번 경찰과의 계약이 마치 작은딸의 앞길을 활짝 여는 방아쇠가 된 듯했다.

"가, 감사합니다. 정말 감사합니다."

—허허. 아닙니다. 그럼 날짜를 잡아 연락드리겠습니다.

"네, 네! 안녕히 들어가세요!"

전화를 끊은 어머니는 종혁을 보며 눈물을 그렁거렸다.

"엄마, 왜 그래? 무슨 일인데?"

"연아야…… 연아야!"

"왜에……. 무섭게 왜 그러는데에……."

"이제에! 사람 많은 곳에서 연습하지 않아도 된대! 여기 이사장님께서 우리 딸을 위해 빙질까지 맞춰 주신다고 언제든 마음껏 이용하래—!"

"저, 정말? 정말이야?! 정말 나도 마음껏 연습할 수 있는 거야? 으아아앙!"

종혁은 울음을 터트리는 그녀를 보며 씁쓸히 웃었다.

* * *

"훌쩍. 감사합니다. 이 은혜를 어떻게 보답해야 할지……."

이택문 경찰청장과 함께 사진까지 찍고 본청 건물을 나선 손연아와 어머니가 허리를 숙인다.

"아이고, 아닙니다. 손연아 선수와 함께하게 돼서 저희가 더 영광이죠. 아, 혹시라도 매니지먼트가 필요하시다면 여기로 연락해 보세요. 연예기획사이긴 한데, 이번에 스포츠 에이전시를 준비한다는 말을 하더군요."

손연아와 어머니의 눈에 다시 눈물이 고인다.

"아, 그리고 혼자 타기 심심하시면 다른 동료분들을 데려오셔도 됩니다. 센터 아이들이 이용하는 시간대만 피해 주신다면, 손연아 선수가 사용하지 않으실 때 그분들이 개인 연습을 하도록 하셔도 상관없고요."

"지, 진짜요?! 진짜 그래도 돼요?!"

"손연아 선수만을 위한 시간일 텐데요, 뭘."

종혁이 눈을 빛내며 은근히 말하자 손연아의 눈이 번뜩인다.

"막 경기에 못 나가거나 은퇴한 사람도 괜찮아요?!"

종혁은 불끈 쥔 주먹을 뒤로 돌리며 푸근히 웃었다.

"상관없습니다."

"감사합니다! 정말 감사합니다!"

"어이쿠. 아닙니다. 그럼 명예 경찰 및 홍보대사 위촉식 때 다시 뵙겠습니다."

"네! 안녕히 계세요!"

허리를 깊이 숙인 그녀는 씩씩하게 걸음을 옮겼고, 그 모습을 빤히 응시하던 종혁은 이내 낯빛을 차갑게 굳히며 오택수에게 전화를 걸었다.

"예, 접니다. 피겨 쪽부터 찌르도록 하죠. 이쪽 아주 개판인 것 같습니다."

한이 지독한 사람이 많을 것 같다.

전화를 끊은 종혁은 머리를 쓸어 올렸다.

"대충 알고 있는 내용이긴 했지만 직접 들으니까 더 빡치네. 아, 이 씨벌 새끼들."

세계그랑프리에서 우승한 선수조차 지원하지 않는 빙신, 아니 빙상협회.

빠드드득!

이를 간 종혁은 몸을 돌렸다.

* * *

"대회에 출전하려면 어떻게 해야 하는지 알지?"

눈앞에 있는 건 사람이 아니라 괴물이었다.

정신이 아득한 밑바닥으로 추락했다.

"허억!"

숨을 다급하게 들이마시며 일어난 이십대의 초반의 남성은 송충이가 허벅지를 기어 다니는 듯한 느낌에 진저리를 치며 악몽을 털어 내려 애썼다.

"……씻어야겠네."

땀으로 젖어 버린 몸.

화장실로 향한 남성은 몸을 벅벅 문질렀다. 피부가 빨갛게 달아올라도 마치 모르는 것처럼 계속.

"후우!"

"일어났니? 일 가려면 밥 먹어야지?"

기형적으로 처진 왼쪽 어깨를 두드리며 다가오는 아버지.

자신을 뒷바라지하다가 무너져 버린 어깨에 울적함이 몰려든다.

남성은 고개를 저었다.

"아버지도 아시다시피 겨울엔 일이 없잖아요."

눈이 내리기 시작하면 일감이 뚝 떨어지는 막노동판.

"그래서 내일부턴 다른 일 알아보려고요."

"……그러니?"

'정말 포기한 거니? 아깝지 않니?'라는 듯한 눈빛에 남성은 고개를 돌렸다.

"쉬고 계세요. 밥은 제가 차릴게요."

"그래. 쉬게 된 김에 푹 쉬고. 너무 급하게 찾으려 하진 말고."

"예."

허름한 반지하의 부엌에 선 남성은 빨갛게 굳어 버린 김치찌개에 불을 올리고, 습관처럼 핸드폰을 꺼냈다.

"아, 문자가 와 있었네. 어? 연아?"

빵빵한 볼이 참 귀여운 어린 후배.

자신과 달리 재능이 넘쳐 났던 후배.

홍선 오빠! 놀자!

공짜로 마음껏 탈 수 있는 아이스링크 발견!

여기 겁나 따뜻해! 빙질도 경기장 수준!

흠칫!

굳어 버린 남성은 문자를 하염없이 응시했다.

* * *

"아."

남성 남홍선이 아이스링크를 보고 느낀 감정은 좁다였다.

선수 시절 한창 누비던 링크보다 작은 공간. 낮은 천장. 그러나 그가 아는 아이스링크에서 객석을 뺀다면 딱 이 정도 공간이 될 법도 했다.

그런 아이스링크를, 새하얀 빙판 위를 한 마리의 작은 새가 자유롭게 날아다니고 있다.

촤악! 촤악! 촤아악!

너무도 우아한 날갯짓.

"어? 오빠아-!"

홍선은 빠르게 다가온 손연아에 화들짝 놀랐다.

"오올. 제일 빨리 나왔네? 혹시 나한테 관심 있으삼? 아이참, 난 아직 미성년자인데."

따악!

"악! 우씨, 왜 때려!"

또 볼이 호빵이 되어 버리는 연아의 모습에 웃음을 흘린 홍선은 이내 걱정 어린 표정을 지었다.

아직 주니어 대회 경력뿐이라고는 하나, 2006 주니어 세계선수권 대회에서 쇼트 세계신기록을 경신했을 만큼 특출한 재능을 지닌 손연아.

하지만 피겨 불모지인 한국에선 그녀가 세계신기록을 경신했음에도 아무런 관심조차 없었다. 정부도, 그리고 대중도.

그러니 훈련 비용은 물론이고, 훈련 장소도 제대로 지원될 리 만무했다.

'제대로 지원만 받는다면 분명 세계적인 선수가 될 텐데…….'

홍선은 자신과 달리 남다른 재능을 지닌 손연아가 제대로 된 훈련조차 할 수 없음에 속으로 안쓰러워했다.

그런 그의 속내를 아는지 모르는지 손연아는 해맑은 웃음을 지으며 말했다.

"히히. 얼른 타는 게 좋을걸? 곧 다른 언니, 오빠들도 오기로 했거든!"

"아, 그럼 얼른 타야지."

더럽혀지지 않은 빙판을 누비는 짜릿함, 이쪽 사람들밖에 모르는 그 쾌감을 떠올린 홍선은 얼른 스케이트화를 신고 빙판에 올라섰다.

그 순간…….

"아."

꿈을 접고 떠날 때만 해도 다시 찾지 않으리라 다짐했

던 빙판. 그럼에도 그냥 재미로 타는 건 괜찮지 않을까 스스로를 속이며 승낙한 오늘의 약속.

오길 잘한 것 같다.

매끄럽게 나아가는 스케이트날이, 온몸에 부딪치는 냉기가 다시 그때 그 시절의 활력을 불어넣고 있다.

홍선은 흥을 이기지 못하고 빙판을 박차고 올라 몸을 비틀었다.

촤라락!

"푸히히히!"

"웃지 마라."

"넘어졌대요. 준비 운동 안 하고 점프하다가 또 넘어졌대요."

"이상한 박자로 놀리지 마라, 짜샤!"

쉬익!

허공을 가르는 홍선의 주먹.

"나 잡아 봐라-!"

"……어후, 저걸 진짜!"

홍선은 어느새 저만치 도망쳐 버린 연아를, 마치 놀리듯 더블 악셀을 하는 연아를 보며 주먹을 부르르 떨었고, 그의 주위에서 헐떡이던 남녀들이 피식 웃는다.

"그런데 여기 태릉 피트니스센터 아니야? 아까 들어오는 길에 보니까 그런 현수막이 걸려 있었던데?"

공사 중이라서 솔직히 처음엔 손연아가 장난을 치는 건가 생각했던 그들도 태릉 피트니스센터에 대해 잘 알고 있다.

은퇴한 운동선수들이 어떤 투자회사의 투자를 받아 설립했다는 태릉 피트니스센터. 이곳은 은퇴하거나 은퇴를 생각하는 스포츠 선수들에겐 꿈의 직장이나 다름없었다.

높은 월급과 환상 같은 직원 복지.

그동안 자신들은 관계가 없어 발만 동동 구르고 있었는데, 이렇게 아이스링크가 생기는 걸 보니 원서를 넣어 봐도 괜찮을 것 같다.

"이젠 이 작은 군포에도 태릉이 생기는구나."

"군포뿐만 아니라 이제 소도시에도 계속 생기게 될 겁니다."

"헉!"

화들짝 놀라 뒤를 본 그들은 종혁과 권회수를 발견하곤 의아해했다.

"누구신지……."

"어? 이사장님! 최종혁 오빠!"

종혁은 손을 흔들었고, 권회수는 너털웃음을 터트렸다.

"허허. 어떻게 빙판의 질은 마음에 드시는가? 내 미국에서 전문가를 공수하긴 했다만은……."

정말 번갯불에 콩 볶듯 진행된 이번 일.

태릉 피트니스센터와 연계해 건물을 매입하고 공사를 진행해 빙질을 만드는 데까지 걸린 시간이 고작 4일에 불과했다.

권회수는 오랜만에 급하다고 무리한 부탁을 한 종혁을

어떠냐는 듯 훑겨보곤 손연아를 응시했다.

"그럼요! 훌륭해요! 진짜 짱! 짱짱이에요, 이사장님!"

짱이란 말로도 부족했다.

제대로 난방이 되질 않아 몸이 얼어 제대로 기량을 낼 수 없었을 뿐만 아니라, 빙판이 너무 딱딱해 혹시라도 다칠까 봐 마음껏 점프할 수 없었던 태릉 빙상장과 비교하면 이곳은 낙원과도 같았다.

무엇보다 사람과 부딪칠 걱정 없이 마음껏 연습을 할 수 있다는 점이 가장 마음에 들었다.

"그런데 이쪽 분들이 우리 연아 양의 지인분들인가 보구만."

"아, 네! 언니, 오빠들 인사해요! 여기 어르신은 행복의 쉼터 재단 권회수 이사장님! 그리고 이쪽은 최종혁 경찰 오빠!"

행복의 쉼터 재단은 그들도 들어 본 적 있다.

가출청소년과 소녀소년 가장, 독거노인을 지원하는 복지 단체.

현재는 고아원과 학교폭력, 자살 상담도 하는 걸로 알고 있다.

"아, 안녕하십니까!"

"허허. 그래요. 우리 연아양 좀 잘 부탁해요."

온기가 가득 서린 말.

손연아의 지인들은 잠시 손연아를 부러워했다가 종혁을 보며 어색해했다.

“하하. 역시 경찰이 친근한 존재는 아니죠? 본청 간편신고관리과 특별수사팀의 최종혁입니다.”

“어? 간편신고면?”

“네. 인터넷신고사이트를 총괄 관리하는 부서입니다.”

종혁은 특별수사팀의 의의에 대해서도 설명했다.

“여기 손연아 선수가 이번에 저희 경찰의 홍보대사로 위촉되는데, 그 계약을 제가 진행하고 있습니다.”

“와.”

경찰의 업무라고 해 봤자 범인을 잡거나 순찰을 도는 게 전부라고 생각했던 그들로서는 좀 놀랄 수밖에 없었다.

“언니, 오빠들! 못 알아보겠어요? 유도 영웅 최종혁 오빠잖아요!”

“……으악! 아, 안녕하십니까, 선배님!”

“하하. 종목이 다른데 선배는요. 그냥 편하게 불러 주세요. 아, 물론 여러분 중에 범죄자가 있다면 제 반응이 좀 달라질 테지만요.”

순간 차가워지는 종혁의 목소리에 그들은 다급히 고개를 저었고, 장난이었다는 듯 웃은 종혁은 권회수를 봤다.

“슬슬 저녁 먹을 시간인데 식사 좀 사 주시죠? 보양식으로다가.”

종혁은 권회수를 향해 짓궂게 말하고는 손연아의 지인들에게 시선을 돌렸다.

“하하. 갑시다. 이분이 아주 부자시라 마음껏 뜯어먹으셔도 되거든요. 흔히 오는 기회가 아닙니다.”

사람들의 눈이 살짝 흔들렸다.

* * *

치이익!

그릴 위에서 노릇하게 구워지는 손질된 장어 한 마리.

숯불 위로 뚝뚝 떨어지는 기름이 식욕을 폭발시키는 향을 뿜어 댄다.

"아흐! 장어야, 오랜만이야……."

종혁은 이상해지는 손연아을 일견하며 그녀의 지인들을 봤다.

아까 전과 비교하면 절반으로 줄어든 숫자.

"우리는 술 한잔하시죠."

그들은 종혁이 내미는 술병을 공손히 받아 들었고, 종혁은 그런 그들을 보며 눈을 빛냈다.

아직 혈기가 넘치는 이십대.

많이 먹고, 많이 마셔야 이야기가 나올 것이다.

"자, 건배."

"거, 건배!"

채재쟁!

술잔이 중간에서 부딪쳤다.

"한 점만! 딱 한 점만 더!"

"애가 진짜 오늘 왜 이래! 빨리 안 와?!"

귀를 잡힌 손연아가 끌려가고, 권회수도 오늘 먹고 즐기라며 백만 원짜리 수표를 놓고 떠나자 본격적인 술자리가 시작됐다.

처음엔 어색했지만 술이 들어가니 급격하게 친해진 그들.

종목은 다르지만, 같은 운동선수였다는 공통점이 있어서 더 빨리 친해졌는지도 모른다.

"와, 진짜 방콕 때는 말도 마요. 일본 이 썩을 것들이 음식 가지고 수작을 부리지, 숙소로 장난치지……."

"그래서 어떻게 하셨는데요?"

"어떡하긴요."

숙소는 그들 위층으로 옮겨 버렸고, 음식은 방콕 한인들에게 도움을 얻어 뷔페를 차렸다.

"내가 진짜 그걸 해낸다고 생지랄 떤 거 생각하면……어휴."

"억! 그걸 형님이 직접 하셨다고요?!"

"그럼 어떡해. 태국어를 할 줄 아는 인간이 나밖에 없는데. 협회는 니들 알아서 해라……."

움찔!

"지원 빵빵한 축구나 야구는 우리 먹을 것도 없다고 지들 밥그릇만 챙기지. 어휴, 내가 진짜 찬오형 아니었으면 경찰 되자마자 프로 야구부터 조졌을 거야."

"와아. 형님 같은 분도 그런 고충이 있으셨구나……."

"그랬지. 그땐 정말 모든 게 열악했지. 거기다 좆같은 군기가 있어 가지고 나이 어린놈들은 한겨울에도 찬물로 손빨래해야 됐다니까? 진짜 그 고통은…… 어후. 응? 뭐야, 너희도 그랬어?"

3차를 따라온 홍선과 3명은 고개를 격렬하게 끄덕였다.

"신기하네. 너흰 돈 많은 사람만 하는 스포츠 아니었어? 내가 알기로 선수용 스케이트화 가격도 만만치 않을 텐데?"

순간 입이 다물어졌던 그들은 동시에 혀를 차며 술잔을 들이켰다. 얼굴이 시뻘겋게 달아오르고 눈에 초점이 흔들리기 시작한 그들.

"그거 다 빚이에요, 형님."

"맞아요. 진짜 부자인 애들은 몇 명 없어요. 다 부모님 등골 빨아먹으면서 하는 거지."

여느 스포츠가 다 그렇지만, 피겨는 특히 더 심하다. 모든 게 사비이기 때문이다.

"뭐? 협회는 뭐하고? 너희 회비 엄청 뜯어 가지 않아?"

종혁이 알기로 회비도 회비지만, 피겨선수가 협회에 뜯기는 비용이 상금의 30퍼센트다.

"협회는……!"

쿡!

홍선은 옆구리를 찌르는 선배에 입을 다물었다.

"하하. 워낙 인기가 없는 스포츠라서요. 저희 남자는 특히 더하고요. 형님도 그렇게 힘드셨는데, 저희라고 다를 게 있겠어요?"

"흠……. 확실히 그렇긴 하겠네. 에이, 빌어먹을 협회."

혀를 찬 종혁은 슬쩍 그들을 둘러보고 몸을 일으켰다.

"난 잠시 화장실 좀 다녀올게."

"넵. 다녀오세요!"

그렇게 종혁이 화장실로 향하자 선배가 홍선을 노려본다.

"협회 까서 뭐 어쩌려고."

"그럼 형은 억울하지도 않아요?"

술이 들어가서인지 홍선의 목소리가 높아진다.

"그리고 씨발 내가…… 내가 누구 때문에, 뭐 때문에 피겨를 그만뒀는데요! 형도 저랑 똑같이 그 교수에게……."

빠악! 쿠당탕!

"유언아!"

"씨발. 아무리 취했어도 할 말, 안 할 말은 가려서 하자."

"……죄송합니다. 죄송해요, 형."

"씨발."

의자를 걷어찬 선배는 담배를 물며 밖으로 나갔고, 남은 사람들이 홍선을 일으켰다.

"홍선아, 네가 이해해. 유언이 재도 다 널 위해서 하는 말인 거 알잖아."

홍선과 거의 비슷한 시기에 관두게 된 선배.

은퇴 이유는 점프 착지를 잘못하는 바람에 십자인대가 파열됐기 때문이지만, 그래서 더 괴로울 거다. 홍선보다 먼저 그 교수의 그 추악한 짓을 참고 견디면서도 찬란히 빛났던 선배이기에.

선배는 남자 피겨계에서 추락한 별이었다.

"그리고 협회나 교수 까다가 걸리면 우리 앞길도 망가지잖아."

미우나 고우나 선수를 관뒀어도, 대회에 출전을 못해도 어차피 그들이 살아가야 할 곳은 빙판 위다.

어쭙잖은 코치 정도가 아니라 시간 강사라도 하기 위해선 그들을 거역할 수가 없었다.

"알아요. 나도 안다고요…… 씨발."

아는데 너무 억울해서, 치욕스러워서 견딜 수가 없다.

확 고소라도 하고 싶은데, 그랬다간 자신의 친구들까지 연좌제로 앞길이 막힐 수 있기에 입을 다물 수밖에 없다.

"죄송한데 저 먼저 갈게요. 종혁이 형에겐 대충 둘러대주세요."

"야! 야!"

"아놔, 진짜!"

그들은 떠나가는 홍선을 보며 머리를 벅벅 긁었다.

그렇게 술자리 분위기는 망가져 버렸다.

한편 밖으로 나온 선배는 옆 골목으로 들어가 핸드폰을 들었다.

"예, 교수님. 저 유언입니다. 네. 경찰과 웬 복지센터에서 연아를 지원하더라고요. 스폰서 계약이요. 컨디션이 무척 좋아 보였습니다."

그렇게 누군가에게 오늘 있었던 일을 미주알고주알 다 말하는 선배.

"그리고 홍선이가 경찰에게 교수님에 대한 험담을 하려는 걸 막았습니다. 역시 홍선이가 쌓인 게 많더라고요."

마치 잘했냐는 듯 칭찬을 바라는 말투에 수화기 너머의 음성이 부드러워진다.

-그래? 잘했어.

생각보다 잘해 줬다.

"그럼 약속하신 강사 추천은……."

-알았어. 해 줄게. 대신 너랑 나랑 있었던 일은 끝까지 다무는 거다.

"어? 저는 무릎이 망가져서 그만둔 건데요?"

-……그래. 계속 그렇게 생각하면서 경력이나 쌓고 있어.

"예. 좋은 밤 되십시오, 교수님."

전화를 끊은 선배는 그제야 담배를 물었다.

찰칵! 치이익!

타들어 가는 담배처럼, 다 타 버린 가슴처럼 검게 물든 밤하늘.

"후, 좆같네."

하지만 어쩔 수가 없다. 피겨 말곤 아는 게 하나 없는 자신으로선 비록 몸이 더럽혀졌다 하더라도 꼬리를 흔들 수밖에 없다.

피겨를 너무 좋아하기에, 교수가 던진 먹잇감이 너무 달콤하기에 어쩔 수가 없었다.

강사로 경력을 쌓으면 고등학교 코치직을 추천해 주겠

다던 교수.

"아니. 지금에서야 더럽혀졌다고 생각하는 거지."

무릎이 박살 나기 전엔 그렇게 해서라도 대회에 출전하고 싶었다.

"그게 뭐 잘못됐……."

저벅저벅!

"씨발. 씨발."

인기척이 느껴지기에 입을 다물었던 선배는 골목 앞을 스쳐 지나가는 홍선을 보고 입술을 비틀었다.

"퉤. 집에나 가야겠네."

홍선도 사라졌으니 이제 더 이상 볼일이 없었다.

침을 뱉으며 골목을 빠져나가던 선배는 지퍼를 내리며 안으로 들어오는 사람에 화들짝 놀랐다가 옆으로 비켜서며 빠져나갔다.

그리고 그렇게 그가 빠져나가고 오줌 싸는 취객만 남겨진 골목.

취객, 아니 오택수는 핸드폰을 꺼내 귓가에 가져갔다.

"어, 최 팀장. 씨앗 예쁘게 뿌렸더라?"

-뭐가 있나 봅니다?

아무래도 혹시나가 역시나가 된 것 같다.

"피겨가 개판이랬지? 생각보다 더 개판이다. 아주 개판이야."

지이익!

지퍼를 올린 오택수는 어이없다는 듯 웃음을 흘렸다.

* * *

잘 지내지?

어젯밤 자느라 확인하지 못한 문자 한 통.

핸드폰에 저장되어 있진 않지만, 낯이 익은 전화번호에 홍선은 이를 악물었다.

대체 왜 연락을 한 걸까.

또 뭘 바라는 걸까.

"……욱!"

홍선은 화장실로 뛰어가 변기를 붙잡았다.

"웨에엑!"

* * *

아침의 특별수사팀이 약간 부산해진다.

"카메라랑 캠코더 다 챙겼죠? 배터리는?"

정장을 입은 종혁이 카메라 가방 안을 살피며 묻자 오택수가 툴툴거린다.

"3번이나 확인했다, 짜샤. 재수는?"

"먼저 출발했어요."

오늘 별도의 지시를 받고 먼저 떠난 최재수.

무전기 세트까지 확인한 종혁은 그제야 고개를 끄덕이

며 핸드폰을 들었다.

ㅡ네, 여보세요…….

거의 죽어 가는 목소리.

"어, 유언아."

오택수가 잠시 몸을 멈추며 종혁을 본다.

"아침부터 연락해서 미안하다."

ㅡ……아니요. 무슨 일이신데요.

"아, 다름이 아니라 손연아 선수가 우리랑 계약 맺은 거 알지? 그래서 그런데 혹시 나한테 피겨에 대해 좀 알려 줄 수 있겠냐? 그래도 명색이 스폰서인데 피겨가 뭔지는 알아야 손연아 선수가 활약할 때 디테일한 홍보 기사를 쓸 수 있을 것 같아서 말이야."

그런 종혁의 말에 유언은 입을 다문다.

"오늘 뭔 종합 대회가 열린다던데 별다른 일 없으면 거기 가서 설명해 줄 수 있을까?"

그렇게 말하는 종혁의 눈이 흉흉하게 빛나기 시작했다.

'자, 네 물주에게 안내해 봐라. 네 물주와 척을 지는 인간들에게도!'

한편 일단 생각해 보겠다고 전화를 끊은 유언은 핸드폰을 보며 얼굴을 일그러트렸다.

부럽다.

이런 대우를 받는 손연아가 미치도록 부럽다.

"그깟 주니어 세계선수권 대회가 뭐라고……."

주니어 시절 잘나지 않은 선수가 있을까.

유언 자신도 세계선수권 대회에 출전했었다.

하지만 기술적인 면에서 여성보다 훨씬 더 월등한 피지컬을 요구하는 남자 피겨. 세계의 벽을 넘어서지 못해 입상하지 못했다.

세계엔 신체적으로 월등한 선수들이 너무 많았다.

"나도 여자로 태어났으면 연아보다 더 잘났을 거라고…… 알아? 아냐고!"

그랬다면 환상의 기술인 쿼드러플 악셀에 도전하다가 무릎이 박살 나지도 않았을 거다. 여자 피겨는 트리플 악셀도 높이 쳐주기에.

빠득!

이를 간 유언은 교수에게로 전화를 걸었다.

-우리 계산은 끝난 거 아니었니?

"죄, 죄송합니다, 교수님. 제가 이렇게 연락을 드린 건 다름이 아니라……."

유언은 종혁에게 들은 걸 설명했고, 잠시 수화기 너머가 침묵에 휩싸인다.

-흐응. 그래? 공무원이 별일이네.

뭘 해도 대충 살피고, 현장 답사도 제대로 안 한 채 결재 도장을 찍는 공무원.

-그래도 잘됐네. 잘 연락했어.

"……?"

-손연아 고것도 같이 데려와.

"연아를요?"

–그래. 부상을 핑계로 대회 출전을 거부하면서 나와 협회를 엿 먹인 그 깜찍한 것도.

올해부터 시니어 대회에 출전하게 된 손연아.

빙상협회에서는 그런 손연아의 첫 대회를 이번 국내 종합선수권 대회로 장식하려 했는데, 그녀가 부상을 이유로 불참을 선언해 버렸다.

본디 국내 종합선수권 대회의 1등에게 주어지는 세계선수권대회의 출전권.

하지만 손연아는 국내 대회를 통해 실력을 증명하지 않아도 될 만큼 독보적이었다.

세계에서 유의미한 결과를 기대할 수 있는 유일한 선수이기에, 빙상협회에서는 형평성에 어긋남에도 불구하고 대회에 출전하지 않은 손연아에게 세계선수권 대회 출전권을 부여할 수밖에 없었다.

–어린 것이 벌써부터 엄살이나 부리고 말이야! 걔가 불참하면서 티켓 판매량이 어떻게 됐는 줄 아니?!

대중들에겐 인지도가 전혀 없지만, 피겨계에선 제법 인지도가 높은 손연아.

작년에 엄청난 성적을 거두고 경찰이 홍보대사로 임명하면서 언론도 주목하려 들기에 협회도 관람 티켓 판매량을 기대했는데, 손연아가 불참을 선언하면서 그 모든 꿈이 물거품이 되어 버렸다.

–어떻게든 데려와. 알았어?

"예. 알겠습니다, 교수님."

전화를 끊은 유언은 잠시 머릿속을 정리하곤 손연아에게 전화를 걸었다.

"여보세요? 어, 연아야. 내가 너무 빨리 전화한 건가? 아, 그래? 다름이 아니라……."

이렇게 자신이 쓰임이 있는 것을 계속 어필하면 교수도 원하는 것을 빨리 내줄 터.

유언은 오직 그것만 생각하기로 하며 달콤한 말을 쏟아내기 시작했다.

* * *

제61회 전국남녀피겨스케이팅 종합선수권 대회가 열리는 아이스링크의 복도.

"후욱! 훅!"

신체를 늘리며 뜨거운 숨을 뱉은 사람들과 감독들의 응원이 울려 퍼지는 그곳에 마스크와 모자를 눌러쓴 소녀가 나타난다.

몰려 있는 소녀들의 뒤로 다가가 한 소녀의 등을 확 미는 마스크 소녀.

"워!"

"너……!"

"히히히. 연아 왔져용."

"꺄악!"

서로 얼싸안고 방방 뛰는 소녀들.

"뭐야, 너 오늘 부상 때문에 출전 안 한다면서?"

"맞아, 맞아."

"그래도 너희가 출전하는데 어떻게 안 와?"

손연아는 그렇게 말했지만 솔직히 찔렸다.

행복의 쉼터 재단이 지원해 준 메디컬 닥터가 말하길 오늘부터 MRI 등 심층 검사를 해야 하기에 절대 안정을 취하라고 했는데 이렇게 놀러 와 버렸기 때문이다.

'힝. 유언 오빠만 아니었어도.'

"그, 그런데 저 오빠는 누구야?"

"여긴 관계자 아니면 막 못 들어오는데……."

호리호리한 남자 피겨선수들과 달리 떡 벌어진 어깨와 잘생긴 얼굴. 물씬 풍기는 어른의 향기가 십대 어린 소녀들의 방심에 불을 지른다. 그래서 그런지 종혁의 옆에 서 있는 유언이 눈에 들어오지 않는다.

"반가워요, 학생들. 손연아 선수의 스폰서인 대한민국 경찰청의 최종혁 경정입니다."

"아! 연아가 말했던 그!"

"아, 안녕하세요!"

"어이쿠, 이거 미인들께서 한꺼번에 말씀하시니 정신이 없네요."

꺄르르 웃음이 터진다.

"앞으로도 우리 연아 선수 잘 부탁해요. 이건 우리 연아 선수 잘 봐 달라는 뇌물!"

종혁은 피겨스케이트화로 명성 있는 브랜드의 상품권을 한 장씩 쥐여 주었고, 그 액수를 본 손연아의 지인들은 입을 떡 벌렸다.

“오, 오빠! 잠깐 저 좀 봐요!”

종혁의 팔을 잡아 구석으로 이끈 손연아는 허리에 손을 얹었다.

“아니, 어쩌자고 그런 걸…… 월급 받으면서…….”

종혁은 걱정과 당황으로 얼룩진 손연아의 얼굴에 웃음을 터트렸다.

“손연아 선수, 이 시계가 얼마짜리인 줄 알아요?”

“……배, 백만 원?”

손연아의 기준에선 가장 비싼 액수인 백만 원. 그녀가 사용하는 선수용 피겨스케이트화 가격이 그 정도다.

“거기에 공을 하나만 더 붙여요.”

“끄헉!”

“걱정 마요. 제가 계급이 높아 월급이…….”

“탐관오리!”

휘청!

순간 몸의 균형이 무너진 종혁은 한 발 물러나는 손연아를 보며 한숨을 푹 내쉬었다.

‘아, 이 4차원.’

“그리고 애당초 그 상품권은 권 이사장님께서 주신 겁니다. 혹여 손연아 선수와 함께 다니게 될 일이 생기면 손연아 선수 기 좀 세워 주라고요.”

아니다. 오늘 이런 상황을 대비해 종혁이 따로 구입한 거다.

"헉! 이사장님께서요? 와……."

손연아는 세심한 배려에 멍해졌다.

그때였다.

"어머, 연아야!"

콧속을 파고드는 지독한 향수 냄새에 자신도 모르게 낯살을 찌푸렸던 손연아는 이쪽으로 다가오는 중년 여성의 모습에 떨떠름해지는 표정을 억지로 숨기며 어색하게 웃었다.

"하하. 안녕하세요, 교수님."

종혁은 교수란 단어와 마치 칭찬을 바라는 듯한 표정을 짓는 유언의 반응에 눈을 빛냈다.

'이 양반인가?'

유언의 물주가 말이다.

"여긴 웬일이야? 허리 아파서 못 온다고 하지 않았어?"

복도를 까랑까랑 울리는 목소리.

그에 복도에 있던 사람들의 시선이 모인다.

"어? 재 손연아 아니야?"

"뭐야, 재 오늘 불참하는 거 아니었어? 하, 이거 봐라?"

"그래, 아주 저만 잘났지?"

기록을 써 내려가는 손연아를 향해 쏟아지는 질시와 악의들.

손연아의 낯빛이 흐려진다.

"그, 그게……."

"아픈 게 맞습니다."

"꺅?!"

앞으로 나선 종혁은 손연아의 티셔츠를 살짝 들어 올렸고, 교수는 손연아의 허리에 채워진 척추보호대에 입을 다물었다.

종혁은 싱긋 웃었다.

"오늘도 겨우 시간을 낸 거죠."

"……그쪽은?"

"손연아 선수의 스폰서인 대한민국 경찰청의 최종혁 경정입니다."

"아하!"

교수는 부드럽게 웃으며 명함을 교환했다.

"유민정이에요. 그런데 어쩌죠? 여긴 관계자 외 출입 금지인데."

어제 유언에게 듣고 따로 알아보니 간편신고관리과 특별수사팀이라는 곳은 별 볼 일 없는 한직이었다.

이번에 자살카페 사건을 해결하며 살짝 유명세를 탔다지만 딱히 겁먹을 이유는 없었다.

"연아 너도 그래. 안 그래도 이번에 너한테 세계 선수권대회 출전권을 주면서 말이 많았던 거 알잖아. 그런데 네가 여기에 오면 다른 선수들 심정이 어떻겠니?"

"그, 그게……!"

손연아 그녀 자신도 이번 일이 형평성에 어긋나며, 다른 선수들에겐 기회조차 박탈되는 일이 되었음을 잘 알고 있었다.

하지만 그녀 자신의 의도로 이곳에 온 것이 아니기에 조금은 억울할 수밖에 없었다.

"죄송합니다. 제가 손연아 선수를 졸라서 말입니다. 이게 실례가 될 줄은 몰랐군요. 지금 나가도록 하겠습니다."

"호호. 그래 주시겠어요? 그리고 유언이 넌 오랜만에 봐 놓고도 모르는 척하는 거니?"

"아! 오, 오랜만입니다, 교수님……."

종혁은 이쪽을 신경도 쓰지 않는 모습에 손연아의 손목을 잡아끌었다.

"실례 많았습니다. 가시죠, 손연아 선수."

"네에……."

'나도 유언 오빠 아니었으면 안 왔을 건데…… 진짜 오기 싫었는데…….'

괜히 유언 때문에 종혁까지 한 소리를 들었다.

손연아는 울상을 지었다.

"저 예의를 밥 말아먹으신 분은 누굽니까?"

"……네? 푸핫! 있어요. 엄청 무서운 분이에요."

피겨계에선 존재 자체가 거의 법이나 다름없을 정도로 무소불위의 권력을 휘두르는 교수이자 협회 임원.

어린 선수들의 여린 가슴을 사정없이 헤집는 독설을 입에 달고 살기에 절대 만나고 싶지 않은 인물이었다.

하지만 그걸 종혁에게 말할 수는 없기에 손연아는 말을 줄일 수밖에 없었다.

"그렇습니까?"

'유민정이라…… 개명한 건가?'

나이답지 않은 이름. 개명을 한 게 분명했다.

그렇게 별 의미 없는 생각을 하던 종혁은 맞은편에서 다가오는 사람을 발견하고 입술을 비틀었다.

형광색 조끼에 자원봉사자증을 목에 건 최재수.

서로를 보며 살짝 웃은 그들은 이내 모르는 사람인 양 서로를 스쳐 지나갔다.

"아, 그런데 객석은 어디로 가면 됩니까?"

"이쪽이요!"

종혁과 손연아는 오택수가 기다리고 있을 객석으로 향했다.

한편 복도를 걷던 유민정은 눈을 가늘게 떴다.

"흐응. 계속 깝죽거리네."

"손연아 말입니까?"

뒤에서 그림자처럼 따르던 삼십대 사내, 코치의 말에 유민정은 고개를 끄덕였다.

지금껏 한국 피겨계에서 자신의 말을 거스르는 사람은 없었고, 뜻대로 움직이지 않는 사람은 없었다.

하지만 단 한 사람, 손연아를 제외하고는 말이다.

그런데 이번에 경찰이 그녀를 후원하기로 나섰다.

스폰서가 없어서 빙상협회에 모든 걸 의존해야 되는 상황에서도 뜻대로 움직이질 않았는데, 스폰서가 생긴다면 어떻게 될지는 불 보듯 뻔한 일이었다.

"거슬려."

손연아와 종혁 모두 말이다.

"부숴 버릴까요?"

움찔!

몸을 굳히는 유언을 본 유민정은 혀를 찼다.

"놔둬. 아직은 이용 가치가 있으니까."

"……알겠습니다."

"유언이 너도 이제 그만 가 봐. 가서 연아가 쓸데없는 말 못하게 하는 거 잊지 말고."

비록 별 볼 일 없는 부서의 형사지만, 그래도 경찰이다. 괜히 긁어서 부스럼을 만들 필요는 없었다.

"예. 그럼 다음에 또 연락드리겠습니다!"

유민정은 손을 저었고, 허리를 꾸벅 숙인 유언은 얼른 객석으로 향했다.

"……흐응. 저것도 많이 영악해졌네."

"조치를 취할까요?"

"응. 왕따건 뭐건 자기 발로 이 바닥 뜨게 만들어."

"예. 그럼 저놈이 취직할 곳에 전화해 놓겠습니다."

고개를 끄덕이며 다시 발을 떼려던 유민정은 이쪽을 향해 다가오는 자원봉사자, 아니 최재수를 발견하고 눈을 빛냈다.

'미국 드래곤모터스의 창립자가 우리나라에 만든 중고차 회사에서 나왔다고 했지?'

피겨선수들과 스폰서 계약을 맺고 싶다는 의사를 타진해 온 한국 최고의 중고차 매매 회사.

하지만 자신들과 계약을 맺을 선수는 자신들이 직접 인성과 실력을 파악하고 싶다면서 직원을 파견하겠다고 했다. 그게 바로 저 자원봉사자 최재수다.

이는 협회 임원인 그녀밖에 모르는 정보였다. 아니, 그녀가 가장 먼저 알아차리고 입단속시킨 정보였다.

인정하기 싫지만, 이 역시도 손연아의 영향이 컸음이 분명했다.

유민정은 슬그머니 최재수에게 다가갔다.

“어머, 자원봉사자이신가요? 일이 힘들지는 않아요?”

“아, 안녕하십니까!”

“어휴. 젊어서 그런지 목소리가 우렁차네. 그런데 우리 피겨가 얼마나 좋기에 이렇게 자원봉사를 신청한 거예요?”

“예? 아, 하하. 마, 많이 좋아하죠. 막 새 한 마리가 얼음 위를 날아다니는 모습이 너무 좋아서…….”

“어머나. 젊은 분이 너무 낭만적이다. 그런 시적인 말도 할 줄 알고.”

“하하. 감사합니다.”

“흐음…… 그래, 그러면 되겠네. 따라와요.”

“네?”

“내가 우리 피겨 좋아해 주시는 젊은 분을 위해 선수들을 소개시켜 주려고요. 혹시 싫으신가요?”

“헉! 정말입니까? 가, 감사합니다!”

"호호, 뭘요. 아, 일단 저 선수는 실력이 별로."
"뭐요?!"
선수 대신 그 옆에 있던 감독이 발끈한다.
"웁쓰. 들렸나요. 그럼 쏘리."
"이봐요, 유 교수!"
"호호. 난 바빠서 이만. 가요, 최재수 씨."
최재수를 향해 손을 까딱이며 몸을 돌린 유민정 교수는 입술을 비틀었다.
'아무도 모르게 선수를 고르고 싶다고?'
그럼 그녀 자신의 제자나 그녀가 이끄는 파벌의 선수만 저들의 선택지에 넣으면 되는 거다. 다른 파벌, 다른 놈들은 모두 깔아뭉개고 짓눌러서라도 말이다.
그녀의 눈이 뱀처럼 번뜩이기 시작했다.

* * *

"와아아아!"
한 마리의 새가 빙판 위를 활공하자 관객들이 환호성을 보내고, 손연아도 귀에 이상한 걸 끼고 있는 종혁의 팔을 붙잡아 흔든다.
"저게 더블 토룹이에요, 오빠!"
"아, 그래요?"
"……지금 내 말 안 듣죠?"
"아뇨. 듣고 있습니다. 더블 토룹…… 음. 이름이 어렵네요. 아. 잘 찍고 있습니까, 오 경감님?"

"말 시키지 마. 찍느라 바쁘니까!"

비록 찍는 대상은 빙판 위를 노니는 선수가 아니지만 말이다.

-7시. 40대. 배불뚝이. 우정국. 유민정을 욕함.

종혁은 마치 속삭이듯 들리는 소리에 오택수를 툭 쳤고, 오택수는 카메라를 돌렸다.

그러자 유민정 교수를 향해 얼굴을 구기고 있는 사십대 남성을 발견할 수 있었다.

'이야, 이건 뭐…….'

타깃으로 삼은 범죄자가 제 몸을 난도질할 비수들을 소개하고 있다. 오랜 형사 생활에서도 몇 번 없었던 진귀한 경험.

그래도 알아서 알려 준다는데 거부할 이유는 없었다.

'그래. 그렇게 다 알려 줘라. 더! 더!'

아주 싹 다 알려 주는 거다.

"저게 스핀이라는 건데……."

"오오오오!"

"안 듣는 거 맞잖아요!"

"아닌데요?"

종혁은 싱글벙글 웃기 시작했다.

* * *

'후욱! 훅!'

숨소리가 귓가를 울린다.

좌악! 좌악!

발끝으로 느껴지는 미끄러운 빙질.

'힘들어.'

하지만 그동안 반복해 왔던 힘든 훈련을 떠올리며 소녀는 이를 악물고 빙판을 누볐다.

그런 소녀의 시야에 어두운 낯빛을 한 채 이쪽을 뚫어지게 쳐다보는 앞서 연기한 선수들이 담긴다.

좌르륵!

빙판을 박차고 날아오른 한 마리의 새가 우아한 날갯짓을 했다.

터억!

'아.'

스케이트날이 빙판을 찍는 순간 소녀는 직감했다.

콰당!

온몸을 울리는 둔탁한 충격과 엉덩이에서 느껴지는 시린 냉기.

"아아!"

사방에서 터지는 탄식과 이쪽을 보며 환한 미소를 짓는 선수들에 번뜩 정신을 차린 소녀는 재빨리 몸을 일으켜 언제 넘어졌냐는 듯 다시 빙판 위를 빠르게 누볐다.

"그래, 가는 거야! 다영아-!"

'칫! 날자!'

소녀는 다시 빙판을 박차고 날아오르며 몸을 회전시켰다.

타악!

'됐다!'

"와아아아아!"

소녀의 입가에 짜증 섞인 미소가 떠올랐다.

그렇게 안무를 모두 마친 소녀는 희희낙락거리는 선수들을 무시하며 빙판 밖으로 빠져나갔다.

"잘했어! 정말 잘했어!"

"……죄송해요, 코치님."

소녀의 눈에 눈물이 차오른다.

지난 1년간의 노력이 한 번의 실패로 물거품이 됐다는 것에 그녀는 서러워 참을 수가 없었다.

앞서 연기하다 넘어진 몇몇 선수들이 어떤 감점을 받았던가. 개중엔 솔직히 그녀 자신보다 잘한 선수도 있었기에 소녀는 울어 버리고 싶었다.

"아냐, 잘했어! 걱정 마! 이 정도면 본선에 진출할 수 있겠다!"

"네?"

"걱정 말라니까. 이 코치님이 누구니! 자, 봐!"

"……!"

코치의 손끝을 쫓아간 소녀는 예상보다 훨씬 높은 점수에 눈을 크게 떴다.

"이 코치님이 올해부터는 걱정 말라고 했지?"

"으아아앙……!"

소녀는 끝내 눈물을 흘리며 콧대를 세우는 코치를 와락

끌어안았다. 그렇게 승리의 기쁨을 누렸다.

하지만 희극이 있으면 비극도 있는 법이었다.

"으어어엉!"

말도 안 되는 점수 조작에 1년의 노력을 박탈당하게 된 소녀들이 울음을 터트리며 주차장으로 향하고, 올해가 마지막인 선수들이 코치와 감독을 붙잡은 채 절규를 토해 낸다.

"말도 안 됩니다! 이게 어떻게 말이 돼요-!"

"코치님도 아시잖아요! 저 이번에도 예선 탈락하면 대학에 못 간다고요!"

일평생 피겨만 해 왔기에 특별전형이 아니면 갈 수 없는 대학.

그러면 군대에 가야 한다.

선수로서의 전성기, 그중 2년이란 시간을 강제로 박탈당하는 거다.

아니, 차라리 시간만 박탈당한다면 낫다.

군대에 있을 동안 밑바닥을 모르고 추락할 기량.

발생할지 모르는 부상.

그 시간 동안 더 기량을 갈고닦을 라이벌들.

완벽히 도태되는 거다.

"미안…… 하다. 내가 힘이 없어서 미안하다."

"아아아악!"

코치와 감독, 교수들은 제자들에게 등을 보이며 담배를 물었다.

* * *

터엉!

은색 스테인리스 테이블에 내려쳐지는 빈 술잔.

중앙에서 곱창이 노릇하게 익어 가지만 테이블을 둘러 앉은 4명의 중년인 중 누구 한 명도 젓가락을 가져가지 않는다.

"이건 그년이 심사위원들에게 뇌물을 먹인 게 분명해요!"

그게 아니라면 똑같은 실수를 했는데도 자신의 선수는 크게 감점이 된 반면 유민정 교수 파벌의 선수는 작게 감점이 된 걸 설명할 수가 없다.

아니, 기술의 성공과 실수에 따른 감점과 가점 채점은 똑같다. 그것마저 건드려 버리면 난리가 나기 때문이다.

문제는 연기 등 그 외의 점수다.

거기서 승패가 갈라진다.

"어디 하루 이틀입니까."

유민정 교수가 피겨계를 장악한 이후 맨날 이랬다.

"어쩌겠어요. 좆같으면 실수를 하지 말아야지……."

유민정의 수작을 이겨 내는 방법?

어렵지 않다.

트리플 악셀, 쿼드러플 악셀을 마구잡이로 꽂거나 절대 실수를 하지 않으면 된다.

누가 봐도 이견을 제시할 수 없는 명연기를 펼치면 된다.

"씨발! 우리 애가 무슨 손연아입니까! 유언이에요?! 홍선입니까?!"

"왜 나한테 화를 냅니까! 나도 좆같아요, 나도-!"

그뿐만 아니라 이 자리에 모인 다른 사람들도 같은 마음이다.

"에이, 씨부럴. 크! 쓰다, 씨발!"

"쯧. 안주도 먹어 가면서 드세요. 우리도 이제 나이 들어서 안주 없이 과음하면 몇 날 며칠 고생합니다."

"차라리 이대로 곯아떨어져 일어나지 못하면 좋겠네요."

정말 불합리한 피겨계.

그럼에도 이곳을 떠나지 못하는 이유는 피겨가 좋아서였다.

"……그런데 홍선이는 요새 뭐한답니까?"

무릎이 망가져 피겨계를 떠나야 했던 유언의 뒤를 이었던 신성 홍선.

유민정 교수의 밑에 있던 선수이긴 하나, 홍선은 스스로를 실력으로 증명한 뛰어난 선수였다.

거기다 얼굴도 곱상해 스타성까지 있어서 한국을 알릴 피겨선수가 되리라 기대가 많았다.

"모르죠. 어디서 뭘 하는지."

"갑자기 그만둔 이유는 뭐랍니까?"

"뭐겠습니까?"

잘생긴 애는 어떻게든 건드려 봐야 직성이 풀리는 유민정 교수. 그 때문에 사그라진 별이 몇 명이던가.

부상 소식이 없었는데 그만뒀다면 이유는 뻔했다. 심지어 그걸 봤다는 증인도 있었다.

그 외에도 유민정 교수를 물어뜯을 증거는 차고 넘쳤다.

"……미친년. 아, 씨발 확 다 터트려 버리고 싶네!"

"아서요. 빌어먹고는 살아야죠."

가진 증거를 모두 터트린다고 해도 어디 언론에서 주목이나 해 줄까.

손연아가 어린 나이에 우수한 성적을 거둬 다큐멘터리도 찍고 CF도 몇 개 찍었다지만, 아직 피겨에 대한 관심은 거의 없다시피 하다.

터트려 봤자 그 증거들은 유민정 교수의 인맥에 깔아뭉개지고 소각되어 버릴 것이다.

그럼 자신들은 끝이다. 그 어떤 학부모도 그들에게 자식을 맡기지 않을 거다.

"에이, 씨부럴!"

술잔을 입안에 털어 넣은 한 중년인은 몸을 일으켰다.

"어디 가시게요?"

"어머님, 아버님들께 사과드리러 가야죠."

너무 미안하고 미안해서 이렇게 술기운을 빌리지 않으면 할 수 없는 사과.

모든 게 자신의 잘못이다.

힘이 없는 것뿐만 아니라, 선수의 실수를 막지 못한 것까지 모두 말이다.

"쯧. 그럼 같이 일어납시다. 나도 사과드리러 가야겠네요."

"푸후. 그럽시다."
마지막 잔을 들이켠 그들은 몸을 일으켰다.

"사노라면-! 언젠가는! 밝은 내일이 오겠지…… 씨발……."
바스락바스락.
뭔가가 담긴 봉지를 든 사십대 배불뚝이 중년인이 갑자기 멈춰 서며 고개를 푹 숙인다.
그런 그의 입에서 무거운 한숨이 뱉어진다.
결국 포기해 버렸다.
내 선수가 피겨를.
일단 마음이 진정된 후에 다시 이야기를 나누자고 말한 뒤 도망치듯 빠져나오긴 했지만, 중년인은 알고 있다. 내 선수가 다신 피겨를 하지 않을 것임을 말이다.
"아! 밝은 내일 좀 오자, 씨바알-!"
"조용히 좀 해라! 시간이 몇 시냐-!"
"몰라, 이 새끼야-!"
"뭐 이 새끼야?!"
"모른다고! 몰라-!"
선수도 지키지 못한 놈이 뭘 알 것인가.
그는 결국 터져 버린 설움에 주저앉으며 꺽꺽 울었다.
"하아. 관두고 치킨집이나 차릴……."
"우정국 씨?"
흠칫!
고개를 돌린 중년인은 골목의 어둠 속에서 나타나는 덩

치 큰 사내 종혁을 보곤 몸을 굳혔다.
"……누구?"
"경찰입니다. 유민정 교수 아시죠?"
중년인의 눈이 부릅떠지자 종혁은 씩 웃었다.
"반응을 보니 내가 왜 왔는지 아시는 것 같네. 어떻게 곱게 따라오셔서 참고인 조사를 받으시겠어요, 아니면 수갑 차고 가실래요?"
종혁은 벌떡 일어나는 그를 향해 수갑을 꺼내어 흔들어 주었다.

* * *

일반 경찰서도 아닌 본청.
어깨를 움츠리며 특별수사팀의 사무실로 들어오던 우정국은 정면의 화이트보드를 보곤 눈을 부릅떴다.

[유민정]
본명 유명자.
나이 51세.

맨 위에 적힌 유민정 교수와 그 옆에 적힌 BOSS란 단어 때문이 아니다.
그 아래 '[오유언]- 삐락지, [우정국]-삐락지?'란 글자 때문이다.

'미친!'

술이 번쩍 끼며 숨이 턱 막힌다.

"아차."

화이트보드를 돌려 못 보게 만든 종혁은 우정국에게 자리를 권했다.

"거기 앉으시고, 신분증 주세요."

철렁!

심장이 내려앉은 우정국은 다급히 종혁을 봤다.

"이, 이거 모함입니다. 어디서 뭘 들었는지 모르겠지만……!"

"예. 그건 조사해 보면 나올 테니까 신분증 주고 앉으시라고요."

"상식적으로 내가 빠락지면 오늘 경기에서……!"

"앉으시라고."

종혁이 이를 드러내자 순간 하얗게 질린 우정국은 우물쭈물하다가 종혁이 가리킨 의자에 엉덩이를 붙였다.

신분증을 넘겨받은 종혁은 내선 전화기를 들었다.

"예, 특별수사팀 최종혁 팀장입니다. 계좌 조회랑 출입국 기록 좀 요청하고 싶은데요. 이름 우정국. 주민번호가……."

"이, 이보세요, 형사님!"

"부인, 아들, 친척까지 모두 조사해 주세요. 예."

전화를 끊은 종혁은 우정국을 향해 담배를 내밀었다.

"피우세요. 앞으로 많이 피우지 못하실 테니까."

"자, 잠시만요. 잠깐만요! 오해, 오해입니다!"

"오해요?"

“예에! 제가 왜 유민정 그 사람하고 붙어먹겠습니까! 저 오늘 그 사람 수작 때문에 선수를 잃었어요! 그런데 내가 왜……!”

“선수 생명이 아작 난 사람도 뻐락지던데요?”

“흡?!”

“손연아 선수 곁에서 알짱거리며 몸 상태가 어떠나, 멘탈은 괜찮나……. 뭔 시간 강사 때문에 그랬다는데…… 어휴, 어린놈의 새끼가 참 지랄이죠?”

마치 그래서 너도 못 믿는 거라는 눈빛에 우정국은 이를 악물었다.

‘이 미친 새끼! 어떻게 지한테 그런 짓을 한 사람에게……!’

소름이 돋고 토악질이 솟는다.

그리고 다급해진다.

종혁은 그런 그를 보며 담배를 물었다.

‘눈물을 흘렸지.’

아까 본모습은 분명 진심이었다.

하지만 그렇다고 한들 우정국을 믿을 수는 없다.

그 눈물이 운동을 포기해 버린 선수를 향한 것인지, 아니면 더 이상 돈을 벌지 못한 것 때문인지 확신이 서질 않기 때문이다.

“당신 경력을 조사해 보니 꽤 재밌더라고요.”

현재까지 조사된 건 8명.

그중 종합선수권 대회에 출전한 선수가 고작 1명.

그 선수가 오늘 처참한 성적으로 탈락해 대학에 가지

못한다고 울부짖은 선수다.

종혁은 우정국이 구리고 안 구린 걸 떠나 우정국에게 과연 지도자의 자격이 있는 것인지부터가 의문이었다.

“피겨도 그렇고.”

찰칵! 치이익!

“선수를 육성하는 데 한 해에 드는 비용이 약 5천에서 1억.”

제아무리 피겨스케이트화가 비싸고, 또 가죽으로 만들어져 오래 신지 못한다지만 한 해에 들어가는 비용이 너무 많다.

“그중 감독 연봉이 대략 2천에서 4천. 거기에 플러스알파.”

선수가 상금을 따면 거기서도 일정 부분을 가져간다.

이게 평균 계약이다.

“주니어, 시니어, 남녀. 이렇게 하면 한 번에 최대 4명의 선수를 육성할 수 있는데…… 선수 한 명당 2천씩 잡아도 8천이네요?”

거기다 상금 플러스 학부모들이 찔러 줄 돈까지 합하면 한 해에 얼마나 벌까.

물론 연봉이 1억이건 10억이건 능력만 있다면 상관없다.

문제는 우정국에게 그런 능력이 보이지 않는다는 거다.

본인의 능력이 떨어짐에도 선수를 육성한다는 건 일종의 사기. 우정국을 신처럼 따르며 운동만 하던 선수에 대한 사기이며, 배신이다.

“배신이라니요! 이 사람이……!”

"그럼 피겨에 관련된 근육 단련법에 대해 말해 봐요. 메디컬 처치에 관한 부분도."

"뭐, 뭐요?!"

"씨발, 봐. 모르잖아. 어떤 훈련을 하면 어떤 근육이 얼마만큼 자극되고, 관절에 얼마나 부하가 걸리고, 또 그를 어떻게 치료해야 부상의 강도를 줄이고 예방하는지 아무것도 모르잖아."

만약 안다면 무릎 꿇고 사과를 할 수 있다.

그러나 우정국은 입을 열지 못했다.

그리고 띠링 소리를 내며 날아온 사내메신저 결과도 그랬다.

"하! 이봐요. 그러고도 지도자 자격이 있다고 말할 수 있어요? 아무 노력도 안 한 당신이 뭔 자격으로 그런 돈을 받는데? 그러고도 배신이 아니라고? 뭐 안무만 짜 주면 다 코치인가? 어?"

"……."

쾅!

"다 코치냐고!"

잘못된 가르침으로 인해 신체가 망가져 은퇴를 하는 선수가 한 해에 몇 명이고, 제 기량을 다 펼치지 못하는 선수가 몇 명인가.

"그, 그건……."

"입 다물어. 피해자들 찾아가서 싹 다 고소하게 만들기 전에."

코치가 해야 할 도리를 하지 못했다? 이건 업무상 배임에 해당하는 죄다.

옛날처럼, 비행기를 타기 힘들던 시대처럼 해외와의 교류가 단절된 것과 다름이 없다면 이런 말도 안 한다.

하지만 지금은 글로벌 시대다.

당장 옆 나라 일본만 해도 수조 원을 투자해 피겨 인프라를 만들었고, 미국은 말할 것도 없다.

거기에 가서 읍소만 해도 기본적인 것들은 알 수 있다. 몇 년의 시간을 투자하면 굉장히 많은 걸 얻을 수 있다.

그럼에도 우정국은 그러지 않았다. 이는 방금 날아온 출입국 기록 결과만 봐도 알 수 있었다.

작년 한 해 대부분을 한국에 있었던 우정국. 겨우 있는 출국 기록도 행적지가 태국이었다.

우정국은 전형적으로 자신은 아무런 노력도 하지 않은 채 주변만 비판하고 눈앞에 닥친 상황만 어떻게든 벗어나려 급급한 부류의 인간이었다.

정말 유민정의 수작에 놀아난 선량한 지도자가 있을지는 모르지만, 최소한 눈앞의 우정국은 아니었다.

우정국은 자신이 키운 선수에게 사과할 자격조차 없는 인간이었다.

무능한 지도자. 그 선수가 소중히 간직하고 키워 오던 꿈을 빼앗은 건 유민정뿐만이 아니라 우정국도 마찬가지였다.

"어이, 내가 이제부터 당신을 파 보기 시작할 거야. 그래서 대회가 열리는 경기장 외에서 유민정 교수와 행적이 겹치는 곳이 있잖아? 유민정 교수와 통화를 하거나 금전적 거래를 한 기록이 있잖아? 증명하지 못하는 돈을 받은 기록이 있잖아? 그땐 당신 이렇게 곱게 못 다뤄. 알겠어요?"

"……."

"가 봐요. 아, 가 보라니까?"

"……난 유민정 교수와 어울린 적이 없습니다."

우정국은 입술을 깨물었다.

"내가 왜 그런 사람과 어울린다는 말입니까! 자기 제자를 성추행하는 그런 나쁜 년과-! 그것뿐인 줄 알아?! 사과해! 경찰이면 다야?! 사과하라고-!"

그래. 종혁이 한 말처럼 노력이 부족했을 수 있다.

하지만 그렇다고 유민정 같은 사람과 똑같은 부류로 취급당하는 건 너무 억울했다.

"잠깐, 그거 무슨 말이야? 성추행?"

종혁의 표정이 딱딱하게 굳었다.

* * *

잘 지내지?

핸드폰에선 지워 버렸지만, 머릿속에선 지워지지 않는 문자.

빠득!

이를 간 홍선은 핸드폰을 쳐다봤다.

"번호 바꿔야겠네."

그동안은 돈이 들어 바꾸지 못한 핸드폰.

하지만 이젠 더 이상 견딜 수가 없다. 홍선은 오늘 일이 끝나면 당장 바꾸기로 했다.

딸랑!

"어서 오세요! 아리스 카페…… 어?"

홍선을 문을 열고 들어오는 사람을 보곤 눈을 동그랗게 떴고, 그는 싱긋 웃으며 손을 흔들었다.

"또 본다, 홍선아?"

"종혁이 형? 형이 왜 여길……."

종혁은 어리둥절해하는 홍선을 보며 서글피 웃었다.

또다시 시야 밖에서 생겨난 피해자를 향해 말이다.

* * *

"왜 오긴! 우리 홍선이가 카페에 취직했다는데 당연히 형으로서 팔아 주러 와야지!"

개구지게 웃는 종혁의 모습에 홍선은 풀썩 웃었다.

'재밌는 형.'

그래도 친구와 지인들 중 가장 먼저 찾아와 준 형.

마음이 간질간질했다.

"그런다고 그 먼 곳에서 여기까지 오세요?"

"왜, 싫어? 싫으면 가고. 아, 이 집 장사 못하네. 알바를 잘못 들인 것 같습니다, 사장님.”

“아, 아니에요! 네! 주문 받겠습니다!”

“음. 본청에 도착할 때까지 식어도 괜찮은 게…….”

종혁이 고민을 하자 사장이 웃으며 나섰다.

‘내가 좋은 애를 뽑았네.’

선하게 생겨서 뽑긴 했는데, 이렇게 훤칠하고 잘생긴 지인이 굳이 찾아와 줄 정도로 인망이 있는 걸 보면 제대로 뽑은 것 같다.

“먼 곳에서 오셨다면 아이스티 종류가 좋아요. 저희 카페엔 복숭아 아이스티랑 레모네이드가 있거든요?”

“아, 그렇습니까? 그럼 그걸로 반반씩 해서 8백 잔만 주세요. 카드 되죠?”

“……네?”

뿌다당!

마지막 퀵이 떠나자 사장과 홍선은 털썩 주저앉았다.

그러나 사장의 얼굴엔 미소가 가득하다.

아직 해가 중천인 밖을 보며 갈등하던 사장은 눈을 질끈 감았다.

“몰라! 오늘 장사 끝! 홍선이 넌 가게 문 닫고, 형님분이랑 놀다가 집에 들어가! 청소는 내일 해!”

“예? 아, 아뇨!”

“그럼 난 간다! 어이구, 팔 빠지겠네. 재밌게 놀다 가세요.”

“하하. 예, 들어가세요.”

딸랑!

팻말을 손수 CLOSED로 돌린 사장이 카페를 나서자 홍선이 원망 어린 시선을 보내며 종혁에게로 향한다.

얼마나 얼음을 저었는지 팔에 감각이 없다.

"뭐야, 큰손한테 그런 눈빛 보내도 돼?"

"……그런데 정말 괜찮겠어요?"

"괜찮아, 괜찮아. 아까도 말했듯 형이 거물 범죄자들을 많이 잡아서 위에서 부식비를 많이 내려 줬거든."

거기다 팀원이 겨우 2명이고, 이 부식비도 커피 같은 거 외엔 아무렇게나 쓸 수 없다 보니 계속 쌓이고 있다.

'이 형은 다 좋은데 허세가 좀…….'

"그리고 얌마. 그때 그렇게 가는 게 어디 있냐? 화장실 나와 보니 너랑 유언이 모두 가 버려서 내가 얼마나 서운했는지 알아? 문자라도 남기든지."

"아, 그땐 죄송했어요. 급하게 일이……."

"유언이랑 싸웠으면 유언이만 보내면 될 것이지 말이야."

"혀, 형들이 말했어요?!"

"인마, 형이 형사야. 그래서 너한테 미안하고. 알아봐 주지 못해서……."

"예?"

종혁은 테이블 위에 올려놨던 두꺼운 서류철을 뒤집었다.

[유민정(유명자) 교수 및 피겨계 비리 사건 파일]

"……?!"

순간 하얗게 질린 홍선이 종혁을 봤다.

대체 어떻게 들킨 걸까.

누가 그 장면을 본 걸까.

대체 어디까지 아는 걸까.

'아, 다 아는구나. 모두 다…… 알아버렸구나.'

어느새 일그러진 종혁의 눈이 그렇다는 걸 말해 주고 있다.

그러자 왠지 마음이 편해진다.

감추고 싶은 비밀이 들통났는데도 왠지 후련해진다.

"형, 나 이제 말해도 돼요?"

'더 이상 언제 들킬까 괴로워하지 않아도 돼요? 그래도 돼요?'

종혁은 홍선의 볼을 타고 흐르는 눈물을 보며 씁쓸히 웃었다.

"한잔할래?"

"……네, 할래요."

* * *

쇼트트랙, 스피드스케이팅과 달리 전국 대학 어디서도 전문적으로 가르치는 학과가 없는 피겨스케이팅.

고등학교와 중학교도 마찬가지다.

비인기 종목인 피겨스케이팅을 가르치는 운동부가 있

는 학교가 극소수, 아니 거의 없다시피 하다.

그래서 유민정 교수의 입김이 강한 거다. 유학파인 그녀만이 제대로 된 피겨를 가르치기에.

"제대로 된?"

"현재 국내에선 쿼드러플 점프에 관한 노하우를 그 사람만이 가지고 있어요. 아니, 아는 사람도 있겠지만 그 사람이 최고예요."

아는 안무가도 많고, 스폰서도 많다. 에이전시도 많이 알고, 국제빙상연맹에 아는 인물도 많다.

그걸 꽉 쥐고 휘두르는 거다.

그러니 남자 피겨선수들은 그녀에게 목을 맬 수밖에 없다.

여자들도 마찬가지다. 점프야말로 피겨의 꽃이기에 점프를 배우기 위해 그녀의 밑에서 수학하길 원한다.

그렇기에 그녀의 말을 거부할 수가 없다.

무슨 짓을 하든…….

"아시겠지만, 피겨는 귀족 스포츠예요."

돈이 많이 드는 스포츠인 피겨스케이팅.

"그런데 정작 부자들은 몇 명 없어요."

심지어 그런 부자들은 국내에서 엎치락뒤치락 안 한다. 다 해외로 유학을 떠나 버린다.

"돈은 없는데 기술은 배워야 해요. 좋은 안무가에게서 안무를 받아야 해요. 그런데 그 좋은 안무가 태반이 유민정 그 사람과 알고 있어."

그런데도 거부할 수 있을까?

꿀꺽!

소주를 들이켠 홍선은 자조적으로 웃었다.

"절대 못해요. 이 바닥 뜰 생각 아니면."

먼 지방의 아이스링크에서도 일 못한다.

"그런데 형도 아시잖아요. 왜 운동선수가 뻔히 자기 재능이 부족한 걸 알면서도 운동을 그만 못 두는지."

"……미련이지."

그리고 집착이다. 집안 재산 다 깎아 먹으며 힘들게 운동을 했기에 더 놓을 수가 없는 거다.

포기해 버리는 순간 평생 동안 흘린 피와 눈물은 아무것도 아니게 되어 버리기에, 어느덧 깊은 주름이 생긴 부모님을 뵐 낯이 없기에 포기할 수 없는 거다.

종혁도 술을 들이켰다.

"그래서구나."

"……네."

노가다 막노동을 하며 아들의 꿈을 계속 키워 준 아버지.

그런 아버지를 위해 어떻게든 대회에서 우수한 성적을 거둬 스폰서를 끌어와야 했다.

올림픽 금메달을 목에 걸어 영웅이 되어야 했다.

"그, 그런데……."

박박박!

홍선은 허벅지를 긁었다. 팔을 긁었다.

유민정의 손이 닿은 모든 곳을 긁었다. 옷이 헤지려고 해도 홍선은 멈추지 못했다.

"홍선아!"

다급히 홍선의 양팔을 잡은 종혁.

홍선은 초점이 흐릿한 눈으로 종혁을 응시했다.

"그, 그건 정말 아닌 것 같더라고요. 못하겠더라고요."

늙고 더러운 송충이가 온몸을 기어 다니는 것 같았다.

"혀, 형! 나 아빠한테 미안해서 어떡해요? 효도해야 되는데 못해서 어떡해요!"

종혁은 이를 악물었다.

상처를 입었으면 아프다고 해야 할 텐데, 치료부터 해야 되는데 다른 이부터 걱정하는 이 착한 놈이 너무 불쌍해서 견딜 수가 없다.

이런 홍선을 짓뭉개고 유린하려고 했던 유민정의 행태를 참을 수가 없다.

종혁은 발버둥 치는 그를 꽉 끌어안았다.

"걱정 마. 형이 너 하고 싶은 거 다 하게 해 줄게."

"으흑! 흐으윽! 어어엉!"

홍선은 상처 입고 썩어 가던 고름을 목 밖으로 토해 냈다.

"어이쿠! 홍선아!"

"죄송합니다, 아버님. 제가 술을 좀 많이 먹여서요."

"아, 아니에요."

그렇게 말했지만, 그래도 원망이 서린 눈빛을 보내던 홍선의 아버지는 아차 하며 홍선을 업은 종혁을 홍선의 방으로 안내했다.

홍선을 눕히고 이불을 덮은 종혁은 홍선의 아버지에게 고개를 숙였다.

“늦은 시간에 결례를 끼쳐서 죄송합니다.”

“아닙니다. 그런데 처음 보는 친구 같은데…….”

“아, 친해진 지 얼마 안 됐습니다.”

“그래요?”

홍선의 아버지는 신기해했다.

활달한 성격이지만 낯을 좀 가리는 아들 홍선. 이렇게 술에 진탕 취해 온 건 1년 전 이후로 처음이다.

대체 오늘은 무슨 일이 있었던 걸까.

작년 갑자기 운동을 그만둔 뭔지 모를 이유 때문이 아닐까.

홍선의 머리를 쓰다듬는 아버지의 눈에 걱정이 서린다.

종혁은 그런 그의 모습을 보며 작게 갈등하다가 이내 입을 열었다.

“인사가 늦었습니다. 경찰 일을 하는 최종혁입니다. 이번에 저희 경찰에서 손연아 선수를 후원하는데 어쩌다 보니 아드님과 인연을 맺게 됐습니다.”

“어이쿠. 예, 예. 연아 알지요.”

“아이고, 홍선이 아버님이시면 제게도 아버님이시니 편하게 대해 주세요! 부탁드리겠습니다!”

“……허허. 예, 그럴게요. 그리고 우리 홍선이를 데려다줘서 고맙습니다.”

“하하, 아닙니다. 그럼 전 시간이 늦었으니 이만 가 보겠습니다.”

“아니 이렇게 왔는데 음료수라도 마시고 가시지…….”

“다음에 부탁드리겠습니다. 정식으로 찾아뵙겠습니다. 그럼.”

고개를 숙인 종혁은 신발을 신으며 몸을 돌렸다.

덜컹!

“형사님.”

종혁은 발을 멈췄다.

“우, 우리 홍선이 별일 있는 건 아니지요? 그렇지요?”

“……예. 이제 아무 일 없을 겁니다.”

끼이익! 쿵!

문을 닫은 종혁은 홍선의 방 쪽으로 멀어지는 기척을 느끼며 씁쓸히 웃었다.

‘역시 부모는 속일 수 없는 건가.’

부모님도 조금은 알아야 할 것 같아서 경찰 신분에 대해 밝혔는데, 역시나 곧바로 자식에게 무슨 일이 있음을 알아차렸다.

이제 남은 것은 홍선이 아버지께 마음을 여는 거다.

경험상 이런 일은 절대 홀로 감당할 수가 없었다.

종혁은 발을 떼며 핸드폰을 들었다.

“예. 어떻게 됐습니까?”

다른 피해자들을 만나러 간 오택수와 최재수.

–피해자 증언 확보했다. 나도, 재수도 모두…… 씨발, 최 팀장아. 종혁아!

그도 술을 마셨는지 혀가 좀 꼬인다.

—이년 꼭 죽이자, 진짜.

"예, 그러죠. 죽입시다."

종혁의 목소리도 살의를 머금기 시작했다.

* * *

좌악! 좌악!

검은 옷을 입은 커다란 새 한 마리가 빙판 위를 날아다닌다.

커다란 S를 그리며 우아하게 팔을 휘젓는 청년.

슬그머니 눈이 감긴 얼굴에 고혹적인 미소가 피어난다.

"야!"

화들짝 놀라 한쪽을 바라보는 청년.

이쪽을 향해 다가오는 유민정 교수의 모습에 청년의 눈이 흔들린다.

"야, 내가 뭐라고 했어?! 허리를 좀 더 젖히랬잖아! 허벅지랑 엉덩이에 힘주고!"

콱!

허벅지와 엉덩이를 움켜쥐는 우악스런 손길.

"손끝은 더 우아하게!"

척추부터 쓸어 올라와 손끝을 잡아 비트는 손에 청년은 애써 웃었다.

"이, 이렇게요?"

"그래. 그렇게! 발끝부터 손끝까지 우아하게! 다시 해!"

"예!"

발끝에 힘을 준 청년은 스케이트를 밀기 시작했고, 물러난 유민정은 다시 스텝을 밟는 청년에게서 시선을 거두며 입을 열었다.

"아까 하던 이야기 계속해 봐."

"예. 현재 성과금을 주지 않은 부모가 총 2명이고, 후원금도 4명이 미납한 상태입니다. 나머지는 다 납부했습니다."

"이유는?"

"언제나 같습니다. 조금만 시간을 달라고 합니다."

유민정은 코웃음을 쳤다.

"이래서 검은 머리 짐승은 거두는 게 아니라고 했지."

사정사정해서 기껏 국내 종합선수권 대회에서 우수한 성적을 거두게 해 줬더니 입을 닦는 모습이 참 가소롭기 그지없다.

"그 은혜 모를 짐승들 자산 상황은?"

"다 자영업을 합니다. 아무래도 유학을 준비하는 것 같습니다."

"내 생각도 그래. 성적 좀 나왔으니 일본이나 미국에 비벼 보려는 거겠지."

한두 번이 아닌 일이기에 유민정은 심드렁했다.

하지만 그것도 잠시다. 그녀의 얼굴에 비릿한 미소가 떠올랐다.

"그런데 거기가 더 빡센 거 아나 몰라?"

미국와 일본, 인종 차별이 참 심한 나라들이다. 일본은 특히나 심한데, 한국인이라면 아예 경기 출전 자격조차 얻지 못한다.

"성과금 안 낸 애들은 명단에서 제외시키고, 후원금은 조금만 더 기다려 준다고 해. 이번 달 넘어가면 걔들도 제외시켜."

명단. 유민정 교수 파벌의 코치들, 즉 대회에서 가산점을 받게 할 사람들이 적힌 명단이다.

"다시 돌아온다고 해도 절대 받아 주지 마. 한 1억쯤 싸들고 오면 몰라도."

"그렇게 하겠습니다. 그리고……."

오늘 전달할 내용을 살펴보던 남성은 고개를 끄덕였다. 전달할 건 다 전달했다.

"아, 그리고 오전 11시에 협회 정기 회의가 있으십니다."

"벌써? 장소는?"

"청담동 한정식집입니다."

"아, 난 거기 종업원들 다 여자라서 별로던데. 알았어. 야!"

누군가를 향해 버럭 소리를 지른 유민정은 빠르게 거리를 좁혀 다가가 한 청년의 허벅지 안쪽을 콱 쥐었다.

"내가 여기에 힘주라고 했지!"

"큽! 죄, 죄송합니다."

"넌 어떻게 계속 까먹니? 이러면 나도 개인 교습을 할 수밖에 없잖니. 너 오늘 저녁에 남아."

"예에?!"
"왜? 동계체전에 나가기 싫어?"
은근히 허벅지 안쪽을 쓰다듬는 손길에 파랗게 질린 청년은 주위를 둘러봤다가 낙담했다.
모른 척하거나 부럽다는 듯 쳐다보는 선후배들.
"……네."
"그래. 우리 메달 따자?"
톡톡 엉덩이를 두드린 유민정은 입술을 핥으며 몸을 돌렸고, 남겨진 청년은 가만히 서서 바들바들 떨었다.

스르륵!
한지로 예쁘게 꾸며진 문을 열고 들어온 유민정 교수는 먼저 와 있는 2명의 장년 남성을 바라보며 잠시 멈칫했다가 이내 배시시 웃었다.
"어머. 제가 제일 늦게 온 것 같네요."
"아닙니다, 유 교수. 우리도 방금 막 왔습니다. 그렇죠, 장 교수님?"
"호호. 죄송해요."
자리에 앉은 유민정은 장 교수, 한국체대의 장성구를 바라봤다.
"죄송해요, 장 교수님."
"……아닙니다. 그럼 식사를 시작하죠."
그 말에 다른 장년인이 얼른 호출벨을 눌렀다.
스르륵!

"네, 손님."
"음식 가지고 와, 아가씨."
"네, 알겠습니다."
스르륵 문이 닫히자 남성은 얼른 유민정에게 차를 따라 줬다.
"요새 피겨는 좀 어때요? 그 손연아인가 뭔가 하는 애 때문에 회장님께서 단상에 서신 거 알죠?"
아무리 주니어 대회에서 우승을 했다지만 시니어는 다르지 않냐, 그런데 왜 그냥 출전권을 주는 거냐 등 손연아의 특혜 논란 때문에 빙상협회의 회장이 기자회견까지 열어야 했다.
"걱정 마세요. 걔라면 그래도 입상은 해 줄 테니까."
그러니 그 망종을 봐주는 거다.
아니었다면 어림도 없었다.
"이번엔 저도 가서 케어할 테니까요."
그녀의 뜻을 전혀 따라 주지 않은 손연아지만, 그래도 손연아 때문에 한국 피겨가 부흥을 하려고 한다.
그녀가 잘될수록 파이는 더 커질 수밖에 없었다.
"곰이 알아서 재주를 넘어 준다는데 단장으로서 도와야지 않겠어요?"
"으하핫! 그럼 경찰도 문제없는 거지요?"
"공무원이 언제 일을 하던가요?"
"푸하핫……! 맞네요, 맞아!"
"그보다 손연아 걔가 성적을 거두면 상무 추진해 주는

거 잊지 마세요."

피겨로 병역 혜택을 받을 수 있다면 어떻게 될까.

아마 보다 많은 남성들이 피겨를 택하게 될 거다.

"걱정 마십시오. 어떻게든 해 볼테니! 요새 손연아 고것 때문에 기웃거리는 사람들이 많습니다."

어떻게든 한 발 걸칠 수 있을까 하는 인간들이 많아지고 있다. 그들을 동원하면 병역 혜택을 받게 하는 것도 무리는 아니었다.

그렇게 말한 남성은 장성구를 바라봤다.

"난 됐습니다. 개는 개처럼 키우자는 주의라서."

개들에게 줄 달콤한 먹잇감은, 목표에 대한 열망은 매달로 충분하다. 그 외의 것이 있으면 통제하기만 힘들 뿐이다.

"어머, 그런가요? 그런 것치고는 요새 꽤 예뻐하는 개가……."

"유 교수."

장성구는 느릿하게 고개를 돌려 유민정을 봤다.

"나대지 마."

"……!"

"누구 때문에 태릉하고 한체대 아이스링크를 이용하는지 벌써 잊었나?"

서울, 경기에 사는 그녀의 파벌 코치 선수들이 이용하는 태릉과 한체대 아이스링크. 그것은 그녀가 파벌을 늘리고 휘두를 수 있는 무기 중 하나다.

입술을 깨문 유민정은 장성구를 죽일 듯 노려보다가 이

내 피식 웃었다.
“맞아. 그동안 고마웠다고 인사하는 걸 잊었네요.”
“음?”
“그동안 참 감사했어요, 장 교수님. 어휴, 전 속이 안 좋아서 먼저 일어날게요.”
“어? 유 교수!”
“다음 회의 때 봬요.”
고개를 까딱인 유민정은 방을 나갔고, 망연히 그 모습을 바라보던 남성은 슬그머니 장성구를 봤다가 이마를 잡았다.
가만히 노려보는 장성구의 눈빛.
“후. 이번에 태릉 피트니스센터가 전 지점에 아이스링크를 개장한다더군요. 아마 그것 때문일 겁니다.”
“그렇습니까?”
피식 웃은 장성구는 식어 버린 차를 들이켰다.
“재밌네.”
불과 얼마 전까지 만해도 꼬리 흔드는 개처럼 굴던 늙은 년이 이를 드러냈다.
‘치워 버려야겠군.’
장성구는 눈을 빛냈다.

* * *

“개새끼.”

빠드득!

"무슨 일 있으셨습니까, 교수님?"

"대학으로 가."

"……예."

사내는 빠르게 대학으로 차를 몰았고, 차가 멈춰 서자 빠르게 내린 유민정은 아이스링크로 향했다.

촤악! 촤악! 촤아악…….

유민정은 자신이 나타나자마자 자유롭게 빙판을 누비다 멈춰 서는 제자들의 모습에 더 짜증이 치솟는 걸 느꼈다.

'이것들이!'

하지만 지금은 누군가를 혼낼 기분이 아니었다. 가슴속에서 끓는 이 짜증과 화부터 풀어야 했다.

"야! 너 이리 와!"

움찔!

아까 남으라는 말을 들은 청년의 얼굴이 파랗게 질린다.

"안 와?!"

"부, 부르셨습니까. 교수님."

"당장 스케이트화 벗고 따라와."

"네? 어, 어디……."

"야, 너 운동 그만둘래?"

오싹!

온몸에 소름이 돋을 만큼 무정한 눈.

떨리는 턱을 다물며 겨우 침을 삼킨 청년은 이내 고개

를 푹 숙이며 아이스링크를 빠져나갔고, 유민정은 몸을 돌렸다.

그때였다.

"어이쿠, 어디 가십니까? 그것도 제자를 강제로 끌고서?"

유민정은 앞을 가로막는 거대한 무언가에 고개를 들었다가 종혁의 얼굴을 보곤 이를 악물었다.

'이건 또 뭐야!'

"야! 경찰이면 경찰답게 행동해! 어디 남의 훈육에……."

"혹시…… 샹그릴라 호텔?"

섬뜩!

순간 온몸의 털이 곤두선 유민정은 거의 반사적으로 몸을 돌렸다.

하지만…….

덥썩!

그녀의 머리를 움켜쥐는 우악스런 손길.

비명을 지른 유민정은 고개를 돌렸다가 그대로 굳어 버렸다.

분노와 경멸, 살의로 얼룩진 맹수의 눈.

"어디 가냐, 이 쌍년아."

"나, 난……."

"좆까."

종혁은 그녀의 팔을 휘감아 그대로 메쳤다.

콰앙!

*　*　*

본청 지하의 특별수사팀.

"내가 어? 돈이 떨어져서 담보를 잡았다는데!"

"아, 진짜 딱 한 대 때린 것뿐이라니까요!"

시끌시끌. 웅성웅성.

어제까지 만해도 조용하기 그지없었던 사무실이 시끄럽다.

수갑을 찬 채 2팀과 3팀 앞에 앉아 억울함을 토하는 사람들. 점점 높아져 가는 목소리에 2팀과 3팀 형사들이 관자놀이를 누른다.

그때였다.

"야-! 너 이거 풀어! 안 풀어?!"

복도를 울리는 뾰족한 비명이 사무실을 가득 채우던 소란을 꿰뚫는다.

그와 동시에 유민정과 사무실 안으로 들어오는 종혁.

사무실 풍경을 본 유민정의 눈이 크게 흔들린다.

흉악한 얼굴들과 험악한 분위기.

하얗게 질린 그녀는 자신도 모르게 몸을 뒤로 젖혔다.

하지만…….

콱!

그런 그녀의 머리채를 잡아 일으켜 세우는 종혁.

"꺄아악! 놔! 이거 안 놔?!"

"하, 이년이 또 이러네."

방금 전 본청 입구 앞에서도 뒤로 눕더니 지금도 누우려 든다.

"년?! 야! 너 몇 살이야-!"

"스물일곱 살입니다. 그러니까 한 번만 더 아가리 털면 찢어 버린다."

'흑?!'

어디서 이런 취급을 당해 봤을까.

더 거칠어진 종혁의 모습에 하얗게 질린 유민정은 입을 다물었고, 종혁은 그녀를 자신의 옆 의자에 던지다시피 앉혔다.

"너, 너 지금 실수하는 거야! 내가 연락만 하면……!"

외투를 벗던 종혁은 내선 전화기를 내밀었다.

"뭐, 뭔데, 이건?"

"연락하시다면서요. 빽이든 변호사든 마음껏 연락하세요."

"……하!"

무덤덤한 눈빛에 정신을 차린 유민정은 어이없다는 듯 웃었다.

방금 전까지야 갑작스런 상황에 당황해서 평소답지 못한 모습을 보였지만, 정신을 차리게 된 지금은 아니다.

방금 전 놀라면서도 고소해하던 제자들의 눈빛을 떠올린 유민정은 입술을 깨물었다.

대체 이 치욕을 어떻게 갚아야 할까.

그녀의 눈에 독이 차오르기 시작했다.

"그래? 너 정말 나 감당할 수 있겠니?"
"아, 거 말 많네."
"옷 벗는 걸로 끝날 거라고 생각하지 않는 게 좋을 거야."
"예, 예. 그쪽도 전화기 드려?"
종혁은 오택수에게 끌려 온 유민정의 비서를 쳐다봤다.
그러자 비서는 대답 대신 안주머니에서 연락처 수첩을 꺼내 유민정에게 넘겨줬다.
"……가지가지 한다."
고개를 저은 종혁은 외투를 옷걸이에 걸고는 자리에 앉아 담배를 물었고, 수화기를 붙들고 있던 유민정의 얼굴이 순간 밝아졌다.
"어머, 여보…… 야!"
휙!
전화기를 뺏은 종혁은 스피커 모드로 돌렸다.
-여보세요? 유 교수?
"예, 수고하십시다. 본청 간편신고관리과 특별수사팀 1팀장 최종혁 경정입니다. 지금 유민정 씨께서 뇌물수수 및 탈세, 횡령, 배임, 성추행, 성폭행 등등의 혐의로 잡혀오셨거든요? 전화를 받으신 분은 성함이 어떻게 되십니까? 바쁘니까 얼른 신원 밝히고 끝냅시다. 전화번호 있으니까 바로 끊을 생각마시고요."
-……어흠. 그런 것인 줄 몰랐군요. 그냥 아는 사이일 뿐이니 마음대로 하십시오. 죄를 지었다면 죗값을 받아야지요.

달칵! 뚜, 뚜, 뚜.

종혁은 눈을 크게 뜬 유민정을 봤다.

충격과 배신감으로 얼룩진 그녀의 눈.

"계속해요."

"너……."

"계속하라고."

빠득!

유민정은 다시 전화기를 들어 어디론가 전화를 했고, 종혁은 다시 방금 전의 행동을 반복했다.

그렇게 몇 곳이나 전화를 걸었을까.

–난 모르는 사이입니다! 왜 전화했는지 모르겠군요!

"……."

종혁은 거대한 충격을 받아 부서지기 일보 직전인 유민정을 보며 입술을 비틀었다.

"왜? 운동에 목맨 애들, 부모들이 안절부절못하니까 세상이 자기 거 같았지? 자기가 여왕 같았지?"

우물 안의 개구리. 유민정은 우물 안에서 내가 왕입네 하고 개굴개굴 울던 개구리일 뿐이었다.

"2팀장님!"

"왜? 뭔 일이여?"

"걔 얼마짜리예요?"

"이 새끼? 50억짜리여! 전세 사기!"

종혁은 다시 유민정을 봤다.

"들었냐? 넌 좆도 아니야."

스타 선수가 손연아뿐인 피겨.

제대로 된 병사 한 명 없는 세상의 여왕인 유민정은 정말 아무것도 아니었다.

"이 모자란 년아."

쿵!

"너…… 너어어!"

찰칵! 치이익!

"후우. 마지막으로 기회 줄게요. 그러니 정말 당신을 빼 줄 수 있을 만한 사람에게 연락해 봐요. 이번엔 그냥 들어 줄 테니까."

입을 꾹 다문 유민정은 머리를 굴리기 시작했다.

무슨 수작인지 모르지만, 이젠 정말 마지막 기회.

그렇게 생각하자 한 사람의 얼굴이 머릿속에 떠오른다.

'하지만 그 인간은…….'

방금 전 한바탕하고 나왔지 않던가.

유민정은 입술을 깨물었다.

종혁은 그런 그녀를 보며 눈을 빛냈다. 이제 유민정이 어디로 연락을 할까.

'당연히 협회겠지.'

개인의 힘으로 안 되면 단체의 힘을 빌린다.

그건 상식이었고, 그래서 유민정을 이렇게 궁지에 몬 거다. 협회가 그녀의 비리와 연관되어 있다는 증거를 확보하기 위해.

종혁은 느긋이 의자를 뒤로 젖히며 담배 연기를 뿜었다.
그렇게 얼마의 시간이 흘렀을까.
까득!
이를 악물며 종혁을 원망스럽게 노려본 유민정은 결국 전화기를 들었다.
'이 번호를 누르는 순간 난 그 인간의 개가 되겠지.'
하지만 개똥밭을 굴러도 이승이 낫다고 했다.
뚜르르! 뚜르르! 탁!
—여보세요?
"……나예요, 장 교수님."
—벌써 선물이 준비된 건가? 그럼 받았다 치지.
짜증조차 담겨 있지 않은 무심한 말투.
유민정은 입술을 깨물었다.
"도…… 요."
—뭐?
"도와줘요. 경찰에 잡혔어요."
—……유 교수.
방금 전의 말투는 환청이었다는 듯 따스함이 가득 담긴 말투.
유민정의 눈에 희망이란 점이 찍힌다.
이제 개가 될 테지만, 그래도 자신의 영역인 피겨에선 여전히 왕으로 군림할 수 있다는 꿈이 가슴속에서 피어난다.
—유 교수.

"예, 장 교수님!"

-난 사람을 고쳐 쓰지 않아.

달칵!

"……장 교수님? 장 교수님! 장 교수-!"

"어이쿠."

종혁은 무너지는 그녀를 향해 미소를 보여 주었다.

"끝이네?"

"자, 잠깐! 잠깐만! 아직 연락할 때가……."

"오 경감님."

"오케이."

몸을 일으킨 오택수는 유민정의 팔을 잡아 일으켜 세웠다.

"아, 아냐! 연락할 곳이 있다고! 이게 끝이 아니라고! 야아-!"

"자, 갑시다."

"놔! 놔아-!"

종혁은 사무실 내의 유치장으로 질질 끌려가는 유민정을 일견하곤 그녀의 비서를 봤다.

움찔!

시선이 마주치자 슬그머니 고개를 돌리는 그.

종혁은 피식 웃었다.

"유민정, 아니 유명자 밑에서 한 10년쯤 일했다면서요?"

흠칫!

"상황이 어떻게 돌아가는지는 보셨으니 알 테고……."

10년. 한 사람의 밑바닥까지 들여다보기엔 충분한 시

간이었다.

그는 유민정이 앞으로 어떻게 나올지, 살기 위해 어떤 발악을 할지 충분히 예상할 수 있었다.

답은 뻔했다.

종혁은 그를 향해 담뱃갑을 밀었다.

"뒤통수 맞기 전에 치시죠?"

협회가 그녀의 비리와 연관되어 있다는 증거를 확보하기 위해 유민정을 궁지에 몬 것은 맞다.

하지만 그 답을 해 줄 사람은 유민정이 아니라 바로 이 비서였다.

파르르!

종혁은 떨리기 시작한 그의 눈빛에 푸근히 웃었다.

마치 네 편은 나뿐이라는 듯 말이다.

* * *

"뇌물수수와 성추행 말입니까?"

-그렇다니까! 장 교수, 이거 문제없는 거지?

"흠. 자세히 알아보고 연락드리겠습니다."

-그래, 연락 기다릴게!

고요한 사무실, 통화를 종료한 장성구 교수는 책상을 두드리다 검찰 지인에게 전화를 걸었다.

"어, 나야. 경찰 본청의 최종혁 팀장이라고 알아? 흠, 그래?"

장성구는 이어지는 검찰 지인의 말에 눈을 가늘게 떴다.
"알았어. 고마워. 별일은 아니야. 그래. 날짜 잡지."
전화기를 내려놓은 장성구는 다시 책상을 두드렸다.
"미친개라……."
한번 목표를 정하면 상대가 누구라도 물어뜯는 미친개. 그것도 상부의 사랑을 가득 받는 미친개.
"그런 미친개가 유명자 그 모자란 년을 물어뜯었다라……."
톡. 톡. 톡…… 통!
"손연아 때문이군."
경찰이 손연아를 후원하기로 하며 피겨계의 실상을 알게 된 거다. 그래서 청소를 하기로 결심하고, 미친개를 푼 것이다.
시청이나 도청 같은 행정 조직이 아니라 이 나라의 치안을 수호하는 경찰이 뻔히 비리가 보이는데도 무시한다? 그게 나중에 드러난다?
"그땐 그 계약을 주관한 간부들의 목이 줄줄이 날아가겠지."
거기까지 생각한 장성구는 고개를 끄덕였다.
"쓸데없는 걱정을 했군."
유민정이 전화를 걸었다는 게 좀 걸리긴 하지만, 그것만 가지곤 장성구 본인의 영역까진 쳐들어오지 못한다. 같은 협회 임원으로서 충분히 할 수 있는 전화이니까.
'그래도 혹시 모르니…….'
장성구는 핸드폰을 들어 다시 누군가에게 전화를 걸었다.

"나야. 애들 입단속시켜. 병신 돼서 은퇴한 애들까지 모두."

통화를 종료한 장성구는 몸을 일으켰다.

그런 그의 눈엔 걱정이라곤 단 한 점도 들어 있지 않았다.

* * *

"장성구?"

본청 근처의 빌라.

종혁은 눈을 빛냈다.

"유민정이 마지막으로 전화한 사람이 장성구라고요?"

장성구. 아는 이름이다.

빙상협회를 조사할 때 가장 먼저 나온 이름이자, 회귀 전 들어 본 이름.

'당시에 부회장이었던 걸로 기억하는데…….'

빙상 경기의 관심도가 현재보다 훨씬 높아진 2020년도에나 겨우 드러난 인물.

그러나 당시 종혁은 지능범죄수사대에 있었을 때라 수사 영역이 달라 이 장성구란 인물이 뭔 짓을 했는지가 잘 기억나질 않았다.

팔보채를 오물오물 씹던 유민정의 비서는 공부가주로 입안을 내용물을 삼키고 입을 열었다.

"예. 한체대 교수인데 일명 한체대 라인은 이 사람이

관리합니다.”

불끈!

종혁은 주먹을 쥐었다.

뚫렸다. 빙상협회로 가기 위한 길이 뚫렸다.

장성구 이놈이 어떤 범죄를 저질렀는지 기억이 나질 않지만, 조사를 하다 보면 뭐가 나와도 나오게 될 터.

종혁은 중식 풀코스에 입이 가벼워진 유민정의 비서를 사랑스럽다는 듯 응시했다.

그런데 아직 그의 말은 끝나지 않았다.

“그리고…… 협회의 진짜 실세도 이 장성구 교수입니다.”

쿵!

둔중한 충격이 종혁의 뒤통수를 후려쳤다.

‘……그래, 맞아! 빙상 실세 장성구!’

이제야 좀 기억이 난다.

하지만 딱 거기까지다.

‘끙. 돌겠네.’

종혁의 흔들리는 눈을 본 유민정의 비서는 입을 꾹 다물었고, 눈썹이 꿈틀거린 종혁은 이내 혀를 찼다.

“오케이. 3개월간 사식은 내가 책임집니다. 형량 거래는 꿈도 꾸지 말고요.”

“…….”

“반년. 내가 존댓말로 할 때 거래합시다.”

유민정이 머리라면, 손과 발은 이 비서다.

"닭대가리들만 가득한 닭장 뒤에 숨어 있는 호랑이입니다."
종혁의 눈이 가늘게 떠졌다.
"일개 교수가 그럴 능력이 되는 겁니까?"
"그 교수가, 한체대에서 쇼트트랙과 스피드스케이팅을 담당하는 그 교수가 맨날 금메달을 협회에 안겨 주면서 뒤로는 정적을 제거했다면요?"
"호오…… 꼬리 흔드는 사냥개처럼 위장을 한 호랑이다?"
비서는 고개를 끄덕였다.
쭈우욱!
"크으. 아마 당한 인간도 모를 겁니다. 장 교수 그 양반의 인맥이 어마어마하거든요. 아, 그 인간 때문에 선수 생명 끊겨서 은퇴한 선수들이라면 어느 정도 알지도 모르겠네요. 피도 눈물도 없는 그 인간이라면 충분히 그럴 수 있을 거라고."
"……선수 생명을 끊었다고요? 교수가?"
눈에 핏발이 서는 종혁을 본 비서가 말을 이었다.
"혹시 운동선수 연금 제도에 대해 아십니까?"
종혁은 고개를 끄덕였다. 그도 운동선수 출신이다 보니 연금제도에 대해 아주 잘 알았다.
"장 교수는 어떤 선수가 메달을 몇 개 따든 관심 없습니다. 연금 점수를 꽉 채우면 무조건 아웃. 이후 후배 선수들을 위한 비료로 삼습니다."

페이스메이커, 혹은 대회에서 후배들이 메달을 딸 수 있게 만드는 희생양.

그렇게 무리를 하다가 신체가 박살 나 은퇴를 한다.

십자인대 파열은 대수롭지도 않은 수준이다. 무릎 연골이 다 닳는 건 예사고, 근육이 찢어져 평생 장애를 얻는 경우도 있다.

빠득!

"그걸 알면서도 선수들은…… 씨발."

말을 하던 종혁은 바닥을 내리쳤다.

"예. 기록 때문입니다. 기록이 높아지는 게 눈에 뻔히 보이고, 그를 통해 메달을 따는데 어떻게 장 교수에게 반항합니까?"

연금 점수만 꽉 채우면 평생 백만 원이 넘는 연금이 나오고, 또 그렇게 강제적으로 은퇴당한 선수들의 취직자리도 알아봐 주는 데 말이다.

"비한체대 라인?"

비서는 코웃음을 쳤다.

"비슷한 기록이라면 동계 대회에 출전할 수 있는 선수가 한체대가 7, 비한체대가 3입니다."

비한체대가 따지고 들어도 한국에서 가장 체계적으로 선수를 육성하는 곳이 한체대다. 빙상협회는 이런 명분을 내놓으며 비한체대의 분노를 달랬다.

"가끔은 한체대 4, 비한체대 6을 할 때도 있고요."

"와."

‘제대로 미친 새끼네, 이거?’

머리를 굴릴 줄 아는 놈이다.

뚫린 길만 보고 협회를 덮쳤다가는 나가리 될 뻔했다.

“더 필요한 거 있어요?”

“그 사우나를…….”

“개소리는 하지 말고요.”

“……그럼 술 좀 더 주시면 감사하겠습니다. 맛있네요, 이거.”

종혁은 핸드폰을 들었다.

“아, 접니다, 사장님. 방금 배달해 주신 빌라로 술 좀 가져다주세요. 있는 중국 술들 전부 다.”

통화를 종료한 종혁은 비서를 봤다. 더 할 이야기가 있으면 계속하라는 뜻.

비서는 잠시 생각하다가 고개를 저었다.

“워낙 철두철미한 인간이라 자기가 책잡힐 문제, 그러니까 성추행 같은 문제도 없는 걸로 알고 있습니다.”

‘흠. 아닐 건데…….’

문제가 있기에 경찰의 수사망에 걸렸을 거다.

하지만 딱히 떠오르는 게 없이 머릿속만 간질간질한 종혁은 이내 고개를 끄덕이며 몸을 일으켰다.

“오늘 하루는 푹 쉬어요. 내일부턴 유치장에 있어야 할 테니까.”

그리고 검찰로 넘겨져 구치소에 갇히게 될 거다.

“또 그리고…… 아니, 쉬세요. 영악한 새끼 님아.”

……씨익!

의뭉스럽게 웃은 비서는 잘 가라며 고개를 숙였고, 종혁은 몸을 돌리며 어이없다는 듯 웃었다.

지금 비서는 무슨 의도인지는 몰라도 일부러 장성구 교수를 언급한 거다.

그렇기에 장성구에게 풀어 달라고 말하지 않을 터.

'그래도 혹시 모르니까 조치는 취해 놔야겠지.'

문 앞을 지키는 경찰들에게 수고하라고 말하며 빌라 건물을 나선 종혁은 담배를 물었다.

찰칵! 치이익!

"장성구라……."

아무래도 이번 수사의 최종 목표가 이놈 같다.

한체대가 있는 방향을 응시하는 종혁의 눈이 번들거리기 시작했다.

(회귀 경찰의 리셋 라이프 17권에서 계속)